KB036267

"두 분, 거기까지입니다."

"오랜만이에요,
글렌 선배!"

사이러스
슈마허

이브의 후임으로 취임한 새 실장.
글렌의 능력을 높이 평가해서
리엘을 이용해 알베르트 토벌
임무를 강요한다.

일리아 일루주

집행관 넘버 18 《달》.
글렌의 전 동료, 세라와 함께
집행관 시절 글렌의 뒤를
받쳐준 인물이었지만—.

"이봐! 너희들!
이게 대체
무슨 짓이야!"

"아앙? 뭐야? 넌."

글렌 레이더스
마술을 싫어하는 마술강사.
불치병으로 쓰러진 리엘을
고치기 위해 치료방법을
찾으려 하지만—

리엘 레이포드
글렌의 전 동료.
『에테르 괴리증』에 걸려
『Project : Revive Life』로
얻은 수명이 경각에 달렸다.

"말해두지만—
  난 근접 격투전에서도 강하다."

알베르트
프레이저

여왕 암살을 노리고
크리스토프와 버나드
등의 동료를 살해했다.
현재 도망자의 신분으로
글렌과 적대한다.

"이제야 사정거리에 들어왔군.
이 자식, 사람 귀찮게 하기는……."

루미아
틴젤

청초하고 마음씨 고운
소녀. 리엘을 구하기 위해
『이능력』과 힐러 스펠로
두 사람을 보좌한다.

"서둘러, 시스티!"

"《울려라 폭풍의 전추(戰鎚)》─!"

시스티나
피벨

고지식한 우등생.
마술전투 지도를 받고
실력이 크게 향상되었다.
리엘을 구하기 위해
이브의 동행에 지원한다.

"큭……?!"

"……제법인걸?
역시 가르친 사람이
훌륭해서인가?"

이브
이그나이트

궁정 마도사단 특무분실의
전 실장. 알베르트 토벌대에
참가한 글렌 대신 시스티나.
루미아와 함께 이번 사건의
진상을 조사한다.

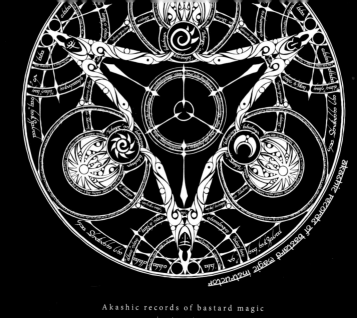

Akashic records of bastard magic
instructor

CONTENTS

Akashic records
of bastard magic instructor

변변찮은 마술강사와 금기교전

13

히츠지 타로 지음
미시마 쿠로네 일러스트
최승원 옮김

교전은 만물의 예지를 관장하고, 창조하며, 장악한다.
그러하기에 그것은
인류를 파멸로 인도하게 되리라———.

『멜갈리우스의 천공성』 저자 : 롤랑 엘트리아

Akashic records
of
bastard
magic
instructor

Character

Main

시스티나 피벨

고지식한 우등생. 위대한 마술사였던 조부의 꿈을 자기 힘으로 이뤄내기 위해 흔들림 없는 정열을 바치는 소녀.

글렌 레이더스

마술을 싫어하는 마술강사. 만사에 무책임하고 의욕 제로, 마술사로서도 삼류라서 장점은 전혀 없는 셈. 그런 그의 진정한 모습은—?

루미아 틴젤

청초하고 마음씨 고운 소녀. 누구에게도 밝힐 수 없는 비밀을 가지고 있으며 친구인 시스티나와 함께 열심히 마술 공부에 매진하고 있다.

리엘 레이포드

글렌의 전 동료, 연금술로 고속 연성한 대검을 다룬다. 근접 전투에서 비교할 자가 없는 이색적인 마도사.

알베르트 프레이저

글렌의 전 동료. 제국 궁정 마도 사단 특무 분실 소속. 신기에 가까운 마술 저격이 특기인 굉장한 실력의 마도사.

엘레노아 샤레트

알리시아의 직속 시녀장 겸 비서관. 하지만 그 정체는 하늘의 지혜연구회가 제국 정부로 보낸 밀정.

세리카 아르포네○

제국 마술 학원 교수. 글렌 스승인 동시에 길러준 부○이기도 한 수수께끼가 많○ 여성.

Academy

웬디 나블레스

글렌이 담당하는 반의 여학생. 지방 유력 명문 귀족 출신. 자부심이 강하고 권위적인 성격의 세상 물정 모르는 아가씨.

린 티티스

글렌이 담당하는 반의 여학생. 약간 내성적이고 체격도 작아서 귀여운 동물처럼 보이는 소녀. 자신감이 없어서 고민이 많다.

기블 위즈덤

글렌이 담당하는 반의 남학생. 시스티나 다음가는 우등생이지만 결국 주변과 어울리려 하지 않는 냉소의자.

카슈 윙거

글렌이 담당하는 반의 남학생. 덩치가 크고 튼실한 체격. 성격이 밝고 글렌에게 호의적이다.

세실 클레이튼

글렌이 담당하는 반의 남학생. 조용한 독서가. 집중력이 높아서 마술 저격에 재능이 있다.

할리 아스트레이

제국 마술 학원의 베테랑 강사. 마법 명문 아스트레이 가문 출신. 전통적인 마술사와는 거리가 먼 글렌에게 공격적이다.

마술

Magic

—

룬어라고 불리는 마술 언어로 구성한 마술식으로 수많은 초자연 현상을 일으키는
이 세계의 마술사에게 지극히 『당연한』 기술.
영창하는 주문의 구절과 마디 수,
템포, 술자의 정신상태에 따라 자유자재로 형태를 바꾸는 것이 특징.

교전

Bible

—

천공의 성을 주제로 삼은 지극히 아동 취향인 옛날이야기로 세계에 널리 퍼져있다.
그러나 그 소실된 원본(교전)에는
이 세계에 관한 중대한 진실이 적혀있다고 전해지며, 그 수수께끼를 좇는 자에게는
어째선지 불행이 닥친다고 한다.

알자노 제국
마술학원

Arzano Imperial Magic Academy

—

약 4백 년 전, 당시의 여왕 알리시아 3세의 주도로 거액의 국비를 투입해서
설립한 국영 마술사 육성 전문학교.
오늘날 대륙에서 알자노 제국이 마도대국으로 명성을
떨치는 기반을 만든 학교이자, 늘 시대의 최첨단 마술을 배우는
최고봉의 교육 기관으로서 주변 국가에 널리 알려져 있다.
현재 제국의 고명한 마술사 대부분이 이 학원의 졸업생이다.

서 장 새로운 풍운

눈 깜짝할 사이에 즐거웠던 가을 방학— 학기간 장기휴가
가 끝나고 알자노 제국 마술학원 후반기 학기가 시작되었다.

약 한 달만의 등교. 오랜만에 다시 만나는 친구들. 학생들
은 이 가을 방학 동안 겪은 추억을 친구들과 함께 되돌아
보며 저마다 한껏 들떠 있었다.

물론 그것은 글렌이 담당하는 2학년 2반 교실도 예외는
아니었다.

"뭐어어어어어어~?! 용 퇴치이~?!"

"거짓말이죠?! 아니, 스노리아 지방에 심각한 기상 이변이
이었다는 건 들었지만!"

"흐흥! 거짓말 아니거든?! ⋯⋯뭐, 실제로 용을 퇴치한 건
거의 다 아르포네아 교수님의 공적이지만⋯⋯."

시스티나, 루미아, 리엘을 중심으로 크게 들떠 있었다.

"참 나⋯⋯ 또 귀찮은 일상이 시작돼 버렸구만⋯⋯."

글렌은 교탁에 턱을 괸 채로 그런 점심시간의 교실을 바
라보았다.

"뭐, 시간 때우기로는 딱 좋나."

말로는 지겨워했지만 이 떠들썩한 광경과의 재회에 절로 뺨이 풀어지는 것을 자각했다.

하지만 계속 낙관하고만 있을 수는 없었다. 신경 쓰이는 일들이 워낙 많았기 때문이다.

'스노리아 여행을 마치고 돌아온 시점에서 세리카는 한동안 휴직하게 됐고…….'

스노리아에서 조우한 백은룡과의 싸움에서 세리카는 원래 정상적인 상태가 아니었던 몸에 막중한 부담이 간 탓에, 요양을 위해 휴직하게 되었다.

그리고 그 싸움 뒤에 거둔 정체불명의 소녀를 돌보기 위해서이기도 했다.

'그 정체불명의 소녀는…… **전혀 깨어나질 못하고 있어.** 지금도 마치 죽은 것처럼 계속 잠들어 있을 뿐. 살아있는 것 자체는 틀림없지만 말이지.'

그 어떤 마술을 써도 소용없었다. 결국 그 소녀는 아직도 깨어나지 않은 상태다.

온갖 방법을 다 동원해도 효과가 없는 걸 보면 왠지 본인이 눈을 뜨는 걸 거부하는 것 같은 느낌이 들 정도였다. 마치 언젠가 올 각성의 순간을 대비하는 것처럼…….

세리카는 재건한 아르포네아 저택에서 그저 묵묵히, 헌신적으로 그 소녀를 간호하기만 할 뿐이었다. 자세한 사정은 아무것도 가르쳐주지 않았다.

'하아…… 신경 쓰이는 일은 그뿐만이 아니란 말이지.'

『알리시아 3세의 수기』의 해독 작업은 여전히 지지부진했다.

알자노 제국의 성립 과정, 왕실의 피에 숨겨진 비밀, 고대 문명, 멜갈리우스의 천공성, 그리고…… 금기교전(禁忌敎典). 수기에 기록되었다는 그 일련의 진실에 관해선 아직 아무것도 알게 된 것이 없었다.

'이건 평범한 암호가 아니야. 어떤 고대어와 고대문명에 관한 기호가 암호로 짜여있어. ……아무래도 풀려면 시간이 꽤 걸리겠지.'

글렌은 손으로 수기를 빙글빙글 돌리면서 창밖으로 시선을 돌렸다.

찌를 듯이 높고 맑은 하늘에는 여느 때와 마찬가지로 웅대한 환상의 천공성이 자리 잡고 있었다. 현란하게 쏟아지는 태양빛을 반사하며 오늘도 장엄하게 빛나고 있었다.

실존했던 마장성(魔將星)들. 불온한 거동을 보이는 제국 상부. 최근에는 이상할 정도로 얌전한 하늘의 지혜 연구회. 고조되는 레자리아 왕국과의 긴장 상태. ……그리고 세리카의 정체.

그밖에도 신경 쓰이는 일이 산더미처럼 많다 보니 고민하기 시작하면 한이 없었다.

"그래도 뭐……."

불현듯 인기척을 느낀 글렌이 시선을 옆으로 돌린 순간—

"잠깐만요, 선생님! 오후 수업 시작을 알리는 종이 울리고 있잖아요! 뭘 멍하니 계신 거죠?! 수업 준비는 다 되신 거예요?! 새 학기가 시작되자마자 벌써 그런 식이면—."

"자자, 진정해. 시스티. 선생님도 여러모로 피곤하셔서 그런 걸 거야."

그곳에는 여느 때와 다름없이 눈꼬리를 사납게 치켜세운 채 글렌의 콧잔등에 검지를 들이미는 설교 모드의 시스티나와, 모호한 쓴웃음을 짓고 절친을 달래는 루미아가 있었다.

그런 세 사람의 익숙한 광경을 실실 웃으면서 지켜보는 2반의 학생들.

그런 광경이 너무나도 자연스러운 나머지.

'……지금은 이 『평화로운 일상』이라는 걸 만끽해보실까…….'

글렌은 씨익 웃으며 기지개를 켰다.

그래서 그만 잊고 있었다.

일상이란 언제나 갑작스럽게, 전혀 예상하지 못했던 일로 쉽게 무너진다는 것을…….

콰당!

교실 안에 갑자기 일어난 동요. 그리고 바로 다음 순간, 뭔가가 넘어지는 듯한 큰 소리가 들렸다.

교탁에 서서 칠판으로 다가가려던 글렌이 의아한 얼굴로

뒤를 돌아보자, 의자에서 굴러 떨어진 건지 리엘이 바닥에 엎드려 있는 모습이 눈에 들어왔다.

"저, 저기…… 리엘? 괜찮아?"

"……대체 무슨 일이지?"

리엘은 주위에 있는 학생, 카슈와 기블의 목소리에도 전혀 반응하지 않았다.

걱정과 불안이 뒤섞인 교실 전체의 시선을 한 몸에 받으면서 힘없이 팔다리를 늘어트린 채 거친 숨만 내뱉고 있었다.

"……야, 리엘. 갑자기 왜 그래?"

웅성거리는 교실을 가로지른 글렌은 리엘을 안아 일으켰다.

완전히 의식을 잃은 모양이었다.

그리고 차가웠다. 글렌의 품속에 있는 작은 몸은 소름이 끼칠 정도로 차가웠다.

"……리엘. 야, 리엘! 대체 왜 그래? 어떻게 된 거야?"

글렌은 일상이 소리를 내고 무너지는 것 같은 환청을 들으며 리엘에게 계속 말을 걸었다.

"어? 잠깐…… 리엘. 무슨 일이야?! 정신 차려!"

"아, 안 돼! 시스티! 흔들면 안 돼!"

그런 시스티나와 루미아의 목소리도 글렌의 귀에는 들리지 않았다.

새 학기가 시작되자마자 새로운 파란이 막을 올린 순간이었다.

제1장 광대의 귀환

"글렌 선생님. 시스티나 양. 루미아 양. 괴로우시겠지만, 법의사로서 정직하게 말씀드릴게요. 리엘 양은 이제…… **가망이 없어요.**"

하얀 침대와 약품 선반이 늘어선 학교의 의무실.

법의사 세실리아가 안쓰러운 눈으로 그렇게 진단을 내린 순간, 글렌은 눈앞이 깜깜해졌다.

"거, 거짓말……."

"……?!"

글렌의 뒤에서 시스티나가 넋을 잃고 루미아가 숨을 삼키는 기척이 느껴졌다. 그런 두 소녀의 동요와 혼란을 등으로 느낀 글렌은, 이마에서 비지땀이 흐르는 고뇌에 잠긴 표정으로 눈을 질끈 감고 주먹을 강하게 쥐었다.

처음부터 불길한 예감이 들긴 했었다. 교실에서 갑자기 쓰러진 리엘에게는 법의 주문이 전혀 통하지 않았고, 영적(靈的)인 눈으로 확인한 체내(體內) 마나도 마치 **반송장**을 보는 것처럼 미약했다. 그야말로 풍전등화, 수명이 거의 다한 것처럼 보였다.

이게 평범한 병이 아니라는 것과, 이미 사신의 낫에 사로잡힌 상태라는 건 누가 봐도 명백했다.

"지금 제가 할 수 있는 건 연명 조치뿐이에요. ……정말 죄송합니다."

"거, 거짓말……!"

콰당!

새파랗게 질린 얼굴의 시스티나가 옆에서 의자를 박차고 일어나더니 눈앞에 앉은 세실리아의 두 어깨를 붙들었다.

"대, 대체 원인이 뭐죠?! 리엘은 어제까지만 해도 건강하게 검을 휘둘렀는데! 딸기 타르트도 맛있게 먹었는데…… 그런데 오늘 갑자기 왜?! 대체 왜냐구요!"

"시스티, 안 돼! 부탁이야! 제발 진정해!"

루미아는 착란을 일으킨 시스티나를 세실리아로부터 떼어낸 후 그녀의 몸을 부둥켜안았다.

그러자 시스티나는 루미아의 품속에서 몸을 떨면서 흐느껴 울기 시작했다. 그런 절친을 달래는 루미아 역시 당장에라도 눈물을 쏟을 것 같은 얼굴이었다.

"…………."

그 덕분에 오히려 냉정해진 글렌은 의무실 안쪽에 있는 침대 위에서 지금은 마치 죽은 것처럼 잠든 리엘을 슬쩍 흘겨보았다.

그녀가 누운 침대 밑이나 주위에는 다양한 마술 법진과

마도 장치와 석판형 마도 연산기가 설치되어 있었고, 거기에 달린 수많은 튜브와 눈에 보이지 않는 영적 경락들이 리엘의 온몸에 연결되어 있었다. 장치가 표시하는 미약한 생명 반응만이 그녀가 아직 살아있다는 증거였다.

그런 리엘의 모습을 잠시 바라보던 글렌은 이윽고 뭔가를 결심한 듯 시선과 턱짓으로 세실리아에게 뒷말을 재촉했다.

"······리엘 양의 병명은······『에테르 괴리증』이라는 병이에요."

"예?『에테르 괴리증』이라고요······?"

대체 무슨 난치병이나 희귀병이 언급될지 긴장했던 글렌은 당황해서 눈을 깜빡였다.

그것은 일반적인 병처럼 육체에 걸리는 병이 아니라 영혼에 걸리는 병이었고『육체와 영혼의 결합이 느슨해져서 영혼이 육체에서 괴리』되는 무시무시한 마술성 질환이었다.

당연히 병이 진행돼서 영혼이 완전히 괴리되면 죽음을 피할 수 없었다.

주로 장기간 마술을 무리하게 써서 영혼을 지속적으로 혹사했던 마술사가 말년에 걸리는 것으로 유명한 병이었지만—.

"그거, 말이 좀 이상하지 않나요?『에테르 괴리증』이라면 이미 치료법이 있을 텐데요."

글렌이 말한 대로였다.

분명 이『에테르 괴리증』은 얼마 전까지만 해도 불치병이자『마술사의 수명』으로 여겨진 공포의 병이었지만, 지금은 이미 치료법이 확립돼서 심령수술로 충분히 치료가 가능했다.

노년의 마술사라면 모를까 아직 젊은 리엘이라면 고치지 못할 리가 없는 병이었던 것이다.

"예, 평범한 사람의 『에테르 괴리증』이었다면 저는 거의 백 퍼센트에 가까운 확률로 치료할 수 있을 거예요. 하지만…… 리엘 양은…… 무리예요."

세실리아는 진심으로 고뇌에 잠긴 표정으로 애써 자백했다.

"전혀 모르겠어요.. 그녀의 영혼…… 그 에테르 구조를 전혀 해석할 수가 없다구요."

에테르 구조.

그것은 즉 『영혼의 형태』다. 영혼은 삼차원에서는 시각적으로 표현할 수 없는 이상차원(異相次元)·허수량(虛數量)의 형태를 가지고 있는 데다 열 개의 영역(靈域)으로 이루어져 있다.

이 에테르 구조를 마술적으로 해석해서 영역도판(靈域圖版)을 만들지 못하면 심령수술을 집도하는 건 불가능하다. 이 세피라 맵이 없는 상태로 심령수술을 한다는 건 시각과 촉각을 봉인한 상태로 외과수술을 하는 것이나 다름없었다.

영혼을 조작하는 심령수술 계통의 백마술(白魔術) 의식에 반드시 필요한 데이터. 그것이 바로 세피라 맵인 것이다.

"……그건 더 말이 안 되잖아요. 혼문(魂紋) 해석이라면 모를까 선생님쯤 되는 실력자가 에테르 구조를 파악할 수 없다니…… 그건 에테르 법의학의 기초 중의 기초인데."

"예. 기초 중의 기초예요. 하지만 리엘 양의 영혼은 뭔가 이상했어요."

세실리아는 자신의 무력함을 한탄하는 것처럼 말했다.

"리엘 양의 영혼은 세피라의 경계가 엉망진창이라 전체적인 형태를 전혀 파악할 수가 없었어요. 세피라를 연결하는 영맥도 어떤 식으로 지나가는지 불명…… 이런 영혼은 보통 존재할 리 없어요. 마치 수많은 영혼을 억지로 겹친 듯한…… 저는 이런 영혼은 난생 처음 봐요."

그 말을 들은 순간, 머릿속으로 번뜩이는 것이 있었다.

"앗?! 설마…… 『Project : Revive Life』……?"

그렇다. 리엘은 평범한 인간이 아니었다. 『Project : Revive Life』라는 사자소생 부활 금주로 태어난 마조(魔造) 인간이었다.

에테르 구조를 해석할 수 없는 건 혹시 이 때문이 아니었을까.

"……글렌 선생님. 리엘 양의 영혼에 관해 뭔가 짚이시는 바가 있는 건가요?"

글렌의 안색이 변하는 것을 본 세실리아가 목소리 톤을 낮추고 물었다.

리엘의 정체는 절대로 외부에 새어나가선 안 되는 비밀이었지만 상황이 이렇게 된 이상 어쩔 수 없으리라.

"……세실리아 선생님. 진정하고 들어주세요. 될 수 있으면 비밀로 해주시고요. 실은……."

글렌은 진지한 얼굴로 이야기를 기다리는 세실리아에게 자신의 과거와 리엘의 모든 것을 밝혔다.

"그랬군요. ……그랬던 거였어요. 아직 완전히 믿기지는 않지만……."

글렌의 긴 이야기가 끝나자, 세실리아는 그제야 납득한 듯 고개를 끄덕였다.

"『Project : Revive Life』는 육체, 영혼체, 정신체의 대체물을 별도로 조정한 후, 그것들을 공중합(共重合)해서 완성한다고 하는 금주법이에요. 그때 에테르의 대체물인『얼터 에테르』는 수많은 인간의 영혼으로 정제되는 것. 리엘 양의 에테르 구조가 복잡기괴한 것도 이제야 납득이 가네요. 그 시온 레이포드 씨라는 분이 집도한『Project : Revive Life』에도 아직 틈이 있었던 거겠죠. 시간이 지나면서 마테리얼과 에테르의 접합 상태가 어긋난 거예요. 그래서 리엘 양에게 원래는 걸릴 리 없었던『에테르 괴리증』이 발병한 거죠."

"아마…… 그런 거겠죠."

글렌은 복잡한 심경으로 대답한 후 본론을 꺼냈다.

"세실리아 선생님. 리엘을 구할 방법은…… 이제 전혀 없는 건가요?"

"증상 자체는 평범한 『에테르 괴리증』이에요. 그러니 어떻게든 에테르 구조를 해석해서 세피라 맵만 만들 수 있으면 당장에라도 심령수술로 치료를…… 하지만……."

문제는 리엘의 영혼을 해석할 수 없어서 세피라 맵을 만드는 게 불가능하다는 점이었다.

글렌은 눈살을 찌푸리고 고뇌에 찬 씁쓸한 표정으로 허공을 노려보았다.

그 순간―.

"……응? 글, 렌……?"

의무실 안쪽에 있는 침대에서 부스럭거리는 소리가 들렸다.

시선을 돌리자 몽롱하게나마 의식이 돌아온 건지 리엘이 고개만 돌린 상태로, 지금은 정말로 졸린 눈으로 글렌을 멍하니 바라보았다.

"……무슨……일 있었어? 글렌…… 왠지…… 무서운, 얼굴……."

"……."

"……나…… 어떻게…… 된 거야? 졸려……. 왠, 지…… 굉장히…… 졸려."

"……."

"……무서워…… 글렌. 왠지…… 나…… 사라질 것 같아서…… 무서워……."

리엘이 모기처럼 가느다랗고 불안한 목소리로 중얼거렸다.

그러자 글렌은 조용히 일어나서 그녀의 옆으로 다가갔다.

"……아……."

글렌이 말없이 머리를 쓰다듬어주자, 리엘은 기분 좋은지 눈을 가늘게 떴다.

잠시 그렇게 계속 리엘의 머리를 쓰다듬어준 글렌은 이윽고 뭔가를 결심한 얼굴로 시스티나와 루미아를 돌아보았다.

"야, 하얀 고양이. ……지금은 울고 있을 때가 아니잖아?"

"……?!"

글렌의 강한 힘이 깃든 목소리를 들은 시스티나가 눈이 퉁퉁 부은 얼굴로 루미아의 품에서 힘없이 고개를 들었다.

"마술이라는 건 언제나 불가능을 가능하게 바꾸려고 발전해왔어. 리엘의 영혼이 해석 불가능? 세피라 맵을 만드는 건 무리? 그게 뭐가 어쨌다고. 설령 불가능하다고 해도 우리는 이 녀석의 영혼을 해석해서 세피라 맵을 만드는 수밖에 없어."

"선……생님……."

"시스티나, 루미아…… 해보자. 우리가 리엘을 구하는 거야. 힘을 빌려줘."

"……아, 예!"

"저희가 할 수 있는 일이라면 뭐든지 할게요!"

글렌의 힘찬 선언에 시스티나는 눈물을 훔쳤고 루미아는 결의를 담아 고개를 끄덕였다.

"……글렌…… 시스티, 나…… 루미아……."

리엘은 그런 세 사람의 모습을 멍한 눈으로 지켜보았다.

이렇게 해서 악전고투의 나날이 시작되었다.

이 날을 기점으로 글렌과 세실리아를 중심으로 리엘의 복잡기괴한 영혼을 어떻게든 해석하려는 연구가 시작되었다.

당연히 그 해석은 지극히 어려운 일이었다. 글렌과 세실리아는 낮밤을 가리지 않고 리엘에게 매달렸고, 도서관에 틀어박혀서 최신 에테르학(學)과 법의학 관련 마술 논문을 닥치는 대로 긁어모은 시스티나와 루미아는 날을 새가며 요점을 정리했다.

리엘의 세피라 맵을 만들려면 그 복잡하게 얽힌 영혼의 재료가 된 모든 영혼의 세피라 맵을 추출해내야만 했다. 그리고 그것들을 모조리 해석하고 역산해야 비로소 리엘 전용의 세피라 맵을 완성할 수 있었다.

그것이 지극히 어려운 과정이라는 건 조금이라도 마술과 접한 적이 있는 사람이라면 누구나 알아챌 수 있으리라.

하지만 글렌 일행은 그런 고난의 작업을 말 그대로 피를 토하는 듯한 심정으로 진행했다.

그리고 그런 그들에게는 다수의 교내 협력자들이 있었다.

"……알았네, 글렌 선생. 리엘 군에게 필요한 『아스트랄 코드 분리 술식』쪽은 내가 개발을 진행하지. 백마술의 정신 관련은 내 전문 분야이니 말일세."

"저, 정말로요?! 괜찮으시겠어요? 체스트 남작님."

"그래, 뭐. 신경 쓰지 말게. 리엘 군 같은 귀여운 소녀를 잃는 건 인류 전체의 손실이니 말일세."

"가, 감사합니다! 남작님!"

체스트 남작이 글렌의 협력 요청을 쾌히 승낙했다.

"흠. 글렌 선생의 계산대로 그 술식 구상을 실현시키려면 아마 현존 마도 연산기의 기능과 처리 능력으로는 성능이 한참 부족하겠군."

"역시 그렇겠지. ……제길! 대체 어쩌면 좋지."

"홋! 걱정하지 마라! 마도 연산기의 기능 확장이라면 이 천재 마도공학 교수 오웰 슈더에게 맡기도록!"

"오, 오웰……? 괜찮겠어?"

"흠하하하하하하하하! 이것도 전부 내 마음의 친구를 위한 일! 별것 아니니까 신경 쓰지 마!"

오웰도 오히려 글렌에게 협력을 제안했다.

"글렌 레이더스. 흥…… 이걸 가져가도록."

"서, 선배?! 이, 이건 에테르 법의학의 세계적인 권위자이자 제1인자인 아이네스트 슈바이처의 최신 논문이잖아요?!

이런 귀중한 논문을 대체 어떻게?!"

"흥. 우둔한 네놈이라면 분명 마술학회에 아무런 연줄도 없겠지."

"……?!"

"잘 들어. 착각하지 마. 글렌 레이더스. 난 네놈이 정말 싫고, 그 리엘 레이포드에게는 대체 몇 번이나 심한 꼴을 당했는지 헤아릴 수조차 없다! 그 원한을 갚기 전에 멋대로 죽도록 내버려둘 수는 없지. 이유는 그것뿐이다!"

"……선배. ……감사합니다."

"흥. 그런 말을 할 여유가 있다면 냉큼 작업으로 돌아가기나 해."

법의학에는 완전히 문외한인 할리조차 도움을 주었다.

물론 협력적인 모습을 보인 건 글렌의 동료들뿐만이 아니었다.

『에테르 괴리증』이 진행되어서 육체와 영혼이 분리되기 시작한 현재의 리엘은, 예를 들자면 금이 간 물주전자나 다름없었다. 굉장한 기세로 물이 빠져나가고 있는 상태였다.

따라서 생명을 유지하려면 타인에게 대량의 마나를 공급받을 필요가 있었다.

그 사정을 알게 된 2반 학생들은 자신들의 마나를, 마나 결핍증을 일으키는 것조차 개의치 않고 리엘에게 아낌없이 교대로 공급해주었다. 그것도 밤낮을 가리지 않고……. 그들은 학교에서 밤을 지새우며 리엘의 곁에 모여 끊임없이 격려를 보냈다.

"힘내, 리엘. ……병 따위에 지지 마."

장치를 통해 마나를 공급하던 카슈가 리엘의 손을 쥐고 말했다.

"……이봐, 너. 이기고 도망치는 건 허락 못 해."

기블도 퉁명스러운 목소리로 중얼거렸다.

"괜찮아요. ……괜찮을 거예요. 분명 선생님이 어떻게든 해주실 거예요."

"예, 맞아요. 선생님이라면 반드시……."

웬디와 테레사도 리엘의 손을 쥐고 마치 기도하는 것처럼 말했다.

"리엘…… 빨리 나아."

"우리랑 또 같이 학교에 다녀야지. 응?"

린도 세실도—.

"우오오오오오! 리에에에에에에엘~~!"

"우리의 마나도 가져가아아아아아~~!"

로드도, 카이도, 다른 2반 학생들…… 알프, 빅스, 시사, 루젤, 아네트, 벨라, 캐시도—.

"리엘 양, 안 돼요. ……당신이 죽으면 슬퍼할 사람들이 있단 말이에요."

"흥. ······뭐, 루미아 틴젤에게는 이런저런 빚이 있어서다."

어떤 때는 다른 반의 리제 필마와 자일 울퍼트까지.

더 나아가서는 리엘의 용태를 들은 전교생들까지 교대로 마나를 공급해주게 되었다.

모두가 과거에 『페지테 최악의 사흘간』 사건에서 학교를 구한 영웅 중 한 명이자 자신들의 은인이기도 한 리엘에게 은혜를 갚으려고, 그녀의 생명을 현세에 붙들어놓기 위해 아낌없이 마나를 제공하고 격려의 말을 보내주었다.

"······모두, 들······."

리엘은 가끔 정신이 드는 몽롱한 의식 속에서 그런 학생들의 모습을 눈부시게 바라보았다.

모두가 한 마음이 되어서 오로지 리엘을 위해······.

리엘을 돕기 위해. 리엘을 구하기 위해······.

하지만 그런 모두의 간절한 바람 속에서 세실리아의 필사적인 대응 치료를 받아도 리엘의 용태에는 별다른 차도가 없었다. 시스티나와 루미아의 필사적인 연구 성과도 부질없이 글렌의 영혼 해석 작업 속도는 지지부진했다.

그러는 사이에도 리엘의 생명 반응은 무자비할 정도로 시시각각 약해지고 있었다.

그것은 마침 리엘이 쓰러진 지 일주일째가 되는 날이었다.

"글렌, 그건 무리야. 포기해."

어두운 하늘에 하얗고 시린 달이 빛나는 밤.

불현듯 학교에 나타난 세리카의 한 마디가 자는 시간도 아껴가며 영혼 해석법 고안에 열중하던 글렌의 마음을 철저하게 짓밟았다.

"뭐……라고? 야, 세리카…… 너, 지금 뭐라고 지껄였냐? 쿨럭! 콜록!"

이곳은 자료와 문헌을 산더미처럼 쌓아올려서 발 디딜 틈조차 없는 마술식 연구동의 한 연구실이었다.

눈가에 짙은 음영이 드리워져 있고 체력도 한계에 달한 글렌은 비틀거리는 걸음걸이로 세리카에게 다가가 힘없이 멱살을 틀어쥐었다.

"아무 생각 없이 손을 움직이는 편이 마음이 진정될 때도 있어. 그래서 굳이 지적하지는 않았다만…… 이젠 한계야. 난 그런 모습의 너를 더는 두고 볼 수 없어."

세리카는 안쓰럽고 슬픈 목소리로 중얼거렸다.

"네가 하는 작업은 이론적으로 모순됐어. 그건…… 예를 들면 직소 퍼즐의 한 피스를 가지고 광대한 전체상을 정확하게 재현하려는 것과 마찬가지야. 그런 건 이미 마술이 아니야. 마법의 영역이지. ……너도 처음부터 전체상을 알고 있지 않는 한 재현하는 건 불가능하다는 걸 알고 있잖아? 그런 건 루미아의 이능력 보조를 받은 나라도 무리야. ……

마술은 만능이 아니라고."

"윽?!"

"너는 현명하니까…… 사실은 이미 눈치챘잖아?"

그런 잔혹한 선고를 내리는 세리카 또한, 아픈 몸에 채찍질을 해가며 남몰래 독자적으로 리엘을 구하기 위한 조사와 연구를 진행했었던 건지 마치 시체처럼 초췌한 모습이었다.

그러하기에 그녀도 절대로 불가능하다는 결론에 도달한 것이리라.

그 사실을 눈치챈 글렌은 그 자리에서 힘없이 무릎을 꿇더니 바닥에 손을 짚고 고개를 떨구었다.

그렇다. 알고 있었다. 처음부터 마음속 한구석에서 어렴풋이 눈치채고 있었다.

리엘은 살 수 없다. 더는 가망이 없다고. 그 사실을 잘 알면서도 작업을 멈출 수 없었다. 뭔가를 하지 않으면 견딜 수 없었던 것이다.

글렌은 눈 안쪽에서 뜨거운 뭔가가 치밀어 오르는 것을 느끼며 연구실 한켠으로 시선을 돌렸다.

그곳에는 리엘을 구하고 싶다는 일념으로 자신을 믿고, 오늘까지 필사적으로 연구를 보조해준 시스티나와 루미아가 책상 위에 엎드려서 자료에 파묻힌 채 자고 있었다. 피로 때문에 완전히 곯아떨어진 것이리라. 머리카락은 푸석푸석하고 피부도 거칠었다. 그 아름다웠던 소녀들이 지금은 그런 처참한 몰골을 하고 있었다.

"……나, 나는…… 나는!"

글렌은 세리카의 발밑에서 눈물을 글썽이며 바닥을 주먹으로 내리쳤다. 몇 번이고 계속…….

"젠장! 어째서야! 리엘은…… 그 녀석은 이제야 양지의 세계를 걸을 수 있게 됐는데…… 대체 왜 이렇게 된 거지?! 그 녀석이 대체 무슨 짓을 했다고!"

"……글렌."

세리카는 위로하듯 글렌의 머리를 살며시 쓰다듬었다.

잠시 방 안에 안타까운 절규가 울려 퍼진 순간—

"하아…… 다 큰 남자가 한심스럽게 징징거리기는."

한 여자가 붉은 머리카락을 상쾌하게 쓸어 올리며 입실했다.

이브 이그나이트, 아니. 지금은 어머니 쪽 성을 쓰는 이브 디스트레. 얼마 전까지만 제국 궁정 마도사단 특무분실 실장 집행관 넘버 1《마술사》였지만, 지금은 어떤 사정으로 좌천당해 알자노 제국 마술학원에서 근무하는 군사 교련의 특별 강사였다.

"……이브?"

글렌은 눈동자만 움직여서 퉁명스레 팔짱을 낀 이브를 올려다보았다.

"흥. 당신은 정말 돌진밖에 모르는 바보네. 좀 더 머리를 쓰는 게 어때? 머리를."

이브는 강사복을 펄럭이고 바닥에 엎드린 글렌의 앞으로 다가왔다.

"그래서 이런 쓸데없는 짓에 시간과 노력을 낭비하게 되는 거야. 정말이지…… 시스티나와 루미아한테까지 이런 부담을 주면서 대체 뭘 한 거야?"

"야…… 너, 좀 닥쳐."

그러자 세리카가 마치 지옥 밑바닥에서 울려 퍼지는 듯한 목소리로 끼어들었다.

"전 제국 궁정 마도사단 특무분실 실장 《마술사》…… 이 아이를 봐서 지금까지는 눈감아줬다만, 난 네가 진심으로 싫다. ……군 시절의 글렌을 학대하고 궁지에 몰아넣은 장본인이었으니까."

세리카는 그렇게 말을 내뱉고 얼음장 같은 눈으로 이브를 노려보았다.

"만약 지금의 글렌이 널 제법 인정하지 않았다면 애당초 내 손으로 직접 지옥으로 보내줬을 거다. 그러니 그 불쾌한 낯짝을 내 시야에서 치워. 그 불쾌한 목소리를 더러운 입에서 흘리지 마. ……이 세상에서 물리적으로 소멸하기 싫으면."

일반인이었으면 그 자리에서 바로 죽음을 각오했을 압도적인 살계(殺界)가 형성되었다.

그 너무나도 무거운 중압감 때문에 지쳐서 곯아떨어졌던 시스티나와 루미아도 정신을 차리고 고개를 들었지만, 방

안의 심상치 않은 분위기를 보고 겁에 질려 말도 꺼내지 못했다.

아무리 약해졌다고는 해도 세리카와 이브 사이에는 그야 말로 하늘과 땅 수준의 실력차가 존재했다.

만약 세리카가 진심으로 죽이려고 든다면 이브는 1초도 버티지 못하리라. 바닥에 머리를 조아리고 꼬리를 흔들며 용서를 빌어야 할 상황이었다.

하지만 이브는 그 절망적인 중압감 앞에서도 코웃음을 치더니 글렌에게 다시 말을 걸었다.

"글렌, 대체 언제까지 꾸물거릴 거야? 당신은 리엘을 구하고 싶은 거잖아? 정말 실낱 같은 가능성이지만, 그 돌파구를 찾아왔어."

그 뜻밖의 발언에 모두가 경악한 눈으로 그녀를 바라보았다.

"야, 너. ……위로랍시고 함부로 지껄이지 마. 정말 죽고 싶은 거냐?"

"하아…… 전 《세계》, 세리카 아르포네아. ……당신은 단독으로는 세계 최강일지도 모르지만, 권모술수나 반외전술 같은 모략에는 좀 약하신 것 같네요."

이브는 용조차 눈으로 죽일 수 있을 것 같은 세리카의 시선을 태연히 받아넘기고 마주 보았다.

"뭐? 말 다했어? 아직 반세기도 못 산 애송이 주제에……."

"당신, 조금 전에 이렇게 말씀하셨죠? 『전체상을 재현하

는 건 처음부터 전체상을 알고 있지 않는 한 불가능_하다고_
요. ……그럼 그냥 그 전체상을 가져오면 되는 거잖아요?"

그리고 전혀 위축되지 않은 자신만만한 태도로 세리카와
계속 대치했다.

"글렌, 잘 들어. 리엘의 세피라 맵 말인데……."

그리고 이브가 글렌에게 뭔가를 말하려 한 순간이었다.

"서, 서, 선생니이이이이이이이이이이이이님!"

글렌 반의 학생 몇 명이 한껏 당황한 얼굴로 연구실 안에
뛰어 들어왔다.

"선생님! 큰일났어요! 갑자기 이상한 녀석들이 와서 리엘
을―."

"……?!"

절박한 로드와 카이의 비명을 발단으로, 사태는 새로운
혼돈의 심연으로 방향을 돌리기 시작했다.

"이봐! 너희들! 이게 대체 무슨 짓이야!"

맹렬한 속도로 달려온 글렌은 의무실 문을 발로 차서 열
고 고함을 질렀다.

그 안은 현재 기이한 분위기에 잠겨 있었다.

"자자~ 그쪽 좀 들어봐~. 아, 거긴 묶고!"

마도사 예복을 입은 몇 명의 남녀가 리엘과 연결된 생명
유지 장치의 케이블을 억지로 잡아 뜯은 후 들것으로 옮겨

서 벨트로 구속하고 있었다.

아무래도 저들은 리엘을 어딘가로 끌고 가려는 모양이었다.

손가락 하나 까딱할 수 없는 리엘은 당연히 축 늘어진 채 아무런 저항도 할 수 없었다.

"좋아. 《전차》 리엘 회수 완료~. 응, 후딱 옮겨보실까!"

'제, 제국 궁정 마도사단?! 저 녀석들이 대체 왜 이런 곳에?!'

예복을 보고 그들의 정체를 간파한 글렌은 경악한 나머지 그 자리에 굳어버리고 말았다.

"으으…… 제, 제길! 아아악! 아프잖아……!"

"……당신들! 리엘을, 어쩔 셈이지?! 으, 크윽……!"

그리고 번개의 사슬에 휘감긴 채 바닥에 쓰러져 있는 카슈와 기블과 웬디를 비롯한 여러 학생들은 팔다리를 찌르는 듯한 격통에 신음을 흘리고 있었다.

아마 갑자기 나타난 마도사들의 폭거에 저항했던 것이리라.

하지만 어차피 전투 훈련을 받은 마술 전투의 프로와 아마추어.

그야말로 하늘과 땅 수준의 실력 차이로 인해 허무하게 제압당한 것이다.

그리고 글렌이 오기 전에 이미 마음이 꺾인 건지 리엘에게 마나를 공급 중이던 다른 열 몇 명의 학생들은 벽 쪽에 몰려서 새파랗게 질린 얼굴로 겁을 먹고 있었다.

"이 자식들! 리엘을…… 대체 어디로 데려갈 셈이야! 리엘을 놔! ……으아아아악!"

그런 상황에서도 필사적으로 바닥을 기어서 마도사들의 다리에 매달리려는 카슈의 손을 마치 야수 같은 눈초리의 거한이 가차 없이 짓밟았다.

"시끄러워. 잔챙이가 나대지 말라고. 우린 지금 바쁘단 말이다. 쓰레기가."

그 마도사는 발밑에서 신음을 흘리는 카슈를 깔보는 눈으로 흘겨보았다.

그러는 사이에도 다른 마도사들은 들것에 실린 리엘을 나르려 하고 있었고, 그 광경은 글렌의 인내심을 바닥에 처박기에 충분했다.

"이 자식들이이이?! 내 학생에게……."

바닥을 박차며 신체 능력 강화 마술을 단숨에 전개하여 잔상조차 보일 속도로 돌진했다.

목표는 그의 시점에서 가장 가까이에 있는 거구의 마도사였다.

"……손대지 마!"

공기를 가르며 뻗은 오른 주먹에는 자칫하면 상대를 죽여 버릴지도 모르는 위력이 담겨 있었다.

불시의 기습일 뿐만 아니라 모든 체중과 마력이 실린 최고의 일격.

글렌은 다음 순간, 벽으로 내동댕이쳐진 마도사의 모습을 상상했지만—.

"아앙? 뭐야? 넌."

"……?!"

제대로 들어갔을 터였다. 글렌의 라이트 스트레이트가 마도사의 오른쪽 뺨을 틀림없이 가격했을 터였다.

회심의 일격이다. 누가 봐도 절대로 피할 수 없는 타이밍이었다.

하지만 글렌의 주먹은 허공을 갈랐고 거구의 마도사는 어느새 그의 등 뒤에 서 있었다.

"너, 이 자식……! 지금 무슨 짓을—."

글렌은 반사적으로 몸을 옆으로 날려서 거리를 벌렸다.

하지만 그건 악수(惡手)였다.

"뭐야? 아직도 우리에게 저항하는 바보가 있었어?"

거구의 마도사 뒤에 있던 붉은 머리의 소년 마도사가—.

"우후후후…… 그럼 신벌을 집행해야겠네요. 모든 것은 주님의 뜻대로!"

그 옆에 서 있던 묘령의 금발 여마도사가—.

글렌을 향해 천천히 손을 내밀었다. 단숨에 끓어오르는 강대한 마력의 태동. 두 마도사는 글렌을 향해 가차 없이 마술을 날릴 심산이었다.

그리고 그 마력의 질을 보고 깨달았다. 이자들이 전부 초일류 마도사라는 것을…….

'아뿔싸!'

한 소절 주문 영창과 예창 주문의 시간차 발동을 쓸 수 없는 삼류 마술사인 글렌은, 자신보다 수준 높은 마술사가 상대라면 근접 격투전으로 활로를 열 수밖에 없었다.

하지만 그 전법이 통하지 않아서 한순간 방어태세로 전환한 것이 실수였다.

물러서지 않고, 위축되지 않고 즉시 고유 마술【광대의 세계】를 발동했어야만 했다.

물러선 탓에 타이밍을 놓쳤다.【광대의 세계】는 제시간에 맞출 수 없으리라.

'망할!'

글렌은 절망적인 기분이 들었지만 그럼에도 포기하지 않고 광대 아르카나를 꺼내려 했다.

하지만 그 순간, 그 자리에 한층 더 이상한 현상이 발생했다.

"두 분, 거기까지입니다."

눈에 보이는 세상 전체가 흔들리기 시작한 것이다.

그 결과, 이 자리의 모든 사람은 방향감각과 중력감각을 잃고 제대로 서 있을 수조차 없게 되었다. 싸우는 것을 포기하고 움직임을 멈출 수밖에 없었다.

"……이건…… 뭐지?!"

"칫……."

글렌의 경악한 목소리와 마도사들이 혀를 차는 소리가 울려 퍼졌다.

이윽고 뒤틀리고 일렁이던 세계가 서서히 원래 모습을 되찾기 시작했다.

어느새 글렌과 마도사들 사이에는 마도사 예복을 입은 한 소녀가 서 있었다.

글렌과 동갑이거나 한두 살 정도 어려 보이는 소녀였다. 애교 있는 얼굴. 머리 뒤로 묶어 올린 긴 황갈색 머리카락. 앞머리 사이로 반짝이는 황금색 눈동자는 동글동글하니 귀여웠다. 군인답지 않은 화사하고 작은 체격이었지만 미덥지 못한 인상은 전혀 들지 않았다.

"오랜만이에요, 글렌 선배!"

그 소녀는 글렌을 향해 방긋 웃었다.

글렌은 잠시 아연실색한 얼굴로 소녀를 응시한 후―.

"……일, 리, 아……? 일리아…… 너, 《달》의 일리아냐?!"

"예! 당신의 귀엽디 귀여운 후배! 제국 궁정 마도사단 특무분실 소속 집행관 넘버 18 《달》의 일리아 일루주랍니다!"

일리아는 윙크한 후 경례했다.

"이야~ 고맙습니다, 일리아. 역시 당신은 우수하군요."

이번에는 문 쪽에서 천천히 의무실 안으로 들어온 한 남자가 글렌의 앞에 멈춰 섰다.

"……!"

그러자 일리아는 갑자기 입을 다물더니 경계심 어린 눈으로 남자를 노려보고 뒤로 물러났다.

"나 원 참…… 저희는 이래 봬도 군인이니 혈기왕성한 것 자체는 어쩔 수 없습니다만, 여기서는 그럼 안 되죠. 여긴 신성한 배움터일 뿐만 아니라 정숙을 권장하는 의무실이니까요."

그 남자는 똑같은 마도사 예복을 입은 20대 후반의 마도사였다.

긴 금발에 키가 크고 늘씬한 체격. 누가 봐도 선량해 보이는 얼굴에 안경을 썼고 입가에는 미소를 머금고 있었다. 언뜻 기가 약해 보이는 미남이었지만 그 자세에는 빈틈이 전혀 없었다. 전투에 소양이 있는 자라면 남자가 구름 위의 실력자라는 사실을 보자마자 눈치챌 수 있으리라.

그 증거로 남자가 뭔가 중얼거리며 손을 휘두르자 마술로 구속되어 있었던 학생들이 단숨에 해방되었다.

"이거 참, 잠시 자리를 비운 사이에 제 부하들이 큰 폐를 끼친 것 같아서 정말 죄송합니다. 글렌 씨. ……아니, 《광대》의 글렌."

남자가 정중하게 인사하자 글렌은 눈살을 찌푸렸다.

"……넌, 누구지? 어떻게 날 아는 거야?"

"하하, 소개가 늦었군요. 원래는 수비의무가 있습니다만, 지금은 서로의 신뢰가 필요할 때. 상황은 시급을 다투고 있으니 이번에는 특례로 제 이름과 신분을 밝히겠습니다."

그리고 남자는 자기소개를 했다.

"저는 사이러스 슈마허. 당신이 더 잘 알만한 이름을 대자면…… 제국군 백기장, 제국 궁정 마도사단 특무분실 실장 집행관 넘버 1《마술사》사이러스라고 하면 아시겠죠?"

그 순간, 글렌은 뒤통수를 강하게 얻어맞은 듯한 충격에 휩싸였다.

'특무분실?! 설마 이 녀석들은…… 전부 특무분실의 집행관들이었나?!'

그리고 등에 식은땀을 흘리며 마도사들을 확인했다.

일리아를 제외하면 전부 모르는 얼굴들이었지만, 혹시 보충된 요원들인 것일까.

'게다가 이 녀석은《마술사》넘버를 자칭했어. 즉, 이브의 후임?!'

일반적으로 마술사 넘버를 받을 수 있는 건 이그나이트가(家)의 인간들뿐이었다.

특례일까, 아니면 다른 이유가 있는 것일까. 어찌 됐든 특무분실의 넘버 1, 즉, 실장을 자칭한 이상 터무니없는 실력자라는 것만은 분명했다.

'젠장, 이 자식들! 특무분실의 집행관이 다섯이나 대체 뭘 하러 여기까지 온 거냐고!'

그런 이상하기 짝이 없는 상황에 글렌이 마른 침을 삼키며 긴장했다.

"하하하…… 그렇게 너무 긴장하지 마세요, 글렌 씨. 저희는 딱히 당신과 싸우러 온 건 아니니까요."

사이러스가 한없이 온화한 목소리로 말했다.

"뭐? 긴장하지 말라고? 리엘과 학생들에게 이런 짓을 저지른 주제에 그게 할 소리야? 아무리 생각해봐도 우호적인 태도는 아니다만?"

"이거 참, 면목 없군요. 확실히 말씀하신 대로 그 일에 관해서는…… 특히 지켜야 할 시민인 학생들에게 손을 댄 것에 관해서는 변명할 여지가 없습니다. 아무래도 전 부하들에게 얕보이고 있는 모양이라서요. 뭐, 그 문제는 일단 제쳐두고 슬슬 본론으로 들어가죠."

대체 어느 쪽이 얕보고 있는 건지 모르겠으나 사이러스는 부하들의 실수에 처벌을 내리지도 않고 싱글벙글 웃으며 화제를 전환했다. 이상할 정도로 사람의 신경을 건드리는 미소였다.

"그럼 글렌 씨. 아니, 전 《광대》의 글렌. 그리고 《전차》의 리엘. 특무분실 실장으로서 두 분에게 명령을 내리겠습니다."

글렌과 학생들이 마른 침을 삼키며 지켜보는 가운데, 사이러스는 당당하게 선언했다.

"먼저 글렌 정기사. 저의 백기장 계급과 긴급 특례 조항 9호를 근거로 당신에게 집행관 넘버 0 《광대》로의 일시적인 복귀를 명령합니다."

"뭐어?"

"그리고 리엘 종기사장. 당신의 루미아 호위 임무를 일시적으로 해제합니다. 복귀한 글렌 정기사와 함께 여왕 폐하께서 칙명으로 내린 특수 임무에 종사하도록."

여기까지만 해도 글렌이 아연실색하기에 충분했다.

"그리고 그 특수 임무의 내용은…… 여왕 폐하의 암살을 획책하고 현재 도주 중인 역적, 전 집행관 넘버 17 《별》 알베르트 프레이저의 토벌입니다."

……그리고 이 말을 들었을 때는 그저 경악할 수밖에 없었다.

'뭐? 알베르트? ……알베르트가 여왕 폐하를…… 암살?'

사이러스는 사고(思考)가 현실을 따라잡지 못하는 상태의 글렌에게 계속 말했다.

"예. 다행히 미수에 그쳤습니다만, 그때 특무분실에도 큰 피해가 발생해서…… 《법황》 크리스토프, 《은둔자》 버나드가 폐하를 지키다 전사했습니다. 저희는 여왕 폐하를 위해서라도, 죽은 동료들을 위해서라도 그를 용서하지 않고 반드시 그 죄를 물어야만 합니다."

"……."

"하지만 알베르트는 강합니다. 자칫하면 도리어 이쪽이 사냥감이 될지도 모르죠. 그렇다면 그와 가장 많은 임무를 함께 수행하면서 그의 수법과 능력을 숙지하고 있는 자의 협력이 반드시 필요합니다. ……당연히 『협력』해주시겠죠? 《광대》의 글렌."

그렇게 말하는 사이러스는 어디까지나 한없이 온화하고 밝게 미소 짓고 있었다.

"실은 속내를 밝히자면 저도 실장이라는 분수에 넘치는 지위에 오른 지 얼마 안 된 참이라 군에서는 아직 입지가 좁은 편이거든요. ……마침 큰 실적이 필요하던 참이었습니다. 그 알베르트를 토벌할 수 있다면 그야말로 엄청난 전과가 되겠죠. 그러니……."

"……모르겠어. 네가 무슨 소리를 하는지 난 전혀 모르겠군."

하지만 글렌이 그제야 간신히 쥐어짜 낸 말은 마치 어린아이 같은 현실도피였다.

"뭐? 알베르트가 여왕 폐하를 암살하려고 해? 크리스토프와 영감이 죽어? 그래서 나랑 리엘이 알베르트를 토벌하라고? 너, 지금 대체 뭔 소리를 하는 거냐? 적당히 좀 해. 이 더럽게 바쁜 시기에……."

"어라? 이해하지 못하신 겁니까? 하하하, 이상하네요. ……가능한 한 요점을 정리해서 간결하고 짧게 말씀드렸다고 생각했습니다만."

그러자 사이러스는 어깨를 으쓱인 뒤 난처하게 웃었다.

"이거 참, 실은 말입니다. 글렌 씨. 전 옛날부터 주변 사람들에게 말이 길고 지루하다는 설교를 많이 듣다 보니 그걸 늘 고치려고 주의하는 편입니다만—."

글렌은 이상할 정도로 신경에 거슬리는 변명을 무시하고 대뜸 사이러스의 멱살을 잡았다.

"시끄러, 닥쳐! 지금 장난해?! 그 더럽게 고지식한 자식이 폐하를 암살?! 그런 짓을 할 리 없잖아! 어디서 감히 그딴 헛소리를!"

"으음…… 하지만 이건 엄연한 사실이라고요?"

하지만 사이러스는 전혀 위축되지 않고 난감한 얼굴로 눈살을 찌푸렸다.

"그게 만약 사실이라고 쳐도! 난 그렇다 쳐도 리엘한테 싸우라는 건 대체 무슨 소리야! 싸울 수 있는 상태가 아니라는 건 보면 알잖아! 아앙?!"

"예, 그렇죠. **그래서 마침 더 잘됐습니다.**"

그 순간, 마치 성인군자처럼 미소 짓고 있던 사이러스의 분위기가 돌변했다.

"리엘은 데려가겠습니다. 그 편이 당신도 명령에 고분고분해질 것 같으니까요."

어느새 그는 한없이 냉혹하고 차가운 눈으로 글렌을 바라보고 있었다.

"날 부려먹기 위한 인질이라는 거냐?! 날 어떻게든 군무에 종사시키려고?!"

"이해가 빨라서 다행이군요. 아무튼 당신은 만만치 않은 인물이니 무조건적으로 제 명령을 따르지는 않으시겠죠? 전 당신의 능력을 높이 사고 있습니다. 당신이라면 알베르트 토벌 작전에 크게 공헌할 수 있을 터. 다시 한 번 말하죠. 이건 명령입니다."

글렌은 화가 나다 못 해 이젠 말조차 나오지 않았다.

그러자 일리아는 마치 후회하는 것처럼 눈을 감고 방 한 켠에서 침묵을 고수했다.

그리고 세 마도사는 당황하는 글렌을 비웃고 있었다.

"……이, 이 자식들이!"

마치 지옥의 업화 같은 분노가 온몸을 불살랐다.

이 이해할 수 없는 사태도, 이 믿을 수 없는 상황도, 전부 지긋지긋했다.

글렌은 격정에 몸을 맡기고 주먹을 쥐었다. 요 일주일 동안 쌓아온 격정과 울분을 전부 쏟아내는 것으로 더는 돌이킬 수 결말을 맞이하려는 바로 그 순간—.

"……진정해, 글렌."

마치 주위에 불씨를 흩뿌리는 것 같은 선명한 붉은 머리를 쓸어 올리며 등장한 여자가, 폭발하기 일보 직전의 상태였던 글렌을 아슬아슬하게 제지했다.

"하아…… 납득했어. 파트너인 당신이 이래서야 알베르트도 참 고생이 많았겠네."

"이브?!"

마술강사 로브를 나부끼며 걸어온 이브는 팔짱을 끼고 글렌의 옆에 나란히 섰다.

"……그건 그렇고 군의 특권을 등에 업은 강제 종군 명령…… 보고 있으려니 기분 참 더러워. ……내가 했던 짓이 이런 거였구나. ……최악이야."

"이, 이브 씨……?!"

"……오랜만이야, 일리야. 하지만 지금은 당신과 이야기할 여유는 없어."

자신의 등장에 놀란 일리아를 잠시 돌아본 이브는 다시 사이러스를 흘겨보았다.

그러자 사이러스는 이브를 돌아보고 입을 열었다.

"아, 계셨습니까. 소문은 들었습니다. 서로 이런 입장이 된 후에 직접 만나는 건 처음이니 다시 자기소개를 하죠. ……제가 이번에 당신의 후임이 된 특무분실의 새 실장 사이러스 슈마허입니다. 아무쪼록 기억해 주시길, **전** 실장님."

"칫……! 서론은 됐어. 본론부터 말할게."

찌증스럽게 혀를 찬 이브는 사이러스를 노려보았다.

"만약 글렌을 그 알베르트 토벌 작전? 거기에 차출하고 싶다면…… 조건이 있어."

"……!"

"리엘의 세피라 맵…… **그걸 내놔**. 사이러스 슈마허."

아무도 예상 못 한 그 발언에 이 자리의 모두가 어안이 벙벙한 얼굴로 이브를 주목했다.

"뭐? 자, 잠깐…… 이브? 그게 대체 무슨……?"

이브는 영문을 몰라서 동요하는 글렌에게 지금은 자신에게 맡겨달라는 눈짓을 보낸 후 다시 입을 열었다.

"당신이 직접 온 덕분에 찾을 수고를 덜었네. 사이러스, 당신이라면 갖고 있겠지? 리엘의 세피라 맵. 딱히 귀중한 데이터도 아닐 테니 그 정도는 정당한 노동 보수에 해당해. 그러니 그걸 내놔."

"흠…… 이브 씨. ……당신은 대체 어디까지 알고 있는 겁니까?"

그러자 사이러스는 부드러운 미소는 그대로였지만 서릿발처럼 차갑고 날카로운 눈으로 물었다.

"이그나이트가 오로지 경쟁자들을 추월해서 전공을 쌓으려고 구축한 비밀 정보망이 있다는 걸 몰라? 뭐, 난 실장 자리를 박탈당하는 동시에 대부분 잃게 됐지만…… 내가 독자적으로 만든 실이 아직 몇 가닥 남아있다고만 말해둘게."

"……"

"아니면 그 시온 라이브러리라는 증거를 지금부터라도 허겁지겁 처분할래? 물론 그래도 상관없지만, 고작 이 정도의 거래를 받아들이는 것과 비교하면 과연 어느 쪽이 당신에게 『이득』이 될지 잘 생각해봐."

사이러스는 그런 이브를 잠시 품평하는 듯한 눈으로 관찰한 후―.

"……옳거니. 과연 이그나이트로군요. 거 참, 이렇게 직접 말씀을 나눠보니 더더욱 이해할 수가 없군요. 어째서 당신의 아버님은 당신 같은 우수한 분을 잘라버리신 건지."

"시끄러워. 괜한 참견이거든?! 그보다 거래를 받아들일 거야, 말 거야?!"

격노한 이브가 다시 묻자 사이러스는 능글맞게 고개를 갸웃거렸다.

"글쎄요? 거래라는 건 서로의 패와 전력이 대등할 때만 성립하는 계약을 뜻하는 말입니다. 저와 당신들은…… 한 번 잘 보십시오. 이래서야 전력에 차이가 너무 나지 않습니까."

사이러스가 어깨를 으쓱이자, 일리아를 제외한 특무분실의 세 마도사가 마치 위협하는 것처럼 한 걸음 앞으로 나섰다.

"지금의 당신이 제안한 거래를 저희가 받아들일 이유는 어디에도……."

"하! 패와 전력이 대등? 당신, 뭔가 착각하고 있는 거 아냐?"

이브는 코웃음을 쳤다.

그러자 한 여자가 발소리를 내며 의무실 안에 유령처럼 나타났다.

세리카였다. 그녀는 미간을 사정없이 찡그린, 엄청나게 불쾌한 표정을 짓고 있었다. 엄청나게…….

이브 같은 어린 계집애의 말대로 움직여야 하는 건 참을수 없지만, 글렌을 위해 지금은 참아주마. 나중에 두고 보자. ……그런 감정이 노골적으로 드러난 언제 터질지 모르는 폭탄 같은 분위기였다.

"……?!"

그리고 그 순간, 마도사들은 명백하게 긴장했다.

"그렇군요. 전 《세계》 세리카 아르포네아. ……이 학교에는 그녀가 있었죠."

사이러스는 항복이라는 듯 어깨를 으쓱였다.

"정보에 따르면 거듭된 혹사로 약체화…… 장기전은 불가능하지만, 단기전으로 한정하면 아직 무시무시한 힘을 발휘하겠죠. 참 난감하군요. 솔직히 여기서 싸우면 저희가 패배할리는 없겠지만…… 알베르트와 싸우기 전에 쓸데없는 손실은 피하고 싶군요. ……거 참, 정말 만만치 않은 분이십니다. 이래서야 당신의 거래를 받아들일 수밖에 없지 않습니까. 훌륭합니다. 그리고 참으로 총명한 여성이시군요. 아름답고 배짱도 두둑해요. 당신과는 꼭 한 번 느긋하게 식사라도……"

"됐거든?"

이브가 즉답하자 사이러스는 쓴웃음을 짓고 아직도 멍하니 있는 글렌을 돌아보았다.

"하하하, 차였군요. 아무래도 전 옛날부터 여자에게 인기가 없는 편이라…… 당신 같은 남자가 참 부럽더군요. 기회가 있다면 꼭 그 비결을 배우고 싶네요."

그리고 글렌의 옆에 있는 이브와 뒤에 있는 세리카를 힐 끔 돌아보며 온화하게 웃었다.

"자, 그럼 방금 들으신 대로입니다. 글렌 씨. 출처는 극비라 명언하지는 않겠습니다만…… 만약 제 명령을 따라서 알베르트 토벌 작전에 참가해주신다면…… 예, 리엘의 세피라맵을 당신에게 양도하겠습니다. ……어떻습니까. 당신은 그녀의 세피라 맵을 간절히 원했잖아요? 뭐, 만에 하나라도당신이 적전 도주를 하지 않도록 리엘은 이쪽에서 맡고 있겠지만요. 그건 이 거래에서 저희가 절대로 양보할 수 없는조건입니다."

"……?!"

그 말을 들은 순간, 글렌은 눈을 부릅떴다. 아직도 머리가 혼란스러웠다.

"……아마 이쯤이 한계일 거야. 더 밀어붙이면 교섭 자체가 무산될지도 몰라."

이브가 글렌에게만 들리도록, 마치 앞길을 제시하듯 나직하게 속삭였다.

"내가 할 수 있는 일은 여기까지야, 글렌. 남은 건 당신의결단뿐. 거래를 받아들이면 리엘을 구할 수 있을지도 몰라.하지만 응석쟁이인 당신에겐 상당히 잔혹한 전개가 기다리고 있겠지."

"……이브…… 너?"

"……강요하지는 않아. 난 그냥 내 마음 가는 대로 행동한 것뿐이니까. 나를 선생님이라고 부르며 따르는 학생들이 매일 슬퍼하는 걸 가만히 두고 볼 수 없어서, 이 상황을 최대한 이용해서 내가 할 수 있는 일을 했어. 그저 그것뿐. ……당신의 결단에 이러쿵저러쿵 참견하지는 않을 거야."

이브는 하고 싶은 말은 다 했다는 듯 시선을 피했다.

그리고 글렌이 시선을 돌리자 학생들은 자신을 주목하고 있었다.

저마다 얼굴에 짙은 당혹감을 드러내고 있으면서도 뭔가를 바라는 듯한, 미안한 듯한 그런 복잡하기 짝이 없는 표정을 짓고 있었다.

"서, 선생님……."

문가에 서 있는 시스티나와 루미아도 어떻게 해야 좋을지 모를 얼굴로 글렌을 지켜보고 있었다.

솔직히 글렌도 대체 뭐가 뭔지 도통 알 수가 없었다.

어째서 사이러스라는 남자가 리엘의 세피라 맵을 가지고 있는 건지, 왜 알베르트가 여왕 폐하 암살을 시도한 건지, 판단 재료가 지나치게 부족했다.

하지만 리엘을 구하고 싶다면 지금은 이 거래를 받아들이는 수밖에 없었다.

알베르트는 정말로 여왕 폐하 암살을 노리고 실행에 옮겼던 걸까?

만약 그게 사실이라 쳐도 자신은 정말로 그 녀석과 싸울 수 있을까?

리엘과 알베르트, 그 두 사람을 저울질하며 싸울 수 있을까?

솔직히 벌써부터 머리가 아파올 정도로 망설임이 끊이지 않았다.

하지만 아무것도 하지 않고 이대로 멈춰서는 것만큼은 할 수 없었다.

그것은 아무도 구하지 못하고 그대로 상황이 악화되기만 하는 최악의 선택지이기에…….

그래서―.

"알았어. ……거래를 받아들이지. 알베르트 토벌 작전에 참가해주마. ……빌어먹을!"

그야말로 사중지활(死中之活). 언제나처럼 싸움 속에서 진실과 최선의 방법을 찾으면서, 최악의 극한 상태에서 가능한 한 좋은 결과를 직접 쟁취하는 수밖에 없었다. 이건 시련이다.

그렇게 해서 이 날 이 순간, 글렌은 다시 한 번 마도사 예복을 입기로 결심했다.

"대체 뭐가 어떻게 된 거야?! 설명해, 이브!"

일단 사이러스 일행이 리엘을 확보해서 학교를 떠난 후,

글렌은 잡목림이 우거진 교사 뒤편에 있는 어둑어둑한 공간으로 이브를 끌고 와 사정을 캐물었다.

"이젠 뭐가 뭔지 전혀 모르겠다고! 네가 아는 걸 전부 말해!"

"시끄럽네 진짜. 그렇게 소리 지르지 않아도 들리고, 어련히 말해주려 했어."

건물 벽에 등을 기대고 팔짱을 낀 이브는 짜증스럽게 머리카락을 쓸어올린 뒤 한숨을 내쉬었다.

"알고 있는 순서대로 설명할게. 먼저 내가 요 일주일 간…… 즉, 당신들이 정공법으로 리엘을 구하려고 하는 동안 뭘 했는지부터. ……어렴풋이 눈치챘겠지만, 난 내 정보망의 옛 연줄을 의지해봤어."

"연줄?"

"이유야 뻔하잖아? 리엘의 세피라 맵. 리엘은 『Project : Revive Life』로 만들어진 마조 인간이잖아? 물론 리엘이 『Project : Revive Life』로 태어났다는 사실은 당신과 알베르트에 의해 은폐됐지만."

이브의 날카로운 시선을 받은 글렌은 말없이 시선을 피했다.

"딱히 이제 와서 책망하려는 건 아니야. 지금의 난 특무분실 실장이 아니니까. 아무튼 그런 금주법으로 리엘을 만들었다면 적어도 리엘의 제작자인 천재 연금술사 시온 레이포드는 리엘의 정확한 세피라 맵을 가지고 있었을 거야. 리엘의 대체 영혼인 『얼터 에테르』는 시온이 조정한 거니까."

"아……."

이브의 말대로였다. 리엘의 영혼은 이를 테면 여러 종류의 직소 퍼즐을 분해한 후, 그것들을 억지로 결합해서 한 장의 그림을 완성한 것이나 마찬가지인 상태였다. 그래서 세피라 맵의 작성이 불가능했다.

하지만 실제로 그 그림을 완성한 인물이라면, 그 전— 퍼즐의 원래 모습을 알고 있어야 하는 게 당연했다.

"2년 전…… 당시 《광대》였던 당신은 하늘의 지혜 연구회의 내부 정보를 얻기 위해, 희대의 연금술사 시온 레이포드와 거래해서 일루시아 레이포드와 라이넬 레이어를 보호하려는 임무에 종사했던 적이 있었지?"

"……그래. 뭐, 결국 라이넬의 배신으로 실패했지만."

"하지만 하늘의 지혜 연구회의 극비 연구소 중 하나를 무너뜨렸지. 그때 시온의 『Project : Revive Life』 연구와 관련된 다양한 자료와 기록의 집대성인 통칭 『시온 라이브러리』를 군에서 압수했지만…… 난 어쩌면 그 안에 리엘의 세피라 맵이 있을지도 모른다는 가능성을 떠올렸어."

"아앗?!"

그렇다. 왜 지금 이 순간까지 그 가능성을 떠올리지 못했던 것일까.

글렌은 자신의 아둔함에 짜증이 치밀었다.

"……그런 간단한 생각도 떠올리지 못할 만큼 당신은 리엘을 마치 친동생처럼 아꼈던 걸 거야. 그리고 어차피 그걸 눈치챘어도 지금의 당신은 군의 기록을 열람할 수 없으니 의미도 없었을 테고."

이브는 잠깐 숨을 한 번 내쉰 후 말을 계속했다.

"아무튼 나는 뭐, 일단은 이그나이트가 출신인 덕분에 지금도 연줄이 남아서…… 진짜 극히 일부뿐이지만. 2년 전의 임무에 관한 정보…… 시온 라이브러리에 관한 조사를 신뢰할 수 있는 협력자에게 부탁해봤어."

"그래서…… 어떻게 됐지?"

"헛수고였어. 당시 군이 압수했던 시온 라이브러리는 어느새 군의 자료실에서 통째로 사라진 상태였다고 해. ……당연히 세피라 맵도 찾지 못했고."

이브는 피곤한 듯 고개를 가볍게 저었다.

"뭐? 그게 무슨 소리야? 시온 라이브러리가 통째로 사라지다니……."

"열람 기록과 대출 기록 등을 세세하게 추적해본 결과, 시온 라이브러리를 누군가가 몰래 어디론가 부정 유출했을 가능성이 있었어."

"부정 유출? 시온 라이브러리를?"

"응. 하지만 증거는 없어. 아마 그 범인의 뒤에는 어떤 거물이 있었던 거겠지. 부정 유출의 증거는 완전히 지워져 있었어."

그제야 글렌도 슬슬 상황을 파악하기 시작했다.

"……사이러스 슈마허인가?"

"정답. 당시에 누군가가 가져간 시온 라이브러리가 어떤 루트로 유출된 건지는 불명이지만…… 지금은 사이러스가 독점하고 있을 가능성이 커. 아무튼 그는 그 사건이 일어난 이후로, 시온 라이브러리를 참고해야만 쓸 수 있는 논문을 몇 개나 제출해서 제국군에서의 지위를 확고히 다졌으니까 말이지. 그러니 그가 가지고 있다고밖에 생각할 수 없어. 한 없이 검정에 가까운 회색이야."

"……그 녀석이 가지고 있는 그 시온 라이브러리 안에 리엘의 세피라 맵도 있을 거라는 뜻이군. ……대체 뭐하는 녀석이야?"

"어라? 당신은 만난 적이 없었나 보네? 사이러스 슈마허…… 전 제국 궁정 마도사단 마도기술 개발실 실장……『신의 두뇌를 가진 남자』라는 소문의 천재 마술사야."

"마도기술 개발실? 실전 임무를 담당하는 중앙 10실이나 특무분실과 달리, 제국 궁정 마도사단의 군용 마술과 각종 마술 장비 개발을 담당하는 후방 지원 부서 중 하나였던가?"

"맞아. 다만, 적어도 사이러스는 책상물림이라고 얕봐선 안 돼. 마도 기술 개발실 실장이 되기 전까지는 동쪽 국경 부근에서 수많은 전투를 경험했던 현역 실전파니까."

"머리가 좋은 데다 무력도 있는…… 성가신 자식이라는

거군."

"……그 백금 마도 연구소의 마도기술 개발 파견무관이었던 적도 있어."

"하늘의 지혜 연구회와 작당해서 『Project : Revive Life』를 재현하려 한 버크스 브라우몬이 소장이었던 연구소 말인가……. 아니, 엄청나게 수상하잖아!"

글렌은 의심이 가다 못 해 두통이 생길 지경이었다.

"그래서? 그런 수상한 녀석이 지금은 특무분실 실장이라는 거야? 제국군도 참 막장이구만."

"이그나이트가 소속이 아닌 외부인이 특무분실 실장이 된 이유는 아직 모르겠지만…… 아무튼 지금은 아무래도 상관없는 일이겠지. 슬쩍 떠본 건데 성공해서 다행이었어. 적어도 사이러스가 리엘의 세피라 맵을 가지고 있다는 건 거의 확실해."

"잠깐 너, 그 녀석을 떠본 거였어?! 확신이 있었던 게 아니라?!"

"당연하지. 가능성이 있을 뿐, 증거는 없다고 말했잖아? 어차피 대놓고 말해봤자 시치미만 떼고 들어주지도 않았을걸. 다만, 세피라 맵은 보안 수준이 그다지 높지 않은 데이터야. 연구를 위해 복제했던 거라고 주장하면 그의 지위상 불문에 부칠 가능성이 커. ……그런 탈출구를 일부러 남기면서 나에 대한 경계심, 십중팔구는 아니겠지만 어쩌면 내가 그가 시온 라이브러리를 독점했다는 증거를 확보했을 지도 모르는 가능성, 당신의 전력 유용성, 《세계》의 위협도, 거래에 응할 시의 메리트와 리스크…… 그 전부를 저울에 올려서 고민하도록 유도한 거야. 결과적으로는 성공해서 정말 다행이라고 생각해."

그렇다. 이브의 그 뜬금없는 제안은 자칫하면 사이러스가 증거인멸을 위해 시온 라이브러리를 완전히 파기해서, 리엘의 죽음이 확정됐을지도 모르는 절묘한 밸런스로 이루어진 거래였던 것이다.

'뭐랄까, 역시 이 녀석은 남의 위에 서는 타입의 인간이란 말이지…….'

이상하게 납득이 갔다.

'이런 머리도 좋고 우수한 여자가 왜 가끔 그런 영문을 알 수 없는 폭주를 저질렀던 거지?'

그리고 특무분실 시절의 히스테릭하고 여유가 없었던 이브를 떠올리며 입을 열었다.

"알았어. 일단 거래한 대로 난 리엘의 세피라 맵의 입수를 우선시할게. 그건 그렇고 알베르트 녀석 말인데…… 진짜 사실이야?"

이것만큼은 도저히 납득이 가지 않았다. 알베르트가 버나드와 크리스토프를 살해하고 여왕 폐하의 암살을 노렸다는 건 도저히 믿기지 않았다.

"……사실이야."

하지만 이브는 안타깝게 눈을 감고 등을 돌리면서 긍정했다.

"……나도 믿을 수가 없었어. 하지만 요 일주일간 내가 독자적으로 움직이는 사이에 들어온 정보에 의하면…… 알베르트는 정말로 여왕 폐하의 암살을 획책…… 그때 크리스토프와 버나드를 살해했다나 봐."

그렇게 담담하게 말하는 이브의 목소리는 평소와 달리 무겁게 가라앉아 있었다.

"진짜냐……."

글렌은 고뇌에 잠긴 씁쓸한 얼굴을 한손으로 가리고 신음을 흘렸다.

"사이러스의 언동으로 추측하건대, 그가 농담이나 거짓말을 했을 가능성은 없어. 틀림없이 알베르트에게 무슨 일이 있었던 걸 거야. ……우리가 모르는 곳에서."

"……."

냉엄하게 현실을 바라보는 이브 앞에서 글렌은 입을 다물었다.

"글렌…… 알고 있겠지만."

"알아! 말하지 않아도 안다고!"

알베르트 토벌. 그건 즉, 당연히 그와 싸우게 된다는 뜻이다.

그 특무분실의 최강 에이스인 《별》의 알베르트 프레이저.

망설이면 죽는다. 하지만 그를 죽이지 않으면 리엘은 구할 수 없었다.

이건 이미 둘 중 하나를 포기해야만 하는 선택의 기로였다.

'가능할까? 내가…… 정말로 알베르트 녀석과 싸울 수 있을까? 그 녀석이 여왕 폐하의 암살을 노렸다니…… 크리스토프와 영감을 죽였다니…… 도저히 믿기지 않아.'

사고의 미로에 빠진 글렌이 그렇게 고민하고 있을 때였다.

"하아…… 역시 뭘 모르네. 글렌. 당신, 또 시야가 좁아진 거 아냐?"

이브가 어처구니 없는 목소리로 중얼거렸다.

"뭐라고?"

"그렇게 선택지를 둘로 좁히는 건 아직 이르다는 뜻이야."

이브는 눈을 깜빡이는 글렌에게 매몰차게 말했다.

"조금은 머리를 굴려 봐. 이유는 알 수 없지만, 알베르트가 여왕 암살을 계획. 그리고 그런 그를 토벌하기 위해 사이러스가 리엘을 인질로 잡아서 당신을 토벌부대에 발탁한 건…… 뭐, 이해할 수 있어. 일단은 이치에 맞는 이야기니까. 당신만큼 알베르트를 잘 아는 사람은 없을 테니까 말이지. 하지만 도무지 알 수 없는 건 『에테르 괴리증』 때문에 전력이 되지 않는 리엘까지 굳이 데려간 일이야."

그리고 담담하게 상황을 분석했다.

"아니, 그야…… 날 부려먹으려고 인질로……."

"저기…… 이미 저쪽에는 세피라 맵이라는 궁극의 인질이 있잖아? 그럼 리엘의 신병은 필요 없잖아? 오히려 처음부터 리엘의 세피라 맵을 교섭 조건으로 거는 편이 일이 수월하지 않았을까?"

"아……! 마, 맞아. 그러고 보니……!"

—리엘의 세피라 맵을 받고 싶으면 동행하라.

처음부터 그렇게 말했으면 글렌은 가타부타 할 것 없이 동행했을 것이다.

"그런데도…… 그는 굳이 리엘을 인질로 데려가는 걸 고집했어. 당신에 대한 인질이라고 하긴 했지만, 그건 좀 무리가 있지 않을까? 하물며 『Project : Revive Life』로 태어난 리엘을 데려간 건, 마찬가지로 『Project : Revive Life』와 뭔가 관계가 있는 듯한 사이러스야. ……이게 과연 우연일까?"

"확실히 단순한 우연으로 치부하기엔 지나치게 수상하군……."

"여기서 가설을 하나 제시할게. 사이러스가 시온 라이브러리를 가지고 있다면, 리엘이 『에테르 괴리증』으로 쓰러지는 시기도 쉽게 예측할 수 있었을 거야."

"맞아. 리엘이 『Project : Revive Life』로 태어났다는 걸 알면서 관련 데이터를 해독할 수 있는 전문 지식이 있다면 그 정도는 가능하겠지."

"즉, 사이러스가 리엘이 이번 토벌 작전에서 전력이 되지 못한다는 걸 처음부터 알고 있었다면? 이걸 전제로 생각하면 어떨까?"

"오히려 사이러스는 리엘이 『에테르 괴리증』으로 쓰러지는 타이밍을 기다리다가 나타났다는 뜻이 되겠지. ……리엘을 데려가는 것 자체가 목적이었던 건가?"

"응. 그렇게 생각하는 편이 훨씬 자연스러워. 그리고 이걸 이번 사건의 기점이라고 보면 알베르트의 여왕 암살 미수가 타이밍이 겹친 것도 단순한 우연이 아닐 거야. 사이러스에게는 뭔가 의도가 있는 것처럼 느껴져."

이브의 말대로였다. 알베르트의 여왕 암살 미수가 모든 사건의 발단인 줄 알았지만, 인과 관계의 순서를 뒤집어보면 또 다른 구도가 보이기 시작했다.

"어찌 됐든…… 리엘을 중심으로 뭔가가 있다는 뜻이군."

"응. 그리고 거기에 이번 사건의 돌파구가 있을 거야. 그럼 당신이 해야 할 일은 정해져 있잖아?"

글렌은 잠시 입을 다물고 뭔가를 확인하려는 듯한 이브의 시선을 받다가 이윽고 입을 열었다.

"……진실을 확인하겠어. 알비르트가 왜 여왕 폐하를 암살하려고 한 건지. 리엘에게 뭐가 있는 건지. 아무튼 일단 사건의 진상에 다가갈 수밖에 없는 건가. ……에잇, 젠장! 그래, 어디 해주마!"

"흥. 이제야 좀 『당신다워』졌네. 그러면 되는 거야. 단순한 당신은……."

이브가 바로 날카롭게 빈정댔지만 이젠 신경도 쓰이지 않았다.

발버둥치자. 발버둥칠 수밖에 없었다. 리엘과 알베르트를 둘 다 구하는…… 그런 형편 좋은 결말을 목표로 잡고 그저 전력을 다해 돌진할 수밖에 없는 것이다.

설령 혼자서라도 마지막 순간까지 저항하리라.

글렌이 그런 다짐을 한 순간―.

"……자, 그럼 바빠지겠네. 나도 이런저런 준비를 시작해야겠어."

어째선지 이브가 기묘한 말을 꺼냈다.

"……뭐야? 글렌, 그 눈은."

"어? 뭐? 이브…… 너…… 혹시 따라오려고?"

글렌의 뜻밖이라는 얼굴을 본 이브는 인상을 찡그리고 등을 돌렸다.

"당신은 지금부터 사이러스 일행과 같이 움직일 거잖아? 그와 가까이 있으면 오히려 행동이 제약될 수도 있어. 그러니 사건의 진상을 파악하려면 자유롭게 움직일 수 있는 별동대도 필요하잖아?"

"아, 아니…… 그건 알겠는데…… 어? 뭐? 네가? 나에게? 힘을 빌려주겠다고? 진짜?"

"……왜 그렇게 놀라는 건데."

"아, 아니, 그치만, 그 이브잖아?! 그 잔혹무도하고 냉혹무비한 이브라고?! 고압적이고 오만한 데다 공적에 미친 이브라고?! 공적과 전과 말고는 전혀 관심이 없고, 자신을 제외한 인간을 전부 장기말이나 쓰레기로 보는 히스테릭한 노처녀—"

"《시끄러워》어어어어어어어어어어어!"

"끄아아아아아아아아아아아아아아아아아아악?!"

펑!

이브는 개변(改變) 한 소절 영창으로 마술을 발동해서 글렌을 폭염으로 날려버렸다.

"당신, 날 진짜 뭐라고 생각하는 거야?! 몇 번이나 말했지만! 딱히 당신을 위해서가 아니라구! 리엘을 위해서고, 학생들을 위해서야! 알아들었어?! 만에 하나라도 이상한 오해는 하지 마! 소름끼치니까!"

"할 리가 있겠냐, 바보! 그런 전개는 나도 소름끼친다고! 퉷! 퉤!"

"……뭐어? 소, 소름……끼쳐?"

"뭐, 뭐야? 네 입으로 한 말이거든?!"

"이, 이…… 섬세함이라곤 눈곱만큼도 없는 글러먹은 남자!"

이브는 불에 그슬린 글렌의 멱살을 움켜잡고 지근거리에서 서로를 노려보았다. 그리고 두 사람의 관자놀이에 시퍼런 힘줄이 돋은 그때였다.

갑자기 무슨 소리를 들은 글렌과 이브는 동시에 그쪽으로 고개를 돌렸다.

"하얀 고양이? 루미아?"

"죄송해요, 선생님. ……몰래 듣고 있었어요."

루미아가 죄송한 얼굴로 고개를 숙였고, 시스티나는 두 사람을 향해 다가왔다.

"선생님은…… 군의 임무 때문에. 이브 씨는 그런 선생님을 도우려고…… 지금부터 페지테를 떠나시는 거죠? 리엘과 알베르트 씨를 구하기 위해서요."

"……뭐, 결과적으로는 그렇게 되겠네."

이브는 글렌을 밀치고 새치름한 얼굴로 대답했다.

"그래서? 그게 왜? 내가 어디서 뭘 하든 내 맘이잖아?"

'이 녀석은 남한테 매몰차게 굴지 않으면 못 견디는 병이라도 있는 건가?'

글렌으로서는 그저 기가 막힐 수밖에 없었다.

하지만 이미 그런 이브의 서투른 태도에 익숙해진 것이리라.

"그럼…… 이브 씨! 저희도 같이 데려가주시면 안 될까요?!"

시스티나가 고개를 숙였다.

"군의 임무에 종사하는 선생님을 따라갈 수 없다는 건 알아요! 하지만…… 그런 선생님을 별동대로 서포트하는 거라면…… 저희도 분명 뭔가 할 수 있는 일이 있을 거예요!"

그리고 시스티나에 이어서 루미아도 고개를 숙였다.

"부탁이에요! 선생님! 이브 씨! 저희도 리엘을 구하기 위해 뭔가를 하고 싶어요! 선생님의 보호를 받으면서 기다리기만 하는 건 이젠 싫다구요! 학생에 불과한 저희가 이런 말씀을 드리는 건 주제넘을지도 모르지만…… 그래도 시스티와 함께 고민했어요! 리엘은 지금까지 저희를 몇 번이나 구해줬으니…… 이번에는 저희가 리엘을 구해줄 차례라구요! 여기서 아무것도 하지 않고 기다리기만 하면 이젠 두 번 다시 리엘의 얼굴을 볼 낯이 없다구요! 그러니……!"

아마 거절당하리라. 분명 거절당하리라. 그렇게 생각하면서도 굳이 결의를 밝히려고 한 기특한 소녀들.

글렌과 이브는 필사적으로 애원하는 두 소녀를 가만히 지켜보았다.

이윽고―.

"좋아. 따라와."

이브의 예상치 못한 승낙에 시스티나와 루미아는 눈을 크게 뜨고 고개를 들 수밖에 없었다.

"왜 놀라는 건데? 당신들이 먼저 꺼낸 말이잖아?"

"예?! 그, 그건…… 그렇……지만."

"그래도……."

"딱히 당신들의 열의에 감동했다거나 한 건 아니야. 합리적인 판단이지."

이브는 당황하는 두 소녀 앞에서 퉁명스럽게 머리카락을 쓸어 올리고 담담하게 대답했다.

"시스티나. 당신은 글렌과 함께, 내 마술 전투 지도를 받아서 솔직히 처음 예상을 뛰어넘은 수준에 도달했어. 전투 기술과 실전 경험은 아직 압도적으로 부족하지만…… 이젠 프로의 마술 전투에서도 통할 수준이야. ……제 실력을 발휘할 수만 있다면 말이지."

"예?! 그, 그런가요?! 노, 농담이시죠? 그치만 전 모의 마술 전투에서 아직 이브 씨에서 한 번도 이겨본 적이 없는데……."

"저기 말야, 난 이래 봬도 특무분실의 전 실장이거든? 사람 너무 얕보지 말아줄래?"

이브는 불쾌한 듯 코웃음을 치더니 이번에는 루미아를 돌아보았다.

"그리고 루미아. 당신의 힐러 스펠은 일선급이고 무엇보다 배짱이 있어. 시스티나를 서포트하면 그녀의 힘을 한층 더 끌어낼 수 있겠지. 확실히 전투 기술 쪽은 별로일지도 모르지만, 그게 꼭 아군의 발목을 잡을 거라는 뜻은 아니야. 그리고 당신에게는 그 『이능력』도 있어. 당신이라면 나 혼자선 도저히 방법이 없는 벽을 돌파할 수 있을 가능성도 있겠지."

"……!"

"아마추어 두 명을 돌봐야 하는 단점과, 아마추어 두 명에게서 얻을 수 있는 장점…… 그 양쪽을 저울질한 결과,

난 후자 쪽이 종합적으로 위라고 판단했어. ……단지 그것뿐이야."

그렇게 내뱉은 이브는 팔짱을 낀 채로 시선을 홱 피해버렸다.

"……왜? 내 판단에 무슨 불만이라도 있어? 아니면 이제 와서 겁먹은 거니?"

"아뇨……. 그게…… 바라마지 않던 결과라고 해야 할지……."

"저기…… 그럼 선생님은요?"

시스티나와 루미아는 계속 입을 다물고 있는 글렌을 힐끔힐끔 훔쳐보았다.

그러자 이브는 한숨을 섞어가며 대답했다.

"……정말이지, 알아서 눈치 좀 채렴. 만약 이 물러터진 과잉보호 남자가 당신들의 동행을 반대했다면, 이미 뭐라고 한 마디쯤 꺼냈을 거야. 그런데도 지금까지 입 다물고 있다는 건…… 그 침묵 자체가 대답이라는 뜻이지."

"아……."

시스티나가 탄성을 흘리자 그제야 글렌은 쓸쓸한 얼굴로 머리를 긁적이고 입을 열었다.

"참 나, 아는 척 지껄이기는…… 진짜 싫은 여자라니까."

"어머, 난 기쁜걸? 당신에게 미움 받는 건 바라던 바야."

말로는 절대로 지지 않는 이브를 무시한 글렌은 시스티나와 루미아를 돌아보았다.

"뭐, 대충 그런 셈이다. 이미 너희는 본인들의 역량, 가능한 일과 불가능한 일을 구분할 수 있는 판단력을 갖췄어. 아직 햇병아리지만…… 이미 어엿한 한 사람의 마술사야. 그럼 이젠 너희의 뜻을 존중해줘야겠지."

"서, 선생님……?"

"애초에 지금까지도 난 무슨 사건이 있을 때마다 계속 너희의 도움을 받아왔어. 그런데도 본인의 역량을 확실히 파악한 너희들에게 이제 와서 이번에는 위험하니까 참견하지 말라든가, 학생이 나설 곳이 아니라고 보호자처럼 굴 자격은 없겠지. 너희의 판단을 믿으마."

그건 다시 말해, 마침내 글렌이 그녀들을 인정했다는 뜻이었다.

지켜야 할 학생이 아니라, 등을 맡길 수 있는 동료로서…….

"서, 선생님…… 가, 감사……감사합니다……!"

그 순간, 시스티나와 루미아는 기쁨으로 가슴이 먹먹해졌다.

"그래도 방심하지는 마. 이런 잔소리를 듣는 것도 이젠 지겹겠지만, 조심해. 나설 때와 물러설 때를 확실히 파악하고."

"아, 예!"

"알겠습니다, 선생님!"

시스티나와 루미아는 씩씩한 목소리로 대답했다.

그리고 글렌은 평소보다 진지한 표정으로 이브를 똑바로 응시했다.

"······왜?"

"이브. 이 녀석들을 부탁한다."

"흥, 누구한테 하는 소리래?"

두 사람은 보기 드물게 자신만만한 미소를 주고받았다.

"······힘을 합쳐서 리엘을 구하자. 이 빌어쳐먹을 상황을 박살내주자고!"

"예!"

"열심히 할게요!"

"······흥."

시스티나와 루미아가 기합을 넣으며 대답했고 이브는 코웃음으로 대신했다.

알베르트 토벌대에 참가하는 글렌.

그와는 별개로 이번 사태의 진상을 파악하고자 하는 이브, 시스티나, 루미아의 별동대.

지금 이 순간, 이 최악의 상황을 타개하기 위해 각자가 행동을 개시했다.

제2장 신생 특무분실

이렇게 해서 글렌은 리엘을 구하기 위해, 알베르트의 사정을 알기 위해 다시 한 번 특무분실의 장비를 착용하게 되었다.

사이러스 일행이 학교에 왔던 다음날. 아직 해가 완전히 뜨지도 않은 어둡고 싸늘한 아침. 글렌은 아르포네아 저택에 있는 자신의 방에서 지급받은 각종 장비들을 착용하는 중이었다.

권총, 군용 나이프, 강사(鋼絲), 룬을 새긴 투척용 침, 각종 마정석(魔晶石), 각종 스크롤 등등.

자신의 의사와는 관계없이 마도사 장비를 하나씩 착용할 때마다 영혼이 무겁고 탁해지는 듯한 착각이 들었다. 되살아난 군 시절의 어둡고 질척질척한 감정과 감각이 온몸에 들러붙어서 마음을 부패시키는 것만 같았다.

'괜찮아. 괜찮을 거야.'

심호흡을 하고 귀를 기울이자 한 은발 소녀의 목소리가 떠올랐다.

차분히 눈을 감자 이번에는 수많은 학생들의 시선이 느껴졌다.

—난, 괜찮아.

준비를 마친 글렌은 숨을 한 번 깊게 들이쉰 후 비밀리에
저택을 떠났다.

"……하하, 어떠십니까? 오랜만에 『광대』로서 군무에 종사
하는 기분은?"

"최악이군. 지옥에나 떨어져라."

그곳은 지정된 합류 지점인 페지테 교외의 재개발 지역에
있는 한적한 광장이었다.

거기서 기다리고 있던 사이러스의 질문에 글렌은 거칠게
대답했다.

"지금은 출격 준비 중입니다. 출발 시각까지 잠시 기다려
주시길, 『광대』의 글렌 씨. 한가하면 견학이라도 하시는 건
어떤가요?"

사이러스가 굳이 말하지 않아도 글렌은 주위의 광장을
둘러보았다.

먼저 눈에 띈 건 몇 마리의 흐레스벨그였다.

흐레스벨그란 거대한 조류(鳥類)형 마수다. 백조를 닮은
형상과 현란한 장식깃이 아름다운 마조(魔鳥)로, 날개로 바
람을 조종하는 능력을 지닌 것으로 유명했다.

군에서는 그런 흐레스벨그를 사육해서 다양한 용도로 운

용 중이었다.

'이 흐레스벨그들은 딱 봐도 공중전용 기조(騎鳥)는 아니군. 병사 운반용, 물자 운송용인가?'

하긴 당연했다. 지금 이 자리에 모여서 작업 중인 것은 약 스무 명 정도의 마도사 소대였으니까. 제국 궁정 마도사단의 평단원들 중에서도 정예 마도사들을 차출한 것이리라.

지금 그들은 장기 행군에 필요한 물자를 분담해서 흐레스벨그에 싣는 중이었다.

그런 마도사들 사이에는 특무분실 예복을 입은 일리아가 있었다.

아마 그녀가 이 소대를 운영하는 관리 감독인 것이리라. 마도사들에게 빠릿빠릿하게 지시를 내리며 출격 준비에 여념에 없어 보였다.

지인인 그녀에게는 여러모로 듣고 싶은 이야기가 많았지만, 지금은 말을 걸 만한 분위기가 아니었다.

그리고 문득 등에 시선을 느끼고 돌아본 순간—

'⋯⋯!'

그곳에는 어제 본 특무분실의 삼인조 마도사가 있었다. 그들은 불쾌한 눈으로 멀리서 글렌을 지켜보고 있었다.

'⋯⋯이거 참, 아무래도 환영받지 못하는 모양이구만.'

뭐, 글렌이 군을 나가게 된 경위를 어떤 형태로든 들었다면 저런 반응을 보이는 게 당연했다.

겁쟁이, 나약한 인간, 삼류, 배신자.

아마 그런 험담을 하는 것이리라.

그건 그렇다 치고 아무래도 사이러스는 여기 모인 전력을 흐레스벨그를 통해 목적지까지 운반하려는 모양이었다.

'알베르트 단 한 명을 토벌하기 위해 이 정도 규모의 부대를 동원하다니……. 하물며 귀중한 흐레스벨그를 여섯 기나 내준 걸로 봐선 아무래도 군 상층부도 진심인 것 같군.'

글렌이 한숨을 내쉬고 상황을 확인한 순간이었다.

"……?!"

마침 어제 연행됐던 리엘이 들것에 구속된 채로 화물 운반용 흐레스벨그에 실리는 광경이 눈에 들어왔다.

"리엘!"

글렌은 그 즉시 리엘에게 달려갔다.

"괜찮아?! 무슨 이상한 짓을 당한 건 아니지?!"

"……글, 렌……?"

지금은 의식이 있는지 평소보다 졸려 보이는 눈을 간신히 뜬 리엘이 그를 바라보았다.

"저기…… 나……를…… 어디로…… 데려……가는…… 거야……?"

"신경 쓰지 마! 너는 푹 자고 있어! 반드시 내가 구해줄 테니까! 그러니 잠이나 자! 괜찮아! 날 믿어!"

"……응. ……믿을……게……."

글렌의 말을 듣고 그제야 안도한 건지 어딘지 모르게 불안해 보였던 리엘은 천천히 눈을 감고 다시 깊은 잠에 빠져들었다.

"……빌어먹을."

글렌은 마도사들이 옮기는 리엘의 모습을 가만히 지켜볼 수밖에 없었다.

"이거 참…… 일이 이렇게 돼서 정말 죄송하네요. 글렌 씨."

그러자 사이러스가 뒤에서 말을 걸어왔다.

"하지만 이쪽도 리엘의 용태에는 특히 주의를 기울일 겁니다. 그러니 아무쪼록 걱정하지 마셨으면 좋겠군요."

"너 말야. 여자한테 인기 없는 이유를 정말 모르겠어? 쳐 맞고 싶냐? 아앙?"

글렌은 선량한 미소를 지은 사이러스의 멱살을 움켜잡고 위협했다.

"이제 슬슬 말해. 저런 상태의 리엘을 대체 어디에 이용할 셈이지?"

"글쎄요? 인질이라고 말씀드렸을 텐데요? 당신이 달아나면 곤란하거든요."

"달아날 리 있겠어? 이쪽은 세피라 맵이 인질로 잡혀 있는데!"

"그래도 만약을 위해섭니다. 지금은 고양이 손이라도 빌리고 싶은 상황이라서요. 그래서 만전을 기하려는 건데……

그게 그렇게 부자연스러운 일입니까?"

몇 번을 물어봐도 사이러스는 이런 식으로 시치미를 뗐다. 그리고 이 자가 리엘의 세피라 맵을 쥐고 있는 이상 글렌에게는 그의 뜻을 거스를 권리가 없었다.

"만약 리엘에게 무슨 일이 생긴다면…… 『마술사 킬러』의 이름을 걸고 널 죽여주마."

이런 패배자의 넋두리 같은 말밖에 할 수 없는 자신에게 혐오감이 들었다.

"하하하…… 걱정하지 마세요. 약속하죠. 그녀의 신병에 해가 될 짓은 절대로 안 할 겁니다. 애당초 그녀는 저희의 동료고, 거래는 신뢰가 생명이니까요."

'동료? 신뢰? 그게 네가 할 소리냐? 이제 슬슬 그 냄새나는 아가리 좀 닥쳐!'

사이러스 슈마허. 이 남자는 역시 수상했다.

모든 것이 수상했다. 신용할 수 없었다. 이 성인군자 같은 미소 뒤에는 구역질이 치미는 시커먼 뭔가가 꿈틀대고 있었다. 그리고 그걸 숨기려하지도 않았고 경계심을 드러내는 타인의 얼굴을 보고 쾌감을 느끼는, 그런 남자였다. 이러니 당연히 여자에게 인기가 있을 리 없었다.

"……리엘의 생명유지는 완벽한 거겠지?"

"예, 완벽합니다. 리엘의 생명유지와 간호는 어제부터 일리아가 맡고 있으니까요. 당신도 일리아의 능력은 알고 계시죠?"

"······그래."

글렌은 과거의 기억을 되새기며 작게 대답했다.

"《달》의 일리아······ 저 녀석은······ 분명 《순교자》에 버금가는 힐러 스펠의 실력자였지. ······솔직히 전투 능력은 별로지만, 후방 지원에 관해서는 저 녀석만큼 믿음직한 인간은 없어."

"예, 맞습니다. 그런 그녀가 리엘을 관리하고 있으니 완벽해요. 그리고 세실리아 씨가 그 마나 공급 연명 술식을 구축한 건 당신도 보셨잖아요?"

그렇다. 그건 어제 사이러스 일행이 리엘을 확보했을 때의 일이었다.

리엘이 강제로 끌려가기 직전에 세실리아가 그 자리에서 감염 마술을 이용한 원격 마나 공급 술식 법진을 구축해서, 의무실에서 멀리 떨어진 리엘에게까지 마나를 공급할 수 있도록 조치했었다. 지금 여기 있는 리엘과 그 의무실은 공간을 뛰어넘는 보이지 않는 영맥으로 연결된 상태였다.

현재 알자노 제국 마술학원의 의무실에서는 결국 지쳐 쓰러진 세실리아를 대신해서 세리카가 제어하는 마나 원격 공급 법진에 학생들이 교대로 마나를 쏟아 붓는 중이었다.

"이야~ 세실리아 씨도 굉장한 분이시더군요. 설마 그런 짧은 시간 사이에 마나 원격 공급 법진을 완성하다니······ 그야말로 군에 꼭 필요한 인재입니다."

"꼬셔보든지? 넌 틀림없이 차일걸?"

"하하하, 그렇겠죠. 제 입으로 말하긴 좀 그렇지만, 인기 없는 남자는 참 괴롭네요."

사이러스는 글렌의 빈정거림도 태연하게 흘려 넘겼다.

"그건 그렇고 이해할 수가 없군요. ……리엘의 연명조치는 이쪽에서도 준비했는데…… 왜 굳이 학생들에게 부담을 주시려는 겁니까?"

"하! 누가 너희의 도움 따위를 받을 줄 알고? 그리고 리엘에게 마나를 공급해주겠다고 나선 건 학생들 본인이야. 네가 참견할 이유는 없어."

글렌은 그렇게 시비조로 말하면서도 갑자기 생긴 중요한 정보를 곱씹었다.

'……「연명조치를 사전에 준비했다」고? ……즉, 역시 이 녀석은 「리엘이 『에테르 괴리증』으로 쓰러질 걸 알고 있었다」는 건가.'

더더욱 수상했다.

하지만 여기서 캐물어봤자 또 시치미를 뗄 터.

마나 공급 연명 조치법은 원정을 떠나는 부대라면 마땅히 지참해야 하는 법이라고 억지를 부릴지도 몰랐다. 여기서 말꼬리를 붙들고 늘어져봤자 별다른 수확은 없으리라.

그보다 지금 필요한 건 다른 정보였다.

"……알베르트가 여왕 폐하의 암살을 노렸다고 했었지?

그 상황을 좀 더 자세히 설명해봐."

이브에게 대략적인 전말은 들었지만 사이러스에게도 다시 한 번 물어보았다.

"좋습니다. 아직 출발하려면 시간이 남았으니까요."

사이러스는 사나운 글렌의 시선을 미소로 흘려 넘기고 다시 입을 열었다.

"지금으로부터 2주쯤 전에, 어떤 임무를 마치고 귀환할 예정이었던 《별》이 예정 시각이 지나도 귀환하지 않고 행방불명된 사건이 발생했습니다."

"행방불명? 그 녀석이? ……그때 맡은 임무라는 건 뭐였지?"

"봉인지(封印地). 그곳의 정기 보수관리 작업 부대의 호위였죠."

처음 듣는 정보라 글렌은 무심코 되물었다.

"봉인지?"

알자노 제국에는 국가의 기반 그 자체를 뒤흔드는 극비 정보, 금기의 비술에 관한 마도서, 금단의 마도기, 금주에 손을 댄 외도 마술사, 마술 범죄자, 인간의 힘으로는 감당할 수 없는 마수(魔獸) 같은 이 나라의 인간이 절대로 알아서는 안 되는, 접촉해서는 안 되는 것들을 한꺼번에 봉인해서 관리하는 어둠과 혼돈의 쓰레기장이 존재했다.

그것이 바로 「봉인지」. 어느 고대 유적을 이용해서 만들어진 그 장소는 알자노 제국 최대의 마경이자 마굴이었다.

기피와 금기의 개념을 한층 더 끌어 모아서 쑤셔 박은 듯한 그 내부는 이미 일종의 저주로 화한 하나의 이계를 형성하고 있었다. 기피의 개념이 자연에 수육해서 태어난 마물과 마수가 활보하고 있다 보니 일반인은 그 안에 들어갈 수조차 없었다.

'……봉인지의 정기 보수관리라. 그러고 보니 약 1년쯤 전, 저티스 자식이 행방불명이 되기 전에 맡은 마지막 임무도 분명 그거였던가? 그 자식이 받은 건 조사 임무였지만……'

그 후 군의 필사적인 수색에도 불구하고 결국 저티스의 행방은 찾지 못했으나 그는 어느 날 갑자기 돌아왔다. 《엔젤 더스트》로 제국을 뒤흔드는 대사건을 일으키며 단독으로 국가에 싸움을 걸었던 것이다.

그리고 그 사건으로 인해 세라는— 죽었다.

"……그래서?"

기묘한 일치에 불길한 예감을 느낀 글렌이 뒷말을 재촉했다.

"그리고 사건이 벌어진 건 일주일 전…… 아르노의 달, 5일. 그날 밤늦게까지 공무를 보시던 알리시아 3세 여왕 폐하께서는 마차를 타고 펠드라도 궁전으로 이동하셨습니다. 그리고 궁전 앞에서 내리신 여왕 폐하를 알베르트 프레이저가 저격했던 겁니다. ……페로테 대시계탑 꼭대기에서요."

"……?!"

일주일 전. 그것은 리엘이 『에테르 괴리증』으로 쓰러진 시기와 일치했다.

"다행히도 당시 여황 폐하의 곁에는 《법황》 크리스토프가 호위를 맡고 있었습니다. 그가 반사적으로 방어 결계를 펼쳐서 암살은 미수로 그쳤습니다만…… 알베르트는 암살이 실패했다는 걸 확인하자마자 도주. 《법황》 크리스토프와 《은둔자》 버나드가 추격을 나섰습니다. 하지만 상대는 《별》…… 그 두려운 남자였죠. 안타깝게도 추격을 맡은 두 분은 역습을 당해 전사하셨습니다. ……《법황》과 《은둔자》의 시신은 국장(國葬)을 치를 예정이라 현재 성(聖) 발디아 대성당에 안치된 상태예요."

그 이야기를 들은 글렌은 씁쓸한 얼굴로 이를 악물 수밖에 없었다.

사건의 과정이 지나치게 구체적이었고 하나 같이 쉽게 증명이 가능한 일들뿐이었다. 나중에 이브에게도 확인을 부탁할 예정이지만 거의 틀림없는 사실이리라.

알베르트 프레이저는 정말로 여왕 폐하 암살을 노리고 동료를 살해했던 것이다.

'……크리스토프…… 영감…… 거짓말이지? 정말로 죽은 거야? 너희 같은 수준의 마술사가…… 이렇게 맥없이? 도저히 믿을 수가 없어……'

마음이 납덩이처럼 무거워졌다. 마치 몸이 그대로 발밑으로 가라앉는 느낌이 들었다.

예전에 지옥 같은 나날을 함께 헤쳐 온 동료들의 얼굴이 머릿속에 아른거리다 사라졌다.

하지만 사이러스는 그런 글렌의 심경 따윈 눈곱만큼도 개의치 않고 말을 계속했다.

"……뭐, 그래서 이 사태가 몹시 위중하다고 본 상부가 역적 알베르트 프레이저의 숙청 토벌을 결정. 이번에 새 실장이 된 저에게 칙명이 내려와 토벌대를 파견하게 된 겁니다."

"……도주한 알베르트의 행방은 찾았어?"

"예, 정보부도 그 정도까지 무능하지는 않으니까요. 행적은 이미 파악했습니다."

글렌이 건성으로 물었지만 사이러스는 미소 지으며 대답했다.

"……동부 칸타레의 유적도시 마레스. 그는 그곳에 잠복 중이라고 합니다."

"마레스라고?"

유적 도시 마레스. 험준한 산간에 감춰져 있는 고대의 유적 도시다. 유적 도시인만큼 당연히 사람이 살지 않아서 도시로서의 기능은 전혀 하지 않았다. 그 완전한 벽지에 있는 땅은 애초에 사람이 거주하기에 적합한 곳이 아니었다.

그리고 그 마레스는 이웃나라인 레자리아 왕국과 국경이 매우 가까웠다.

양국이 늘 자기 영토라고 주장하여 분쟁이 끊이지 않는

지역 중 하나였다.

"……정말 성가신 장소에 숨었다니까요? 그래서 추격에 대규모 부대를 편성할 수 없었습니다. 레자리아 왕국을 자극하게 될 테니까요."

"그래서 특무분실과 나를…… 즉, 소수 정예라는 건가."

"그렇습니다."

사이러스는 만족스럽게 웃으며 고개를 끄덕였다.

확실히 글렌보다 알베르트를 잘 아는 마도사는 거의 없을 것이다.

그 알베르트를 상대로 만전을 기하려면 삼류 마술사인 그를 일부러 끌어들일 가치는 있다고 판단한 것도 납득이 갔다.

하지만 딱 한 가지 기묘한 점이 있었다.

'뭐지? 이 편성은?'

다시 주위를 둘러보면 장비, 휴대 물자, 기자재, 인원……

그 모든 것에 위화감이 느껴졌다.

'이 부대…… 원래는 미개척지나 유적의 원정 조사 부대였던 거 아냐?'

그랬던 것을 알베르트 토벌용 전투 부대로 급히 재편, 기본 조사 능력을 남긴 채로 다른 부대에서 차출한 전투용 마도사를 더해 토벌 부대로 완성한 분위기였다.

'거기에 알베르트가 사건을 일으킨 지 일주일이라니……

아무리 그래도 흐레스벨그를 이동 전략으로 편성한 군의 대

응치고는 **너무 느려.**'

아무리 대(對) 알베르트 전을 상정하느라 신중하고 완벽한 준비가 필요했다고 쳐도, 즉응 전투 마도 부대를 중심으로 토벌 부대를 편성했다면 더 빨리 보낼 수 있었을 터.

하지만 사이러스는 그렇게 하지 않았다. 어째서일까.

'……이 부대의 분위기로 추측하건대, 원래는 어떤 목적을 위해 준비했던 이 원정 조사 부대를 급히 토벌용 전투 부대로 재편했기 때문인가?'

만약 알베르트가 사건을 일으키지 않았다면 사이러스는 리엘이 쓰러진 후 일주일이나 걸릴 것 없이 하루 이틀 사이에 모습을 드러내지 않았을까?

'제길…… 어차피 전부 가설에 불과해. 판단할 만한 재료가 너무 적다고.'

정보를 모으면 모을수록 더더욱 영문을 알 수 없었고 기분도 우울해졌다.

"자, 슬슬 출격 준비가 끝난 것 같네요. 글렌 씨."

사이러스의 목소리에 고개를 들자 이미 출격 준비를 마친 소대가 흐레스벨그 옆에 절도 있는 모습으로 정렬한 채 명령을 기다리고 있었다.

"그럼…… 가볼까요? 동쪽의 마레스로."

"……흥, 맘대로 해."

글렌은 마지못해 흐레스벨그의 등에 올라탔다.

그렇게 날개를 펼치고 하늘로 날아오르는 몇 기의 마조와 함께 드넓은 상공을 질주했다.

한편, 그 무렵—

파릇파릇한 잔디, 잘 손질된 가로수와 화단이 늘어선 마술학원의 안뜰.

그곳에 여행 준비를 마친 이브, 시스티나, 루미아가 모여 있었다.

이브가 손에 든 수정 구슬에서는 영상이 마치 창문처럼 허공에 투사되어 있었다.

그 영상의 정체는 글렌의 시점에서 본 주위의 광경이었다.

현재 그는 이브와 임시 서번트 계약을 맺어서 의사(擬似) 사역마가 된 상태였다. 그래서 글렌이 얻은 시각과 음성 정보가 이브의 수정구를 통해 이쪽에 투사될 수 있었던 것이다.

"……갔나 보네. 자, 그럼 우리도 슬슬 움직여볼까."

영상을 주시하던 이브가 그렇게 말하더니 화면을 껐다. 그리고 새치름한 얼굴로 주머니에 수정 구슬을 챙기고 아름다운 붉은 머리를 쓸어 올렸다.

그러자 시스티나와 루미아가 조심스럽게 번갈아 질문을 던졌다.

"저, 저기…… 이브 씨? 저희는 지금부터 선생님을 쫓는 거죠? 어째 다들 굉장한 기세로 날아갔는데요……"

"어, 어떻게 해서 쫓아가실 건가요? 마, 마차로는 도저히 따라잡을 수 없을 것 같은데……."

이브는 기가 막힌 얼굴로 한숨을 내쉬더니 갑자기 주문을 영창하기 시작했다.

"《오너라·날개를 가진 긍지 높은 바람의 붕우(朋友)여·나와 그대의 계약을 여기서 완수하라》"

그녀는 오른손으로 복잡한 인을 맺더니 그대로 바닥에 가져다댔다.

그러자 그 손에서 빛나는 마력선이 지면을 종횡무진 달리며 눈 깜짝할 사이에 오망성 마술 법진을 형성했다. 소환 법진이었다.

그 법진에서 눈부신 빛이 퍼지고 허공에 『문』을 열었다.

그러자 그 문에서 거대한 새 한 마리가 날개를 퍼덕이며 일행의 눈앞에 착지했다.

아름다운 붉은색 장식깃과 꽁지깃. 우아한 곡선을 그리는 몸과 용맹한 날개.

이 새의 이름은 바로―.

"흐레스벨그?!"

"이브 씨도 갖고 계셨던 건가요?!"

"뭐, 맞아. 이 아이는 내 어릴 때부터의 친구야"

이브는 고개를 내밀고 머리를 문대는 흐레스벨그를 쓰다듬어주면서 약간 자랑스럽게 말했다.

"이 아이를 타고 갈 거야. ……걱정하지 마. 이 아인 공전(空戰)형이니까. 저런 운반형에 질 리가 없어. 군의 공전형 중에서도 속도로 이 아이를 이길 수 있는 건 거의 없을걸?"

마치 귀족이 자신이 소유한 말을 소개하는 것처럼 이 순간만큼은 이브의 표정도 누그러졌다.

"하지만 글렌 일행의 본대와 지나치게 접근하면 반드시 들키겠지. 거리를 꽤 유지하면서 먼저 목적지에 도달해야 될 거야. ……아주 빠르게 갈 거다? 미리 말해두지만, 꽤 힘들 테니 각오해둬. ……자, 타렴."

"예? ……예?"

"저, 저기…… 이브 씨?"

시스티나와 루미아는 불길한 예감을 느꼈지만 이브가 하라는 대로 흐레스벨그의 등에 올라탈 수밖에 없었다.

"자! 《날아라》! 피에라!"

그리고 이브가 영주를 외치는 동시에 흐레스벨그가 힘차고 날카롭게 날갯짓하자, 깃털이 주위의 바람을 모으고, 응축하고, 응축하고, 증폭했다.

한없이 상승하던 압도적인 풍력이 일정 수준에 도달한 순간.

흐레스벨그가 갑자기 엄청난 기세로 가파르게 하늘로 날아올랐다.

"꺄아아아아아아아아아아아아아아아아아?!"

그리고 시스티나의 비명이 저 먼 산 너머에 펼쳐진 하늘로 흩어졌다.

　동쪽의 마레스까지는 흐레스벨그를 타면 이틀 정도의 거리다.

　이른 아침에 움직이기 시작한 글렌은 흐레스벨그와 함께 하늘을 날고, 평야를 가로지르고, 산을 넘으며 오로지 동쪽을 향해 계속 전진했다.

　제국군에서도 흐레스벨그는 희소하고 귀중한 존재다. 등에 타고 하늘을 날 기회는 좀처럼 없었다. 이왕 이렇게 된 김에 하늘에서의 경치를 즐기면 좋았겠지만 공교롭게도 그런 기분은 들지 않았다.

　이윽고 계속 하늘을 날던 글렌은 동쪽에서 떠오른 태양이 천천히 정점을 지나 점점 서쪽으로 기우는 것을 눈으로 좇았다.

　그리고 일몰.

　예상했던 거리를 순조롭게 소화한 토벌대 일동은 인적이 드문 호숫가에 착지해 야영 준비를 시작했다.

　............

　……문득 정신을 차리고 보니 난 새하얗고 텅 빈 아무것도 없는 세계에 있었다.

주위를 둘러봐도 정말 아무것도 없었다.

하늘도 하양. 평평한 바닥도 하양. 존재하는 건 하늘과 땅을 나누는 경계선뿐.

모든 것이 하얀색으로 구성된 무기질적인 세계였다.

"⋯⋯⋯⋯."

그렇다. 아무것도 없었다.

그게 바로⋯⋯ 나의 세계였다.

나는 거기서 계속 말없이 서 있었다.

⋯⋯잠이 온다. 아무튼 잠이 왔다.

지금 당장 눕고 싶은데 내 몸은 마음대로 움직이지 않았다.

그리고 내가 졸릴 때마다.

뿌득, 콰득⋯⋯.

나의 아무것도 없는 새하얀 세계는 조금씩 금이 가고 부서졌다.

아무것도 없는 새카만 곳에 조금씩 떨어져 내렸다.

내 세계가 부서져가고 있었다.

"⋯⋯⋯⋯."

나는 그걸 아무런 감회도 없이 그저 묵묵히 바라볼 수밖에 없었다.

⋯⋯그치만 졸린걸.

그리고 이렇게나 아무것도 없는 텅 빈 세계인걸.

딱히 부서져서 이대로 사라져도 상관없지 않을까.

"…………"

아아, 졸려. 정말로 졸려.

내가 누구인지조차 알 수 없게 될 정도로 잠이 왔다.

이제 됐어.

뭔가 굉장한 상실감이 들었지만, 쓸쓸하고 슬픈 기분도 들었지만…….

역시 난 졸려서 견딜 수가 없었다.

내가 이 텅 빈 세계의 모든 것을 내팽개치고 살며시 눈을 감으려 한 그때—

"……정말…… 넌 그걸로 된 거니?"

누군가의 목소리가 들린 덕분에 나는 아주 살짝 잠이 깨서 거의 다 감겼던 눈을 떴다.

"……?"

어느새. 정말로 어느새.

내 눈앞에는 한 소녀가 등을 돌린 채 서 있었다.

나와 똑같은 파란 머리카락을 뒤로 가지런히 묶고 있었다. 등에 걸친 건 이상한 무늬가 들어간 망토. 허리에는 십자가 형 칼자루가 달린 바스타드 소드를 차고 있었다.

_{크로스 힐트}

……어? ……어디선가 본 적 있는 검이다. 하지만 졸려서 기억이 나질 않았다.

"후후, 실례할게……라고 말하면 될까?"

당신은 누구?

나는 몽롱한 의식 속에서 소녀에게 말을 걸었다.

"후훗, 난 신경 쓰지 마. 내 이름에 이미 의미는 없으니까."

잘 모르겠다.

"정 나를 부르고 싶다면 음…… 아, 맞아!『공주』라고 불러주지 않을래?"

공주?

"응. 내 친구가 나를 자주 그렇게 불렀거든. 그녀는 삐뚤어진 구석이 있어서 빈정거리는 뜻으로 한 말이겠지만…… 난 제법 마음에 들었어. 귀엽기도 하고."

……공주는 이런 데서 뭐 해?

왜 이런 아무것도 없는 내 텅 빈 세계에 있는 거야?

"오지랖……일까? 나도 옛날에 본인의 일에는 무심한 친구가 있어서 내버려둘 수 없었거든. 그래서……일까?"

잘 모르겠어.

"그건 그렇고 놀랐어. 이렇게 나랑 네가 이 세계에서 대화를 나눌 수 있는 건 기적에 가까운 일이거든. 왜 이토록 상성이 좋은 걸까? 신기해. ……어쩌면 넌 내 영혼을…… 아니, 아무것도 아니야."

……잘 모르겠어.

……그만 자도 될까? 너무 졸려.

"……자면 안 돼."

그러자 공주는 나에게 등을 돌린 채로 고개를 저었다.

"네가 자면 이 세계는 완전히 부서져서 사라질 거야. ……그러니 자면 안 돼."

……? 그게 왜 안 되는 건데? 그치만 여긴 아무것도 없는 텅 빈 세계인걸.

이런 세계는 있으나마나야. 딱히 사라져도 상관없을 것 같은데.

"……정말로, 그래?"

그러자 공주는 조용히 나에게 물었다.

"정말로, 여긴 아무것도 없는 세계야? 나에겐 도저히 그렇게 보이지 않아. ……자, 좀 더 잘 봐. 눈을 크게 뜨고 귀를 기울여봐."

역시 난 잘 모르겠다. ……하지만 뭔가 소중한 말을 들은 기분이 들었다.

그래서 나는 잠이 오는 걸 참고 공주의 말대로 해봤다.

─리엘. 힘내…… 포기하지 마!

그러자 갑자기 누군가의 작고 희미한 목소리가 들렸다.

─건강해져서 또 같이 학교에 다니자.
─선생님들이…… 분명 구해주실 테니까. 그러니까!
─지지 마!

그 목소리는 점점 수가 늘어났다. 점점 커졌다.

뭐지? 이 목소리는…….

이런 아무것도 없는 텅 빈 세계에서 대체 어떻게……?

내가 그렇게 생각한 순간―

"아…….."

……어째서 난 지금까지 알아채지 못했던 걸까.

여기는 텅 빈 세계 같은 게 아니었다. 내 눈앞에는 어느새 낯익은 교실이 펼쳐져 있었다.

"……'아……아아……."

소중한 친구인 은발 소녀와 금발 소녀가 거기 있었고―

교단 위에는 늘 함께 있어준 검은 머리 청년이 서 있었다.

그리고 주위에는 많은 반 친구들이 있었다.

모두가 나를 바라보고 있었다.

이 세계는 이토록 소중한 것들이 많았는데―

"어때? ……비어있지 않지?"

"……응."

어째설까. 이유 없이 쓸쓸하고 슬펐다. 가슴이 먹먹했다.

이 소중한 것들이 가득 담긴 세계가 지금도 조금씩, 조금씩 부서지고 있었기에…….

"흑…… 아아…… 싫, 어……."

뚝뚝. 내 눈가에서 눈물이 흐르고 경치가 엉망으로 일그러졌다.

싫다.

나는…… 이 세계를 잃고 싶지 않았다.

"그러니…… 자면 안 돼. 힘내."

"……응."

"지금 널 구하려고 많은 사람이 애쓰고 있어. 그러니…… 자면 안 돼."

"……응."

공주는 날 끌어안고 부드럽게 머리를 쓰다듬어주었다.

천천히 무너져가는 세계에서 언제까지고 계속.

…………

하늘에 해골처럼 섬뜩한 달이 시리게 빛나는 한밤중.

거울 같은 호수와 그림자 같은 산들이 주위를 에워싼 호숫가의 야영지에서, 글렌은 한 천막 안에 살며시 발을 들여놓았다.

그 안에는 리엘이 잠들어 있었다. 운반할 때는 위험하니 어쩔 수 없었지만, 지금은 구속이 풀친 채 간이 침대 위에 누워 있었다.

글렌은 그런 리엘이 가늘게 눈을 뜬 것을 눈치챘다.

"……여, 괜찮아? 안 잤던 거야?"

"……글, 렌……? 어, 라……? 공주……는?"

그제야 글렌의 존재를 눈치챈 리엘이 슬쩍 고개를 돌렸다.

"기분은 어때?"

"졸……려……. 엄청…… 피곤해……."

리엘은 평소보다 가늘게 뜬 눈으로 글렌을 바라보며 띄엄 띄엄 대답했다.

"그래."

글렌은 그런 리엘에게 다가오더니 손에 든 물건을 옆에 놓 았다. 그리고 바닥에 무릎을 꿇고 그녀의 머리를 쓰다듬어 주었다.

"…………"

리엘은 기분 좋은 듯 눈을 감고 잠시 그대로 가만히 있었다.

이윽고 글렌이 말을 걸 타이밍을 재다 입을 열었다.

"……맞아. 네 식사를 가져왔어."

글렌은 조금 전에 옆에 둔 그릇을 들었다.

행군중의 식사는 일반적으로 더럽게 맛없는 야전 식량이 었지만, 글렌은 그걸 재료로 서툴게나마 요리해서 죽 같은 스프를 만들었다. 솔직히 맛에는 전혀 자신이 없었으나 리 엘을 위해서 뭐라도 해주고 싶었기 때문이다.

"……먹을래? 먹을 수 있겠어?"

글렌은 애써 부드러운 목소리로 물었다.

"미안…… 글렌……. 먹고 싶지…… 않아……."

아주 살짝 눈을 뜬 리엘은 미안한 얼굴로 사양했다.

"야야, 안 먹으면 몸이 못 버틴다고? 이럴 때는 억지로라도 먹어야……."

"…………."

하지만 리엘은 전혀 식욕이 없는 모양이었다.

글렌은 어쩔 수 없이 그릇을 다시 옆에 두고 품속에서 종이로 감싼 뭔가를 꺼냈다.

"……그럴 줄 알고 실은 이걸 가져왔지!"

억지로 기세를 끌어올려서 포장지를 펼쳤다. 안에 들어있는 건 딸기 타르트였다.

"하하하! 이거라면 먹고 싶겠지?! 어때!"

"………………."

그러나 리엘은 이번에도 힐끔 쳐다보기만 하고 시선을 내리깔더니 힘없이 고개를 저을 뿐이었다.

"……아, 이런…… 이것도 안 되나……. 하하, 하……."

글렌은 떨리는 손으로 어쩔 수 없이 딸기 타르트도 치웠다.

"뭐, 음…… 어차피 이제 곧 건강해질 거야. 그때 먹으면 되겠지? 뭐, 그때까지는 다이어트를 한다고 치고……."

그럼에도 억지로 밝게 웃으며 격려하는 글렌의 손을 리엘이 떨리는 손으로 힘없이 살짝 잡았다.

"……리엘?"

글렌은 당혹스러워하며 리엘의 얼굴을 바라보았다.

"……저기, 글렌…… 나…… 머리가, 나빠서…… 잘 모르겠지만…… 역시…… 나…… 죽는 거야?"

"……?!"

작게 흘러나온 그 말에 글렌은 충동적으로 리엘의 몸을 안아 일으키더니 그대로 머리를 품에 꼭 안아주었다.

"……글, 렌……?"

"……바보 같은 소리 하지 마."

리엘에게는 보이지 않겠지만 글렌의 얼굴은 엉망으로 일그러져 있었다.

"너…… 하얀 고양이나 루미아와 계속 같이 있고 싶지?"

"……응. 같이 있고 싶어. ……함께…… 놀고 싶어……."

"그리고 학교는 어때? 너…… 요즘 다른 학생들이…… 점점 좋아지기 시작했잖아?"

"……응, 잘 모르겠지만…… 그 학교에 있으면 왠지…… 마음이 둥실둥실 떠 있는 것 같아."

리엘은 흐릿하게, 아주 흐릿하게 힘없이 웃었다.

"처음에는…… 시스티나랑…… 루미아만…… 지키면 된다고 생각했어. 하지만…… 어째설까……? 지금은…… 으응…… 잘, 모르겠어……."

"……그게 좋아한다는 감정이야. ……너한테는 아직 일렀나?"

"……좋아한다?"

리엘은 잠시 생각에 잠긴 듯 입을 다물다 곧 이렇게 속삭였다.

"좋아한다……. 응, 그럴지도."

"……."

"그치만…… 목소리가…… 들렸는걸. ……학교의 모두가…… 나한테…… 힘내라고……지지 말라고…… 그렇게 계속 말을 걸어…… 주는걸……."

"……리엘?"

"……그리고…… 공주도…… 그렇게…… 말해줬고."

"고, 공주?"

리엘의 언동이 점점 지리멸렬해졌다.

『학교의 모두가 말을 걸어준다』도 어지간했지만 『공주』에 이르러선 완전히 의미를 알 수 없었다. 글렌은 리엘의 입에서 그런 단어가 나오는 걸 처음 들었다.

하지만 어쩔 수 없는 일이리라. 아마 병 때문에 몽롱해진 의식이 보여준 환각이나 환청이 아니었을까. 딱히 지금 부정할 필요는 없었다.

"……응. ……그래서…… 난…… 돌아가고 싶어. ……모두와 함께…… 있고 싶어."

"그치? 그럼 함부로 그런 소리 하지 마."

글렌은 리엘의 몸을 한층 더 강하게 끌어안아주었다. 마치 그녀의 작은 몸에 활기를 불어넣어주려는 것처럼…….

"내가 어떻게든 해줄게. 나뿐만이 아니야. 시스티나와 루미아…… 그 이브까지 널 구하려고 움직이고 있어. 학교의 학생들도 널 위해 주야장천 마나를 공급해주고 있고. 모두와 넌 선으로 생명이 연결되어 있는 거야. 너를 이 세계에 붙들어놓기 위해서 말이지. 전부 널 위해서다? 걱정하지마. 넌 반드시 살―."

"……하지만…… 나 때문에, 글렌은…… 알베르트랑…… 싸울 거야?"

"……?!"

글렌은 리엘의 핵심을 꿰뚫는 말에 아연실색할 수밖에 없었다.

"아, 알고 있었어?"

"응……. 왠지…… 목소리가 들려서……."

"아, 아니…… 하, 하지만 그건 말이지……."

"난 싫어……. 글렌이랑…… 알베르트가…… 싸우는 건."

리엘은 당황한 글렌 앞에서 소곤소곤 말을 이었다.

"늘 싸우기만 했지만…… 글렌, 사실은…… 알베르트를…… 좋아……했지? ……내가…… 학교의 모두를…… 좋아하는…… 것처럼."

"……."

"……하지만…… 나 때문에…… 난……."

그러자 자신이 한 말에 감정이 치밀었는지 졸려 보이는 리엘의 눈가에 살짝 눈물이 맺혔다.

"……난…… 역시 없는 편이…… 나았던…… 걸까?"

─이 바보야!

글렌이 그렇게 외치려 한 순간, 뒤에서 천막 입구가 거칠게 열리는 소리가 들렸다.

"누구지?"

뒤를 돌아보자 천막 입구에 세 명의 불청객이 서 있었다.

"안녕하쇼…… 글렌 선배? 아니, 전《광대》의 글렌."

맨 앞에 있는 건 어제 글렌의 공격이 스치지도 못했던 그 거구의 마도사였다.

자세히 보니 꽤 젊은 남자였다. 글렌보다 한두 살쯤 어리지 않을까. 키가 크고 근육이 우락부락한 데다 딱 봐도 하류출신인 것 같은 사나운 눈이 어둠 속에서 일렁였다.

"아하하, 좋은 시간 보내는 중이었어? 미안~ 방해해서."

겉치레로 웃으며 말한 건 왼쪽에 서 있는 붉은 머리 소년 마도사였다.

"저희는 특무분실의 선배인 당신과 꼭 한 번쯤 대화를 나눠보고 싶었거든요."

쿡쿡 웃으며 말한 건 오른쪽에 서 있는 묘령의 금발 여마도사였다.

어제 글렌에게 가차 없이 주문을 퍼부으려 했다가 일리아에게 제지당한 자들이었다.

"……그러고 보니 선배는 아직 우리가 누군지 모르지?"

"그럼 먼저 다 같이 자기소개나 하죠."

"켁…… 특무분실 집행관 넘버 8《힘》의 퍼거스 스트레거다."

인상이 나쁜 거구의 마도사가 가장 먼저 퉁명스럽게 입을
열었다.

"같은 소속 집행관 넘버 19《태양》의 니콜 솔레스야."

이어서 붉은 머리의 소년 마도사가 천진난만하게 이름을
밝힌 후—.

"쿡…… 같은 소속 집행관 넘버 14《절제》의 샤를로테 안
제. 앞으로 기억해주시길 바랄게요."

마지막으로 묘령의 금발 여마도사가 온화하게 웃으며 소
개를 마쳤다.

《힘》,《태양》,《절제》. 특무분실에서 오랫동안 공석이었던
넘버.

아무래도 예상대로 글렌이 제대한 후 최근에 특무분실에
들어온 멤버들인 모양이었다.

솔직히 전혀 흥미는 없었다.

"이런 퇴물에게 정중한 소개, 고맙군. ……그래서? 나에게
무슨 용건이지?"

하지만 이 셋은 말투와는 반대로 험악한 분위기를 보였기
에 글렌은 경계할 수밖에 없었다.

자신이 환영받지 못하는 입장이라는 건 알고 있었지만, 이 정도까지 노골적으로 나오니 화가 나지 않을 수 없었다. 누가 좋아서 이딴 행군에 참가한 줄 아는 건가?

하지만 세 신입 집행관은 그런 글렌의 속내를 눈치채지 못하고 뻔뻔스럽게 말했다.

"아니, 우리는 존경해야 마땅한 선배인 당신과 대화를 나누고 싶을 뿐이야."

"앞으로 함께 임무를 뛸 사이인걸요. ……저희는 좀 더 서로에 관해 잘 알아둘 필요가 있다고 생각하시지 않나요?"

《태양》의 니콜과 《절제》의 샤를로테는 겉치레로 대답했다.

"이봐, 까놓고 말해 댁은 정말로 강한 거야? 《광대》의 글렌."

하지만 《힘》의 퍼거스가 직설적으로 본론을 꺼내자 니콜과 샤를로테는 못 말리겠다는 쓴웃음을 짓고 어깨를 으쓱였다.

"《광대》의 글렌과 《별》의 알베르트…… 댁들의 소문은 들었어. 수많은 초월급 임무를 해결한 특무분실의 최고이자 최강 콤비였다며?"

"뭐, 우리도 군 소속이니 군 전체의 사기 고양을 위해 별 것 아닌 전과를 과대평가해서 추어올리는 건 이해하지만…… 퇴물들이 마치 전설의 영웅인 것 마냥 떠받들어지는 건…… 솔직히 짜증나잖아?"

"당신들이 올린 그 전과와 공적은…… 아무리 봐도 과장되고 날조됐다는 게 뻔히 보이는데…… 정말 우습지도 않다고 생각하지 않나요? 글렌 님."

"뭐, 《별》의 알베르트는 데이터로 봐선『그럭저럭 쓸 만한』 마술사인 것 같지만…… 댁은 그냥 풋내기 삼류 마술사 아닌가? 안 그래? 글렌 선배."

"아니, 그보다 글렌 선배는 대체 어떻게 특무분실에 들어간 거야? 부정 입대?"

"덤으로 고작 동료가 전사한 정도로 제대해버린 겁쟁이인 것 같고 말이죠. 쿡쿡."

"게다가 그 파트너는 이제 와선 국가반역죄를 저지른 대죄인…… 거 참 웃기지도 않는구만."

잠시 입을 다물고 있던 글렌은 이윽고 낮은 목소리로 대답했다.

"……그래서? 결국 너희는 무슨 말이 하고 싶은 건데?"

"넘버처럼 이해력이 부족한 건가? 선배. 지금부터 댁의 힘을 우리가 확인해주겠다는 거라고. 과연 우리와 동행할 만한 실력이 있는지."

"이미 시대는 바뀌었거든? 실장이 바뀌고 옛 특무분실의 주요 멤버들은 잇따라 이탈하거나 전사…… 앞으로는 새로운 멤버인 우리의 시대라고 생각하지 않아?"

"저희가 《별》의 알베르트 님을 토벌하면 아직도 두 분을 찬양하는 군의 인간들도 분명 인식을 바꿔주겠죠."

"뭐…… 어차피 상대는 고작 한 놈이니 질 리 없을 테지만 말이지. 하지만 우리의 발목을 잡는 사람이 있다면 혹시 다 잡은 걸 놓치게 될지도 모르잖아?"

"그리고 댁의 실력을 알면 파트너였던 놈의 실력도 대충 감이 잡히겠지? ……그러니 한 수 가르쳐 달라고, 선배. 지금부터 한 번 모의 마술 전투로 붙어보자."

조소, 경시, 경멸. 새 특무분실의 세 마도사는 그런 감정이 노골적으로 뒤섞인 표정으로 글렌을 바라보았다.

"……시시하군."

글렌은 관심 없다는 듯 등을 돌렸다.

"눈치챘겠지만, 난 삼류 마술사야. 대체 어떻게 특무분실에 들어간 건지 의아할 정도로 말이지. 확실히 특기의 상성 관계상 알베르트 녀석과 팀을 짤 때가 많긴 했지만, 전과가 굉장해 보인다는 그건 전부 알베르트의 공적이야. 난 관계 없어."

그리고 어이가 없다는 듯 어깨를 으쓱였다.

"우리의 시대는 끝났다? 너희의 시대? 예예, 그러시겠죠. 필요하다면 얼마든지 줄게. 아니, 애초에 필요도 없어. 그런 고로 너희는 앞으로 열심히 전과를 올려서 그 전설인지 뭔지를 실컷 양산해봐. ……난 관심 없지만."

"하! 즉, 그런 식으로 우리의 도전을 피하겠다는 건가? 우리한테 져서 댁들의 빛나는 과거의 영광에 오점을 남기기 싫다는 거지?"

"······야, 그만 좀 해."

글렌이 어처구니가 없다는 듯 어깨 너머로 고개만 돌렸다.
사실 이미 짜증은 최고조에 도달해 있었다.

"결국 지키고 싶었던 걸 단 하나도 지키지 못한 내 과거의
대체 어디가 영광스럽다는 건데?! 그딴 건 이미 헤질 대로
헤져서 아무런 가치도 없는 쓰레기에 불과해!"

"우와~ 빈정거리는 것 좀 봐! 그런 식으로 겸손해하는 척
하면서 자랑하기는~."

니콜의 도발적인 비웃음에는 이제 한숨밖에 나오지 않았다.

이런 삼류 마술사를 상대로 왜 저렇게 대항 의식을 불태
우는 건지 전혀 이해할 수가 없었기 때문이다.

"꺼져, 바보 트리오. 난 리엘을 돌보느라 바빠."

글렌은 세 사람을 무시하고 다시 리엘의 간호를 재개하려
했다.

"후후, 다정한 글렌 님. 리엘이 소중한 거군요? 하지
만······ 유감이네요. ······리엘은 **언제 죽어도 이상하지 않은
용태**인걸요."

하지만 샤를로테가 쿡쿡 웃으며 그런 말을 한 순간―.

"······?!"

글렌은 등을 타고 흐르는 차가운 감각에 반사적으로 고
개를 돌릴 수밖에 없었다.

"어머, 왜 그러시죠? 글렌 님. 왠지 안색이 안 좋아보이시

는데요."

"야, 너희들…… 리엘에게 손을 대기만 해봐. 가만히 안 둔다."

"흐음? 대체 무슨 말씀을 하시는지 모르겠네요?"

지옥 밑바닥에서 들리는 것 같은 글렌의 협박에도 세 사람은 그저 실실 웃고만 있을 뿐이었다.

'제길…… 이 자식들!'

십중팔구는 허세다. 아마 이자들이 약해진 리엘에게 실제로 손을 댈 가능성은 한없이 낮을 터……. 하지만 제로는 아니었다.

솔직히 글렌은 이자들에 관해 전혀 아는 바가 없었고 특무분실은 완전 실력주의 방침이다 보니 《정의》의 저티스나 집행관 넘버 15 《악마》 같은, 과격분자나 머리가 망가진 인물도 가끔 들어오곤 했다.

어쩌면 자신에 대한 본보기로 리엘을 살해할 가능성도 충분히 존재했다.

그리고 이런 인적 없는 장소라면 그 증거를 인멸할 방법도 얼마든지 있었다.

그렇다고 24시간 내내 리엘에게 붙어서 지키는 건 불가능하다.

조금이라도 그렇게 될 가능성이 있다면…… 글렌이 고를 수 있는 선택지는 단 하나밖에 없었다.

"······좋아. ······알았다고. 모의 마술 전투? 원하는 대로 해주마. ······이 쓰레기 자식들 같으니라고."

그렇게 독설을 퍼부으며 일어설 수밖에 없었다.

"······글렌······?"

"걱정하지 마."

어딘지 모르게 불안한 눈으로 바라보는 리엘의 머리를 쓰다듬어준 후―.

"칫······ 후딱 끝내자."

"아하하, 그렇게 나오셔야지! 선배!"

글렌은 세 명의 집행관을 따라 천막을 나섰다.

―.

―글렌은 세 마도사를 따라서 울창한 숲 속을 걷고 있었다.

잠시 걷자 넓은 공터가 시야에 들어왔다.

자세히 보니 아직 여기저기서 연기가 피어올랐고 바닥에는 재와 숯이 마치 융단처럼 깔려 있었다. 바로 조금 전에 주위를 마술로 불태운 흔적이었다.

'아무래도 나와 싸우기 위한 장소를 정중하게 미리 준비해준 모양이군.'

글렌은 못 말리겠다는 듯 무거운 한숨을 내쉴 수밖에 없었다.

"뭐, 모의 마술 전투라곤 해도 우리는 햇병아리 학생들과 달라. 군인이잖아?"

니콜은 히죽거리며 그런 글렌에게 말을 걸었다.

"실전에 준거한 가상 실전형식으로 하자. 죽이지만 않으면 OK라는 규칙 말야. 뭐, 부대에는 위생병도 있으니 아무리 크게 다쳐도 죽지만 않으면 괜찮을 거야. 아마도."

"……실전이라."

글렌은 지긋지긋한 눈으로 다시 주위의 상황을 확인했다.

기복이 전혀 없는 평지였다. 차폐물도 없었다.

'……이런 평등한 조건에서 바보처럼 정면으로 맞붙는「실전」이 어디 있다는 거야? 이건 실전이 아니라 완전히「시합」이잖아, 망할.'

애초에 글렌은 이런 조건에서는 제 실력을 발휘할 수 없었다. 그가 지금까지 수많은 사선을 넘어온 것은 어디까지나 주위의 모든 상황을 이용해서 기습, 암살, 속임수, 함정 같은 정정당당함과는 완전히 거리가 먼 방식을 철저히 고수했기 때문이다.

따라서 이런 아무것도 없는 장소에서는 압도적으로 불리할 수밖에 없었다.

이젠 그냥 백기를 들고 싶은 심정이었지만 그래봤자 저 세 명은 납득하지 않으리라.

"누구부터 할 거야? 설마 1대 3은 아니겠지?"

글렌은 내키지 않는 의욕을 억지로 끌어올리며 말했다.

"먼저 나부터다."

그렇게 말하고 주먹을 꺾으며 나선 것은 《힘》의 퍼거스였다.

글렌은 그를 관찰했다.

거구와 우락부락한 근육. 튼실한 무게 중심. 아무리 봐도 격투전이 특기일 듯한 타입이었다.

아마 마술로 신체능력을 강화해서 근접 격투전을 메인으로 싸우는 타입이리라. 공격 주문^{어설트 스펠}은 어디까지나 거리가 벌어졌을 때의 보조 무기. 최근의 제국군에서는 보기 드문 타입은 아니었다.

'……이 녀석이라면…… 이길 수 있으려나?'

글렌도 근접 격투전에는 나름 자신이 있는 편이었다. 그의 오리지널 【광대의 세계】로 어설트 스펠과 마투술^{블랙 아츠}(魔鬪術)을 봉인하면 승산이 있을지도 몰랐다.

'하지만 이 녀석들이 내 【광대의 세계】를 모를 리 없어. 틀림없이 뭔가 대책을 세웠을 터. 그리고 어제의 그 순간이동 같은 묘한 움직임은……'

"왜 그래? 선배. 작전은 정했어? 사양하지 말고 덤벼보라고."

글렌이 가만히 있자 퍼거스가 여유 있는 표정으로 손짓했다.

심각하게 불리한 상황이었다. 저들은 데이터로나마 자신의 정보를 파악했을 텐데, 글렌은 그들에 관해 아는 바가 전혀 없었기 때문이다.

만약 이게 실전이었다면 틀림없이 전략적 철수를 선택했

으리라.

하지만 리엘을 지키기 위해 지금은 싸울 수밖에 없었다.

"칫! 그럼 간다."

글렌은 숨을 한 번 내쉬는 것과 동시에 자신의 몸에 상시 영속 부여되는 백마 【피지컬 부스트】의 술식에 마력을 흘려서 효과를 발동했다.

마력이 통하지 않을 때는 신체 능력 강화 효과를 발휘하지 않고, 마력이 통할 때는 효과가 발동되는 이 지속 부여형 마술은 생략 영창을 거의 못 쓰는 글렌의 목숨 줄 중 하나였다.

"우오오오오오오오오오오오오오오!"

그리고 나름 전력으로 신체 능력을 강화해서 땅을 박차며 퍼거스에게 돌진을 개시했다.

강한 기합이 담긴 글렌의 포효성이 모의 마술 전투의 시작을 알리는 신호가 되었다.

세찬 물줄기처럼 풍경이 뒤로 흘러가는 가운데―.

'알든 말든 쓸 수밖에 없어!'

글렌은 품속에서 광대의 아르카나를 뽑아 드는 동시에 【광대의 세계】를 발동했다.

글렌을 중심으로 주변 일대의 마술 발동이 봉쇄되었다. 봉쇄할 수밖에 없었다.

상대가 어설트 스펠을 한 소절로 난사하면 어차피 승산은 없을 테니까.

"……흠? 이게 소문의 그건가?"

퍼거스는 역시 이런 전개를 예상했던 건지 태연한 얼굴이었다.

'미안하지만!'

하지만 글렌은 개의치 않고 맹렬한 속도로 달리며 라이트 스트레이트를 날리는 척 하다가, 바닥에 쌓인 재를 퍼거스의 얼굴로 차 올렸다.

"……?!"

퍼거스가 눈을 지키려고 고개를 돌린 순간, 글렌은 반대 방향으로 몸을 날렸다.

가까워졌던 두 사람의 간격이 다시 크게 벌어졌다.

그리고 글렌은 공중제비를 돌고 등에 숨겨둔 권총의 그립을 움켜잡았다.

'……속공으로 끝내주마!'

선회하는 총구. 당기는 방아쇠. 화약의 작렬. 손이 보이지도 않는 퀵 드로.

글렌이 쏜 납탄이 퍼거스의 다리를 노리고 일직선으로 날아갔다.

퍼거스가 백마【보디 업】이나 흑마【포스 실드】 같은 방어 마술을 쓴 낌새는 전혀 없었다.

글렌은 자신의 승리를 확신했다.

완벽히 빈틈을 찔렀다. 인간이 피할 수 있는 타이밍이 아니었다.

'……뭐지? 큰소리를 친 것 치고는 의외로…….'

글렌이 맥빠진 표정을 지은 다음 순간이었다.

타악!

마치 순간이동처럼 움직인 퍼거스의 손이 날아온 총알을 움켜잡았다.

"하! 시시한 잔재주군. 날 너무 실망시키지 말라고, 선배."

퍼거스는 손에 든 총알을 던져버리고 침을 뱉었다.

"……어?"

글렌은 그 광경을 보고 식은땀을 뻘뻘 흘리며 굳어버릴 수밖에 없었다.

명중이었다. 방금 그 총격은 틀림없이 명중이었을 터.

총을 쏜 순간, 퍼거스는 반응하지 못하고 있었다. 총알의 궤도는 틀림없이 그의 다리를 향하고 있었다. 즉, 이건 날아오는 총알을 눈으로 보고 잡았다고밖에 설명이 되지 않았다.

"지금 그건…… 마, 말도 안 돼!"

작금의 총은 방어 마술을 아무거나 하나 펼쳐두기만 해도 막을 수 있는 무기였지만 그 속도는 아직도 충분히 위협적이었다.

총알의 발사 속도는 일반적으로 초속 약 300미트라. 글렌의 총에 쓰인 화약에 이르러서는 초속 400미트라였다.

　한편, 인간의 신경전달 속도는 초속 약 50~60미트라. 아무리 단련된 초인이라도 초속 100미트라를 넘지 못했다. 백마【피지컬 부스트】의 효과를 반사속도로 전부 돌려야 초속 300~400미트라— 탄속을 따라잡을 수 있었다. 요컨대 그제야 발사된 총알을 「눈」으로 볼 수 있게 되는 셈이다. 다만, 어디까지나 보는 것만 가능할 뿐. 모든 술식 용량을 소비했으므로 탄속에 대응하는 움직임은 취할 수 없었다.

　술식에 한정된 강화 폭에서 완력, 각력, 체력, 반사속도, 오감 등에 어떤 식으로 강화를 배분하는지가 바로 신체 능력 강화 마술의 요점이다.

　즉, 아무리 강화했다고 해도 인간의 반사속도를 크게 뛰어넘는 총알을 눈으로 보고 나서 피하는 건 불가능했다. 총구의 방향과 방아쇠가 당겨지는 타이밍을 봐서 총알이 날아오는 궤도를 예측한 후에 피할 수밖에 없었다. 이건 그《전차》의 리엘조차 예외는 아니었다.

　'그걸 이 녀석은…… 보고 나서 피했다고?!'

　"하하하, 왜 그래? 선배. 안색이 나쁜걸?"

　퍼거스는 총을 겨눈 채로 새파랗게 질린 글렌을 비웃었다.

　"그렇게 내 능력의 비밀이 신경 쓰여? 좋아. 가르쳐주지. 난 신체 능력 강화계 마술을 극한까지 연마한 결과, 날아드는 총알을 볼 수 있고 총알처럼 빠르게 움직일 수 있게 됐거든."

즉, 《힘》의 퍼거스.

그는 신체 능력 강화 마술에 특화한 마도사였던 것이다.

"재능 없는 놈들은 절대로 도달할 수 없는 「모든 신체 능력의 한계 강화」. 그게 바로 내 오리지널 【강곡(剛曲)】이다. ……이런 식으로 말이지!"

긴장한 글렌 앞에서 퍼거스의 모습이 말 그대로 사라졌다.

동시에 글렌이 총구를 왼쪽으로 돌린 순간, 왼쪽 옆구리에 강렬한 충격이 느껴졌다.

갑자기 왼쪽에 나타난 퍼거스의 보디블로가 작렬했기 때문이다.

"으허어어어억?!"

충격을 이기지 못해 성대히 날아간 글렌이 바닥을 굴렀다.

"흐응? 댁, 감이 좋네?"

퍼거스는 그런 글렌을 지켜보며 옆구리에 대고 있던 오른손을 앞으로 내밀어 손바닥을 펼쳤다. 그러자 한 발의 총알이 바닥으로 떨어졌다.

"설마 그 타이밍에 영거리 사격을 날릴 줄이야……. 뭐, 결과는 보다시피지만."

"커헉! 젠장!"

바닥을 구르는 기세를 이용해서 일어난 글렌이 권총을 겨누었지만 이미 퍼거스는 잔상을 남기고 사라진 후였다.

다음 순간, 글렌의 온 몸에 무수히 많은 충격이 폭발했다.

"으아아아아아아아아앗?!"

퍼거스가 무시무시한 속도로 글렌의 주위를 회전하며 펀치와 킥을 날렸기 때문이다.

워낙 빨라서 모습이 보이지도 않았다.

글렌이 마치 우스꽝스러운 꼭두각시 인형처럼 혼자서 정신없이 춤을 추고 있는 듯 보였다.

360도, 전후좌우에서 날아드는 공격으로 인해 마음대로 쓰러질 수조차 없었다.

"하하! 약해…… 너무 약하잖아! 선배!"

"크으으으으윽?!"

"마술 전투에 잔재주는 필요 없다고! 상대가 이론적으로 반응할 수 없는 속도와 파워로 때려눕힌다! 그걸로 충분하잖아! 안 그래?! 뭐, 지금은 봐줘서 살살 치고 있는 거지만!"

"커헉?!"

"이게 실전이었다면 댁은 몇 번을 죽었을까?! 어설트 스펠과 블랙 아츠…… 댁을 일격에 죽일 수단은 얼마든지 있다고!"

그리고 이게 끝이라는 듯―.

"하아아아아아아아아아아앗!"

퍼거스는 있는 힘껏 팔을 휘둘러서 펀치를 날렸다.

"아아아아악!"

그러자 글렌은 다시 바닥을 공처럼 튕기며 날아갔다.

"커헉! ……후욱…… 후우……! 콜록! 쿨럭! 크윽……!"

고작 십 몇 초 만에 완전히 만신창이가 된 글렌은 피를 토하면서도 이를 악물고 간신히 일어서려 했다.

그 순간이었다.

"……?!"

파공성이 들리는 동시에 글렌은 반사적으로 옆으로 굴렀다.

그러자 바로 조금 전에 자신이 서 있던 바닥에 여러 개의 나이프가 박혔다.

그 칼날 하나하나에서 구역질이 치밀 것 같은「저주」가 느껴졌다.

이건 퍼거스의 공격이 아니다.

바닥을 구르는 기세로 일어난 글렌이 나이프가 날아온 쪽을 돌아본 그때—.

"아하하, 퍼거스. 이젠 됐지? 네가 이겼어. ……이번에는 내 차례야."

그곳에는 싱글벙글 웃는 붉은 머리의 소년 마법사—《태양》의 니콜이 서 있었다.

"칫……. 마음대로 해. 아아~ 실망이야. 소문의 그《광대》님이 고작 이 정도였다니."

퍼거스는 어쩔 수 없다는 듯 등을 돌렸다.

그러자 이번에는 니콜이 유쾌하게 웃으며 글렌과 대치했다.

"자, 선배. 설마 그만큼 봐줬는데 벌써 졌다는 썰렁한 말은 안 할 거지? 응?"

"······큭!"

글렌은 눈으로 흘러들어온 피를 훔치며 이번에는 니콜에게 몸을 돌렸다.

"쿨럭! ······어차피 거부해봤자 듣지도 않을 거잖아? 냉큼 덤비기나 해."

"응! 그렇게 할게! 아니, 그보다······."

그 순간, 니콜의 미소가 어둡고 요사스럽게 변했다.

"······사실 전투는 한참 전부터 시작됐거든?"

그리고 주위의 밤이 한층 더 진하고, 어둡고, 무거워진 듯한 착각이 들었다.

명확히 다가오는 죽음의 기척에 글렌의 심장이 비명을 질렀다.

자신의 몸에 믿을 수 없는 이변이 일어났기 때문이다.

"뭐지?! 몸에서······ 힘이 빠지고 있어?! 몸이 무거워졌어?!"

글렌은 더 이상 서 있지 못하고 바닥에 무릎을 꿇었다.

그리고 머리 위로 불온한 마력 태동을 느끼고 고개를 들었다.

바로 지금 이 순간까지 눈치채지 못했다.

그곳에는 거대한 암흑의 태양이 마치 어둠을 덧칠하는 것처럼 검게 빛나고 있었다.

기묘한 표현이지만 그렇게밖에 형용할 길이 없었다.

그런 비정상적이고 음산한 광경이 머리 위를 덮은 것이다.

"뭐야 저건!"

"나 참, 이제야 눈치챘어? 어쩔 수 없네. 가르쳐줄게."

니콜은 글렌이 새파랗게 질린 걸 보고 기분이 좋아졌는지 기꺼이 대답해주었다.

"저건 「검은 태양」. ……내 오리지널 【역위치의 태양】^{폴른 선}으로 만들어낸 가짜 태양이야."

"……오리지널?! 검은 태양이라고?!"

"이 장소에 미리 펼쳐뒀던 거야. 설마 비겁하단 말은 안 하겠지? 말했잖아? 이건 실전형식이라고."

이런 웃기지도 않는 실전이 어디 있냐고 반박하고 싶었지만 그럴 여유는 없었다. 글렌의 눈은 불길한 파동을 내뿜는 검은 태양에 고정되어 있었다.

"아, 신경 쓰여? 저건 일종의 결계 마술이야. 내 적대자는 저 검은 태양의 아래에 있으면 마나를 흡수당하고 신체 능력과 마력과 마술의 위력이 제한돼. 뭐, 요컨대 「광역 전장 약체화」^{디버프} 마술이라고나 할까?"

니콜은 자랑스러운 목소리로 터무니없는 말을 했다.

"거기다 선배의 【광대의 세계】처럼 피아식별이 불가능한 꼴사나운 마술이 아니야. 적과 아군을 확실히 구별할 수 있어. ……굉장하지?"

"……농담이지?"

정말 터무니없었다. 적에게 디버프를 거는 마술이 없는 건 아니지만, 디버프란 기본적으로 「저주」다. 즉, 상대방에게 직접 접촉해야 하는 방식의 부여인 셈이다. 물론 원거리에서 디버프를 거는 방법도 ― 유감(類感) 마술과 감염 마술 ― 아예 없는 건 아니었지만 여기에는 복잡한 절차와 도구가 필요했다.

즉, 상대에게 마술로 디버프를 걸고 싶다면 적에게 일일이 직접 접촉해서 거는 게 기본이었다.

그래서 당연히 실전성이 없었다. 그런 걸 쓸 틈이 있다면 차라리 본인을 강화하거나 어설트 스펠로 직접 공격하는 편이 빨랐다. 그것이 마술 전투의 상식이다.

글렌도 이런 식으로 회피가 불가능한 강력한 광범위 디버프를 거는 마술은 듣도 보도 못했다. 하물며 무차별이 아니라 약체 대상을 술자의 임의로 선택할 수 있다니…… 이건 그야말로 광기의 영역이었다.

"퍼거스도 심플하게 강하지만, 좀 무식하지 않아? 자신을 적보다 강하게 만드는 것보다 적을 자신보다 약하게 만들어 버리는 게 더 빠르잖아?"

니콜은 즐거운 목소리로 말한 뒤 양손을 교차하고 내밀었다.

그러자 손가락 사이로 수많은 나이프가 튀어나왔다.

그 하나하나에 전부 디버프 저주가 새겨져 있었다.

만약 한 번이라도 공격을 허용한다면 그대로 전투 불능

상태에 빠지리라.

"아직 선배의 【광대의 세계】의 효과가 사라지지 않은 것 같으니까 이걸로 상대해줄게."

"……치잇!"

"그건 그렇고 대체 뭐야? 이 【광대의 세계】라는 건. 술자의 마술까지 봉인하다니…… 이름 그대로 바보의 마술인 거야? 뭐, 됐어. 어디 한 수 가르쳐 달라고, 선배♪"

니콜은 그렇게 유쾌하게 비웃으며 행동을 개시했다.

"하앗!"

옆으로 빠르게 달리면서 저주의 나이프를 잇따라 투척했다.

"이 망할…… 자식이!"

글렌은 실시간으로 마나가 빠져나가는 무거운 몸을 억지로 잡아끌면서 총구를 돌렸다.

발포, 발포, 발포.

날아드는 나이프를 정확한 사격으로 모조리 떨어트렸다.

"오오?! 제법이네, 선배!"

"멍청한 자식! 네 솜씨가 엉망인 거라고!"

글렌이 지적한 대로였다.

니콜의 몸놀림, 움직임, 나이프 투척 기술은 일류이긴 해도 초일류는 아니었다.

아마 그의 전법은 이 디버프 오리지널을 쓰는 게 전제이기 때문이리라. 기량이 뛰어나기는 해도 제국군을 찾아보면 얼마든지 있는 수준이었다.

그저 강하기만 할 뿐인 상대라면 베테랑인 글렌이 그리 쉽게 당할 리 없었다. 이 정도의 상대에게 질 정도라면 이미 예전에 군대에서 죽었을 테니까.

"핫! 홋! 하!"

"치잇!"

잇따라 날카롭게 날아드는 저주의 나이프.

글렌은 그것들을 몸을 비틀고, 무거워진 몸을 날려서 피하고, 방아쇠를 당겨서 아슬아슬하게 격추했다.

"우오오오오오오오! 날 얕보지 마아아아아아아아아!"

"어라라."

그대로 단숨에 거리를 좁혀서 총구를 니콜의 어깨에 대고 방아쇠를 당겼다.

분노로 거칠게 포효하는 총성.

하지만 영거리에서 날린 탄환은 니콜의 몸이 아니라 엉뚱한 방향으로 날아갔다.

"어?!"

"유감스럽겠네요! 【화살막이의 룬】! 물리적인 원거리 무기는 나에게 안 통해!"

니콜이 천진난만하고 악랄하게 웃은 순간, 갑자기 글렌의 몸이 한층 더 약화되었다.

"······?!"

글렌은 자신의 무게를 이기지 못하고 다시 바닥에 한쪽 무릎을 꿇었다.

니콜은 그런 그에게서 멀어지며 여유 있는 표정으로 웃었다.

"뭔가 착각하는 거 같은데 내 「검은 태양」의 위력은 이게 끝이 아니라고? 디버프의 주력은 더 강하게 할 수 있어. 조금 전까지 꽤 봐준 거였거든?"

"뭐⋯⋯라고?!"

"선배에게 얕잡아 보이는 건 싫으니까 디버프의 주력을 또 한 단계 올려볼게. 어때? 이젠 못 움직이겠지?"

글렌이 남은 힘을 쥐어짜 내어 무거워진 고개를 간신히 들자, 검은 태양이 머리 위에서 한층 더 검고 불길하게 빛나고 있었다.

몸에 전혀 힘이 들어가지 않았다. 마나가 무시무시한 기세로 빠져나갔다.

이대로 가면 가만히 있어도 마나 고갈로 죽을 수밖에 없었다. 절망적이다.

"말해두지만, 이 다음 단계부터는 시간이 좀 걸리기는 해도 아직 한참 남았어. 저 태양 아래에 있는 한 난 무적이다? 자, 그럼⋯⋯."

니콜은 기쁨에 물든 얼굴로 다시 나이프를 꺼냈다.

"아무래도 이젠 못 피하겠지?"

잔혹한 미소와 동시에 투척된 나이프.

체감적으로 느껴지는 몸무게와 빠져나간 마나는 조금 전에 비할 바가 아니었다.

　마치 달팽이처럼 느려진 글렌에게는 더는 공격을 피할 수단이 없었다.

　"크억?!"

　다리에 나이프가 박히는 동시에 칼날에 실린 저주가 발동해서 글렌의 시각을 완전히 빼앗았다.

　"크윽?!"

　다음으로 어깨에 나이프가 박히는 동시에 청각도 상실했다.

　"……?!"

　이어서 팔에 박힌 나이프가 근력을 빼앗아 온 몸이 마비되었다.

　"──, ────, ─────."

　아마 이건 니콜의 승리선언이나 자신에 대한 모욕이겠지만, 그런 목소리조차도 들리지 않았다.

　글렌은 소리와 빛이 완전히 사라진 암흑 속에서 절망감과 패배감과 굴욕감을 느낄 수밖에 없었다.

　하지만 그때─.

　"……『빛이 있으라』."

　갑자기 눈앞에 빛이 충만해졌다.

　"……?!"

　빛이. 흘러넘치는 신성한 빛이 이 주변 일대를 지배했던 저주를 모조리 해제하고 소멸시켰다.

머리 위의 태양이 사라지고 그 대신 마치 대낮처럼 눈부신 빛이 주위를 밝게 비추었다.

"뭐, 뭐야 저건!"

저주가 소멸한 덕분에 오감을 되찾은 글렌이 눈을 부릅떴다.

그리고 귀에는 기묘한 목소리가 들렸다.

"……『하늘에 계신 우리 주여. 바라옵건대 그 거룩한 이름이 존경받고, 주님의 자비가 저희를 감싸고 온 나라에 미치기를』……."

그것은 주문이 아니었다. 성서의 한 소절, 성구였다.

"『주여, 아아, 주여. 그대의 위광을 내려주시옵소서. 그 힘으로 영원한 안식을 그자들에게 내려주시옵고, 영원한 빛으로 그자를 비추어주시옵소서. 구원해주시옵소서. 그자가 편히 쉴 수 있기를…… 진실로 그렇게 되기를 바라노라_{파란}』."

성가처럼 낭랑하게 울려 퍼지는 기도문을 중심으로 절제의 샤를로테가 손을 맞잡고 바닥에 무릎을 꿇은 채 하늘을 우러르고 있었다.

그녀의 머리 위로 내려온 한층 더 눈부신 빛이 주위의 온갖 어둠을 정화하고 물리친 것이다.

그리고 그런 샤를로테의 뒤에는 누군가가 서 있었다.

천사였다.

빛나는 갑주를 입고 불꽃으로 타오르는 거대한 낫을 든

여섯 장의 날개가 달린 천사였다.

"「불꽃으로 타오르는 거대한 낫」?! 설마 《단죄의 천사》 아토스?!"

엘리사레스 성서에 나오는 네임드 대천사들은 제1위 : 치천사, 제2위 : 주천사, 제3위 : 권천사라는 천상 3위계로 분류된다고 한다.

저 《단죄의 천사》 아토스는 그중 키리오테티스에 해당했다. 마녀와 악마와 타천사 같은, 신에게 등을 돌린 존재를 멸하는 권능을 지닌 천사였다.

"말도 안 돼! 진짜 말도 안 된다고! 네가 대천사를……! 키리오테티스를 소환했다는 거야?!"

물론 『의식의 장막』 너머에 존재하는 위대한 개념 존재를 이 세계에 소환하고 수육해서 절대적인 힘을 행사하는 마술이 존재하지 않는 건 아니었다.

하지만 그건 틀림없는 의식 마술이었다.

그것도 그 의식 마술만을 위해 인생을 바쳐가며 훈련을 쌓아온 수십, 수백 명의 마술사가 며칠 동안 펼쳐야 겨우 성공하는 거대한 의식이었다. 고작 한 사람의 힘으로 이루어낼 수 있는 일이 아니었다.

"머, 멈춰! 대천사의 수육을 유지하는 데 얼마나 많은 마력을 잡아먹을지 알기나 해?! 그 녀석을 당장 송환해! 그러다 네가 먼저 죽는다고!"

"……걱정하지 마시길."

글렌이 다급한 목소리로 외쳤지만 《단죄의 천사》 아토스는 기도를 바치는 샤를로테의 등을 통해 그녀의 안으로 들어갔다. 강림한 것이다.

"어……?"

"성찬(聖餐)으로 천사님을 강림시키려고 하면 그럴지도 모르죠. 하지만 천사님이 깃드실 육체는…… 바로 여기 있잖아요?"

넋을 잃은 글렌 앞에서 아토스는 서서히 샤를로테에게 침식되고 동화되었다.

이윽고 그녀의 등에 빛으로 형성된 여섯 장의 날개가 펼쳐졌다.

손에는 불타오르는 불꽃의 낫.

샤를로테가 천사의 모습으로 변모한 것이다.

"……빙의 소환?! 거, 거짓말이지?!"

물론 그런 소환 마술도 존재하기는 존재했다.

하지만 대천사쯤 되는 강대한 개념 존재를 자신의 몸에 강림시키는 일이 가능할 리 없었다.

천사는 전 인류의 기도와 신앙에서 태어난 개념이다. 따라서 그런 존재와 동화하는 건 이를 테면 세계 그 자체를 짊어지는 것이나 다름없는 행위였다. 왜소한 개인에게 그런 위업이 가능할 리 없는 것이다.

"『아아, 신앙심이 옅은 자여. 어째서 의심하시는 겁니까』.
……후후, 전 어릴 적부터 아토스 님의 목소리가 들렸답니다."

"……뭐?"

"뭐, 마술 이론적으로 설명하면【적합자】…… 그게 제 오
리지널이자 마술 특성인 거겠죠. 물론 그걸 알았다고 해서
제 신앙심이 흔들릴 리는 없지만요. 후후후……."

그렇게 속삭이는 듯한 목소리로 자랑스럽게 말한 샤를로테
는 등에 달린 여섯 장의 날개를 펼쳤다. 빛으로 이루어진 깃
털이 주위로 흩어지는 광경은 그야말로 장엄하고 신성했다.

"정말이지. 두 분 다 정말 못 봐주겠다니까요?"

낫을 한 번 휘두르자 그 궤적을 따라 허공에 불꽃이 질주
했다.

"본인이 강해진다느니, 상대를 약하게 한다느니…… 당신
들은 좀 더 위대한 존재의 목소리에 귀를 기울이고 그 몸을
맡겨야 마땅해요."

"큭! ……망할."

글렌은 뒷걸음질쳤다. 서서히 뒤로 물러났다.

이유는 모르겠지만, 저《절제》의 샤를로테는《단죄의 천사》
아토스의 상시 포제션 상태를 유지할 수 있는 모양이었다.

다만, 그 힘을 현현하려면 장시간 기도를 바쳐야 하는 모
양이었다. 일종의 자기암시. 아토스의 힘을, 목소리를 더 깊
이 듣기 위한 스위치인 것이리라.

하지만 이미 빙의해버린 이상 대처할 방법은 없었다.

"자, 갑니다. 글렌 님. 이번에는 제 차례예요. 아무쪼록 당신의 힘을 보여주시⋯⋯길!"

샤를로테가 낫을 크게 휘두르자 검풍이 아니라 초고열의 불꽃이 글렌을 향해 짓쳐들었다.

"치잇?!"

검은 태양이 사라져서 몸은 간신히 움직일 수 있었다.

이미 만신창이가 된 몸에 채찍질을 해가며 마력을 전개해 극한까지 강화한 몸을 옆으로 날렸다.

꾕음.

불꽃 폭풍의 착탄 지점에 하늘을 찌를 듯한 불기둥이 솟구치더니 그곳을 중심으로 불꽃이 파문처럼 번져나갔다. 피할 곳이 전혀 없었다.

"우오오오오! 젠장!"

아직 【광대의 세계】의 효과는 사라지지 않았다. 자신의 마술은 봉인된 상태다.

그렇다. 【광대의 세계】는 어차피 초견살(初見殺)에 불과했다. 걸리면 필살이지만 상대가 쓸 것을 이미 알고 있을 때는 오히려 역이용을 당할 수 있는 양날의 검이었다.

글렌이 입은 특무분실의 예복에는 강력한 【트라이 레지스트】가 상시 인첸트되어 있었지만 천사의 불꽃을 완전히 막아내는 건 무리였다. 글렌의 몸이 불에 타들어갔다.

"크으으윽?! 너, 인마! 너무 지나치잖아! 날 태워죽일 셈이야?!"

"후후후…… 단죄…… 단죄…… 단죄입니다. 쿡쿡쿡……."

항의해봤자 소용없었다. 샤를로테의 눈은 이미 정상이 아니었다.

"단죄!"

날개를 크게 펄럭이며 찰나에 발생한 절대적인 추진력을 이용해 글렌을 향해 날아들었다.

날개가 일으킨 충격파 때문에 지면이 크게 패였고, 불타오르는 낫을 높이 들고 두 눈을 형형하게 빛내는 샤를로테가 글렌을 향해 육박했다.

주변 일대의 불바다가 그녀의 궤적을 따라 반으로 갈라지는 모습은 마치 성서에 나오는 어느 성자의 도피행을 연상시켰다.

이미 인간의 눈으로 따라잡을 수 없는 속도였고 인간의 다리로 피할 수 있는 속도가 아니었다.

"이, 게에에에에에에에에!"

그 순간, 글렌의 등을 떠민 건 직감과 호흡이었다.

지금까지 온갖 수라장을 헤쳐 온 경험이 척수반사로 샤를로테의 움직임에 대응하게 한 것뿐.

"단죄애애애애애애애애애애!"

무시무시한 속도로 휘둘러진 샤를로테의 낫을, 글렌은 약간 오른쪽으로 몸을 기울여서 간신히 직격을 모면했다. 낫이 좌반신을 가르고 불태우는 데도 아랑곳 하지 않고, 자신의 몸에서 내뿜어지는 피분수를 가르며 오른손에 든 총을 교차로 내밀더니 샤를로테의 이마에 총구를 가져다댔다.

망설임 없이 방아쇠를 당기자 총구에서 발사된 총알이 샤를로테의 이마에 적중했다.

캉!

하지만 그녀의 머리는 살짝 뒤로 젖혀지기만 했을 뿐이었다.

당연히 이마에는 멍조차 들지 않았다. 위대한 천사가 강림해서 영적으로 강화된 지금의 그녀에게는 총 따윈 통하지 않았다.

"큭?!"

"단죄애애애애애애애애애애애애애애!"

이 대응으로 치명상을 입은 글렌에게는 이어지는 낫자루의 일격을 피할 방법이 없었다.

"크아아아아아아아아아아아아아아아아아아아!"

낫자루에 정통으로 맞은 글렌의 몸이 수평으로 날아갔다.

마도사들이 준비한 모의 전투장을 훌쩍 넘어서 숲의 나무를 몇 그루나 부러트렸는데도 질주는 멈추지 않았다.

"커헉! 쿨럭!"

이윽고 거대한 나무에 부딪혀서 간신히 멈춘 글렌은 그대로 핏덩어리를 토했다.

특무분실의 예복에는 신체의 강건함을 증폭하는 【보디업】도 상시 인첸트되어 있었지만 그게 없었다면 전신골절과 내장파열로 틀림없이 죽었으리라.

샤를로테는 그런 만신창이인 글렌을 향해 다시 날아들었다.

"단죄애애애애애애애애애애애애애애애!"

그녀의 눈에는 살의와 증오가 번들거리고 있었다. 완전히 글렌을 죽일 작정이다. 신화학(神話學)에 의하면 아토스는 거의 타천사에 가까운 부류였다. 아마 그 개념에 지나치게 영향을 받은 것이리라.

"아아~ 완전히 스위치가 들어갔네."

"참 나, 늘 그렇지만 진짜 못 말릴 여자라니까."

"뭐, 만약 선배가 죽으면 훈련 중의 사고였다는 걸로 칠까?"

"……그래야겠지. 일이 귀찮아질 테니까. ……아니, 분명 죽을걸?"

그런 인격이 바뀐 샤를로테와 멀리 떨어진 곳에서는, 니콜과 퍼거스가 김이 샌 눈으로 무책임한 소리를 늘어놓고 있었다.

'제길, 여기까지인가!'

불꽃을 휘감고 날아오는 샤를로테의 모습에 글렌은 죽음을 각오했다.

이미 손가락 하나 까딱할 힘도 없었다.

'리, 리엘…… 미안하다!'

낫을 세워들고 무시무시한 속도로 날아온 샤를로테가 무방비한 글렌의 몸을 살 조각으로 분쇄하려는 순간—.

"글렌을……!"

옆에서 일직선으로 날아든 푸른 충격이—.

"……괴롭히지 마아아아아아아아아아아아아아아아아!"

샤를로테를 날려버렸다.

"꺄아아아아아아아아아아아아아아아아아악?!"

대기를 뒤흔드는 무시무시한 충격음. 어마어마한 비명.

샤를로테는 지금까지 날아온 길을 수평으로 다시 되돌아갔다.

"어?!"

"하아……! 하아……! 하아……!"

어안이 벙벙한 글렌의 앞을 가로막고 선 것은 얇은 환자복을 입은 리엘이었다.

당장에라도 쓰러질 것처럼 거칠게 숨을 내쉬며 눈물을 훔친 그녀는, 평소의 대검을 지팡이 대신 삼아 겨우 버티고 서 있었다.

"글렌을…… 쿨럭! 괴롭…… 콜록! 히지 마…… 콜록! ……커헉!"

하지만 곧 심하게 피를 토하고 그 자리에 쓰러졌다.

땅에 꽂힌 대검은 형태가 붕괴되더니 빛의 입자로 변해 소멸했다.

영적으로 완전히 한계가 온 몸으로 금주법에 가까운 고속 무기 연성술【히든 클로】를 쓴 데다 움직이지 않는 몸을 신체 강화 마술로 억지로 혹사한 반동이 온 것이리라.

"콜록! 콜록콜록! 아, 윽…… 그, 글레, 글렌…… 도와, 줘…… 괴로……!"

"리, 리에에에에에에엘!"

반송장이나 마찬가지였던 글렌의 몸이 움직였다.

기백과 기합으로 모든 신경을 강제로 연결해서 쓰러진 리엘을 향해 달려갔다.

"이 바보야! 너, 그 몸으로 왜 여기까지 온 거야! 왜 마술을 쓴 거냐고! 너, 지금 네 몸이 어떤 상태인지 알기나 해?!"

"그치만…… 쿨럭! 글레…… 콜록콜록! ……아윽! 괴롭…… 으으, 으."

괴롭게 헐떡이는 리엘을 안아든 순간, 다행히도 마침【광대의 세계】의 효과가 끝난 덕분에 바로 힐러 스펠을 시술했다.

하지만 소용없었다. 리엘의 용태는 회복할 조짐이 전혀 보이지 않았다. 심하게 피를 토하고 괴로워하며 계속 악화되기만 할 뿐이었다.

리엘에게서 느껴지는 죽음의 기척에 글렌은 섬뜩한 오한이 들었다.

"이봐, 선배…… 모의 마술 전투는 아직 안 끝났거든? 자, 2회전을 시작하자고."

"설마 벌써 끝이라는 건 아니겠죠?"

"……이히히히…… 단죄…… 단죄…… 단죄, 단죄, 단죄!"

퍼거스, 니콜, 멀쩡한 샤를로테가 그런 글렌을 향해 천천히 다가왔다.

"이 자식들……."

글렌은 마치 골수까지 타들어가는 듯한 분노를 느꼈다.

눈앞이 새빨간 핏빛으로 물들고 세상의 모든 소리가 멀어져 갔다. 이성이 소리를 내며 끊어졌다.

길을 잘못 들 뻔한 그의 손을 억지로 잡아끌고 마음을 정화해주었던 은발 소녀의 목소리도…… 지금은 들리지 않았다.

"……좋아. 그렇게 갈 데까지 가고 싶다면."

글렌의 목소리 톤이 바뀌었다. 어둡고 음산하게 으르렁거리는 글렌의 손이 주머니 속에 감춰둔 어떤 물건을 무의식적으로 움켜잡았다.

기름종이로 감싼 그것은 글렌의 퍼커션식 리볼버의 예비 탄창이었다.

이 안에는 **어떤 특수한 화약**을 쓴 총알이 장전되어 있었다.

글렌은 총의 옆면에 달린 배럴 웨지를 뽑고 총신과 프레임을 분리했다. 그리고 총알을 다 쓴 탄창을 떨어트리고 예비 탄창을 꽂아서 총을 재결합했다.

마치 물 흐르는 듯한 자연스러운 동작으로 리로드를 마친 그때였다.

"······거기까지예요!"

숲속에서 늠름하고 선명한 목소리가 울려 퍼지는 동시에 한 소녀가 등장했다.

나뭇가지 사이로 비춰드는 달빛에 드러난 그 소녀의 정체는 《달》의 일리아 일루주였다.

"당신들은 대체 무슨 짓을 하고 있는 거죠?!"

일리아는 어깨를 들썩이며 퍼거스 일행에게 격노를 터트렸다.

하지만 그들은 마치 어디서 바람이 부냐는 듯 전혀 개의치 않았다.

"일리아····· 너, 또 우리를 방해하려는 거냐? 아앙?"

"이제야 엔진에 시동이 걸린 참이거든? 그리고 선배는 이미 한계겠지만, 우린 아직 실력의 절반도 안 드러냈거든?"

"큭····· 쿡쿡쿡····· 우리의 진정한 힘을 글렌 님께 좀 더 보여드리고 싶답니다. 아하! 아하하하!"

전혀 물러설 기색을 보이지 않는 세 사람 앞에서 일리아는 조용히 눈을 감더니 아주 약간 차가워진 목소리로 선언했다.

"알았어요. 모처럼 동행해준 협력자가 망가지게 내버려둘 순 없으니, 물러서지 않겠다면 제가 글렌 선배 대신 상대해 드리죠."

"""······?!"""

그러자 퍼거스와 니콜과 샤를로테는 한순간 몸을 굳히더니 눈을 가늘게 떴다.

그렇게 잠시 침묵한 후—.

"칫. ……그래, 알았다고. 흥이 깨졌구만."

퍼거스가 등을 돌리고 임전 태세를 해제했다.

"《달》의 일리아…… 너랑 싸워봤자 하나도 재미없을 테니 말이지."

"전적으로 동감이야. 시간 낭비랄지, 헛수고랄지……."

니콜도 마찬가지로 어깨를 으쓱이며 전의를 거두었고, 샤를로테도 천사의 빙의 상태를 해제했다.

"흥…… 뭐, 됐어. 전《광대》의 실력도 대충은 파악했으니까. ……완전히 쓰레기더군. 이래서야 파트너라는《별》의 실력도 뻔할 뻔자겠어."

"뭐, 소문의 최강 콤비가 실은 소문만 번지르르했다는 걸 안 것만으로도 수확이려나?"

"이번 임무는…… 예상보다 쉬울 것 같아서 다행이네요."

세 집행관은 그런 대화를 나누며 떠나갔다.

그리고 이 자리에 남은 것은 만신창이인 글렌, 완전히 쇠약해진 리엘, 그리고 글렌에게 등을 돌리고 의연하게 서 있는 일리아였다.

"……일리아, 너……?"

"이야기는 나중에 하죠, 선배."

일리아는 낭비 없는 동작으로 글렌을 돌아보았다.

그녀의 진지한 눈빛이 그를 꿰뚫었다.

"지금은 리엘의 응급처치를! 때를 놓치기 전에요!"

"……그래."

글렌은 일리아의 손을 잡고 일어섰다.

그리고 리엘을 업고 일리아와 함께 무거운 발걸음으로 야영지에 돌아왔다.

야영지로 돌아온 글렌은 리엘을 배정된 천막의 침대 위에 눕혔다.

그리고 일리아가 바로 응급처치를 시작했다. 영질(靈質) 강화제를 투여하거나 마나를 이식하는 등, 지금의 리엘에게 필요한 치료를 적절히 수행했다.

이윽고 용태가 안정된 리엘은 침대 위에서 조용히 코고는 소리를 내기 시작했다.

"술식 완료. 이걸로 끝."

일리아는 그런 리엘을 한숨 돌린 얼굴로 내려다보며 이마에 맺힌 땀을 훔쳤다.

"……고맙다, 일리아."

"아뇨, 이제 제 일인걸요."

글렌의 감사를 받은 일리아는 잠시 쑥스러운 듯 웃었다.

"……정말 죄송해요, 선배."

하지만 이윽고 미안한 얼굴로 시선을 내리깔고 사죄했다.

"야, 그 선배라고 부르는 것 좀 그만둬. 특무분실에선 네가 더 고참이잖아."

"하지만 저에게 선배는 선배인걸요. ……그렇게 부르면 안 되나요?"

글렌이 거북해하자 일리아는 약간 불만스러운 듯 뺨을 부풀렸다.

'일리아는 이브의 동기야. 나이는 내가 더 많지만, 집행관으로서의 경력은 이 녀석이 더 길어. ……그러니 선배라고 불려봤자 어색하기만 할 뿐인데 말이지.'

일리아는 글렌의 그런 속내도 모르고 기쁜 얼굴로 입을 열었다.

"지금까지는 이래저래 바빠서 이렇게 대화할 시간을 가질 기회가 없었지만…… 아무튼, 오랜만이에요! 선배. 건강해보이셔서 다행이에요!"

그리고 기운차게 경례했다.

"……눈깔 파이고 싶냐? 이게 건강해 보여?"

글렌은 뺨을 실룩이며 응급처치로 붕대를 온몸에 감은 자신의 모습을 가리켰다.

"에엑?! 그건 곤란해요! 그럼 선배의 핸섬한 얼굴을 더는 못 보게 되는걸요! 선배의 팬인 저에겐 너무나도 가혹한 형벌이라구요!"

"하아~ 나 원 참, 너도 여전하구만."

예전의 기억과 전혀 변함없는 일리아의 모습에 글렌은 기가 막힌 표정으로 탄식했다.

일리아는 그런 글렌을 존경어린 눈으로 바라보며 다시 입을 열었다.

"그건 그렇고…… 역시 대단하세요, 선배."

"뭐가 대단하다는 거야?"

"겸손하시기는. 설마 그 세 사람을 상대로 **이기실** 줄은……."

그 순간, 글렌은 벌레를 씹은 것 같은 표정을 지을 수밖에 없었다.

"……바보야. 너, 혹시 눈이 썩은 거 아냐?"

"아뇨! 그치만 선배는 그 압도적으로 절망적인 전투 중에…… 그 세 사람에게 영거리 사격을 명중시키셨잖아요?"

"……그건 그랬다만. 그게 뭐?"

글렌이 한순간 말을 어물거리다가 토라진 것처럼 어깨를 으쓱이자, 일리아는 얼굴을 바짝 들이밀고 힘차게 외쳤다.

"그러니까 이긴 거죠! 선배에게는【광대의 일격】이 있잖아요!"

오리지널【페네트레이터】. 이브 카이즐의 옥약을 써서 영거리 사격으로 발동하는 필멸의 마탄(魔彈). 광대가 등 뒤에서 휘두른 나이프의 일격은 때로는 현자의 지혜와 예상을 뛰어넘는 법. 이 마탄 앞에서 모든 마술적 방어는 그 의미를 상실한다. 영혼을 직접 타격하는 글자 그대로의 필살기였다.

"만약 그게 실전이었다면……."

"흥. 그딴 실전이 어딨어?"

글렌은 일리아의 찬사를 코웃음으로 거부했다.

"애초에 그 놈들도 전혀 진심이 아니었어. 그게 실전이었다면…… 난 더더욱 무력하게 죽었을 거다. 그리고……."

글렌은 한 은발 소녀의 모습을 떠올렸다.

'그 녀석이 곁에서 지켜보지 않는 곳에서 이런 무시무시한 걸 쏠 자신은 없다고.'

그리고 몰래 속으로 자조했다.

"뭐, 내가 【페네트레이터】를 쓴다고 해도…… 흠, 잘해야 백전 중에 2, 3승 정도 아닐까? 그 정도로 그 놈들은 「괴물」이었어."

이제 와서 돌이켜봐도 공포로 몸이 떨렸다. 상식 초월, 규격 외의 비술, 금주 등등.

어째서 저런 괴물들이 특무분실에 들어간 건지 도통 이해할 수가 없었다.

"야, 일리아. 그 괴물들은 대체 정체가 뭐야? 대체 어디서 데려 온 거지? 특무분실의 보충 요원이겠지만, 제국군에 저런 놈들이 있었을 리 없어. 있었다면 군에서도 나 같은 게 아니라 그놈들부터 스카우트했겠지."

"그들의 정체와 경력은 불명이에요."

일리아는 어색하게 대답했다.

"최근 들어서 특히 더 일손 부족이 심각해진 찰나에 새 실장인 사이러스 슈마허가 어느 날 갑자기 스카우트해온 사람들이에요."

"……사이러스였나."

수상한 남자가 데려온 수상한 삼인조라는 뜻이다.

"대체 제국 어디에 숨어있었던 거지? 저런 실력자들이라면 군에서도 반드시 어떤 형태로든 소문이 났었을 텐데."

"……그러게요. 군 상부도 의아해했지만, 그들의 실력은 진짜잖아요?" 만성적인 전력 부족에 시달리던 군에서도 결국은 쌍수를 들고 환영했어요. ……그들이야말로 새 시대를 짊어질 에이스들이라면서요."

"……흐응."

뭐, 이해는 갔다. 그만한 실력이라면 틀림없는 에이스감이니까.

"그건 그렇고 난감하네. 그런 괴물들이 알베르트 토벌에 참전한 건가. 이래서야……"

알베르트가 간단히 토벌당할 가능성도 있었다. 리엘을 구하는 것뿐이라면 딱히 상관없겠지만 그 경우에는 알베르트의 진실이 어둠속에 파묻히고 만다.

'그 녀석이 아무런 이유도 없이 그런 폭거를 저질렀을 리 없어. 하지만 이미 뒤늦은 감도 있군. 아니, 하지만…… 제

길. 난 대체 어쩌면 좋지?'

입을 다문 글렌이 생각의 미로에 빠진 순간―.

"……역시 선배는 선배네요."

"……!"

문득 고개를 들자 일리아가 온화하게 웃고 있었다.

"어차피 지금도 어떻게든 알베르트 씨도 구하고 싶으신 거죠?"

"……."

"여전히 사람이 너무 착해요. 지금의 알베르트 씨는 두말할 여지가 없는 대죄인이라구요? 그런데도 그를 위해 분골쇄신하시려는 건가요?"

"그 녀석이 이유도 없이 그런 대죄를 저질렀을 리 없어. 뭔가……뭔가 이유가 있었을 거야."

"알베르트 씨가 크리스토프와 버나드 씨를…… 살해했는데도요?"

"……!"

글렌은 아픈 곳을 찔리자 표정을 일그러트릴 수밖에 없었다.

"……그래도야!"

하지만 곧 결의에 찬 표정으로 단언했다.

"먼저 진실을 파헤치고 녀석의 진심을 듣겠어. 그 후에 어떻게 할지 정할 거다. 까놓고 말해 난 지금도 그 녀석이 크리스토프와 영감을 죽였다는 게 믿기지 않아. 뭔가 착오가 있었겠지. 죽은 것처럼 위장해서 어딘가에 살아있을지도 몰라."

"…………."

"하지만 알베르트 녀석이 만약 정말로 그런 바보 같은 짓을 저질렀다면…… 외도로 타락했다면…… 그 녀석을 두들겨 패주는 건 내 역할이야."

자연스럽게 그 말이 나온 순간, 글렌의 머릿속에는 마치 주마등처럼 과거에 알베르트와 함께 전장을 헤쳐 나갔던 기억이 되살아났다.

글렌은 회상에 잠긴 얼굴로 분명하게 선언했다.

"……분명 내가 해야만 하는 일이겠지."

돌이켜 보면 군 시절 자신은 늘 그에게 신세만 졌었다.

이상주의자인 글렌과 철저한 현실주의자인 알베르트.

글렌이 열을 구하겠다고 어린애처럼 떼를 쓰면 알베르트는 아홉을 구하기 위해 냉혹하게 하나를 포기할 수 있었다. 이러다 보니 당연히 사사건건 의견이 충돌할 수밖에 없었다.

하지만 불합리한 폭력에 노출된 이들을 한 사람이라도 더 구하고 싶다는 기저에 깔린 마음만큼은 분명 일치했었으리라. 그래서 그토록 의견이 충돌하고, 싸우고, 때로는 주먹다짐까지 하면서도 완전히 결별할 수는 없었다.

애당초 임무 도중에 알베르트가 자신의 목숨을 구해준 것도 헤아릴 수 없을 정도로 많았다. 그가 없었다면 이미 글렌은 차가운 무덤 속에 잠들었을 것이다.

글렌을 정신적으로 지탱해준 인물은 세라였으나 지금 돌이켜보면 알베르트도 분명 어떤 형태로든 도움을 주었다.

서투른 그답게 그저 조용히, 아무 설명도 없이, 묵묵히, 아무런 보답도 바라지 않고…….

왠지 마음에 들지 않는 구석도 많지만 그럼에도 의지가 되는 형 같은 존재.

하지만 자신은 그런 알베르트를 아무 말도 없이 남겨둔 채 제멋대로 군을 빠져나오고 말았다.

그런데도 알베르트는 주먹 한 방으로 용서해주었다. 지금의 글렌을 인정해주었다. 교사로 한 번 살아보라고 말해주었다.

만약 그런 알베르트가 외도로 타락할 만한 사정이 있었다면…….

어쩌면 자신이 그의 곁에 계속 있어 줬다면 결과가 이렇게 되는 걸 막을 수 있지 않았을까. 두들겨 패서라도 바른 길로 돌려놓을 수 있지 않았을까.

그러기에—.

"이건 다른 그 누구도 아닌…… 내가 해야만 하는 일이야."

글렌은 다시 결의를 다지고 말할 수 있었다.

조금 전까지만 해도 불합리한 현실 앞에서 좌절하고 절망했었지만 이렇게 다시 상황을 정리해보니 이상할 정도로 마음이 차분해졌다.

그렇다. 이건 다른 그 누구도 아닌 나 자신의 싸움이기도 한 것이다.

　지금 이 순간, 글렌의 가슴 속에는 그렇게 새로운 전의가 불타오르고 있었다.

　"열 사람이 위험하다면 열을 구하겠어. 어린애의 꿈 같은 헛소리처럼 들리겠지만, 그게 바로 나야."

　"……정말 변함없으시네요. 선배는."

　어이가 없는 듯한 목소리와 반대로 일리아의 표정은 따스했다.

　"하지만 옛날부터 전 그런 선배에게 줄곧 호감을 느끼고 있었는걸요. ……정말이라구요?"

　"웃기시네. ……네 말은 도무지 신용이 안 가."

　"아, 진짜 너무해요. 한 번 잘 떠올려 보시라구요. ……선배의 그런 어린애의 꿈 같은 이상을 이해하고 응원해준 건……**저와 세라 씨뿐**이었잖아요."

　"……."

　글렌은 먼 곳을 보는 듯한 눈으로 한동안 천막 밖의 별 하늘을 올려다보았다.

　"……그래, 그랬었지."

　그리고 곧 그렇게 중얼거렸다.

　"그립네요. ……선배를 사이에 두고 저와 세라 씨가 쟁탈전을 벌이면 버나드 씨가 옆에서 놀려댔고…… 이브 씨와 알베르트 씨가 어이없는 눈으로 쳐다보시고…… 크리스토프와 리엘이 어리둥절해 했었죠."

"……."

글렌의 머릿속에 문득 그런 과거의 광경이 자연스럽게 떠올랐다.

……갑자기 주먹이 강하게 쥐어졌다.

"그건 그렇고 안심했어요. 이젠 돌아가신 버나드 씨에게 듣긴 했지만…… 세라 씨를 잃은 선배가 다시 일어섰다는 말을 들었을 때 솔직히 믿을 수가 없었거든요."

"……그러냐. 걱정을 끼쳤던 모양이네."

그러자 일리아는 글렌의 정면으로 돌아와서 눈을 똑바로 바라보았다.

"어쩔 수 없네요. 솔직히 이런 상황에서는 무척 어려운 일이겠지만…… 저도 선배의 힘이 되어드릴 수 없을까요?"

"……일리아?"

글렌은 눈을 깜빡거리고 새삼스러운 눈으로 그녀를 쳐다보았다.

일리아의 표정은 부드러우면서도 매우 진지했다.

"실은 저도 이번 사건이 굉장히 부자연스럽다고 느꼈었거든요."

"너도냐."

"예. ……솔직히 알베르트 씨가 여왕 폐하 암살 미수……

그런 폭거를 저질렀다는 건 저도 아직 믿기지 않아요."

"……"

"알베르트 씨가 크리스토프와 버나드 씨를 살해한 건…… 솔직히 말해 용서할 수 없어요. 그 대가를 받아야만 해요. 하지만 알베르트 씨 만한 분이 그런 짓을 저지를 수밖에 없었던 어떤 사정이 있었다고…… 그렇게 생각하는 편이 타당하겠죠."

"……"

"그리고 특히 더 부자연스러운 건 리엘의 징용. 이번 사건에는 틀림없이 뭔가가 있어요. 저도 그 진실을 알고 싶어요. 선배, 저도 선배의 목적에 동참하면 안 될까요?"

일리아는 물끄러미 글렌의 눈을 들여다보았다.

허례허식이 없는 올곧은 신념만을 보내고 있었다.

그리고 보면 그녀는 군 시절부터 이런 소녀였다.

"……그래, 알았어. 신세 좀 지마."

"저야말로! 잘 부탁드려요!"

그래서 글렌은 일리아에게 손을 내밀었다. 그녀는 그 손을 꽉 잡고 악수했다.

"솔직히 마음 든든해. ……까놓고 말해 지금의 난 적지 한복판에서 사면초가에 몰린 거나 다름없는 상황이니까. 한 명이라도 아군이 있는 건 확실히 달라."

그리고 다시 일리아에게 질문을 던졌다.

"저기, 일리아. 이번 알베르트 토벌 원정에서 사이러스가 리엘을 이용해서 뭔가를 꾸미고 있다는 건 알아?"

"예, 아무리 봐도 부자연스러우니까요. 다만, 뭘 꾸미고 있는지는……."

"그럼 리엘의 주변에서 일어나는 일들을 주시해줘. 넌 리엘의 간호 담당이잖아? 사이러스가 리엘에게 무슨 짓을 하거나, 리엘에게 뭔가 이변이 일어난다면…… 나에게 가르쳐줘."

"물론이죠! 리엘은 저에게 맡겨주세요!"

"그러냐. 하하하, 믿음직하네. 잘 부탁할게."

이렇게 해서 오랜만에 속을 터놓고 대화를 나눈 기묘한 선후배의 밤은 조용히 저물어갔다.

한편, 같은 시각.

토벌대의 야영지에서 북쪽으로 5킬로스 정도 떨어진 가파른 절벽 꼭대기.

"아아아아! 정말이지! 진짜 속 뒤집혀!"

그곳에서 이브의 수정 구슬로부터 허공에 투사된 영상과 음성을 지켜보고 있던 시스티나가 몹시 화가 난 얼굴로 발을 동동 굴렀다.

앞서 간 토벌대를 몰래 추격하는 중인 그녀들은 이 하늘과 가까운 장소를 오늘 밤 야영지로 정한 상태였다.

그리고 글렌은 지금도 여전히 이브의 사역마였다. 그가

보고 들은 정보는 전부 그대로 이브에게 전해지고 있었다. 이런 번거로운 방식으로 정보를 공유하는 이유는 아무래도, 군 부대 안에서 통신 마도기를 쓰면 누군가에게 방수(傍受)될 우려가 있었기 때문이다.

다만, 일반적인 사역마처럼 글렌과 직접 시각과 감각을 공유하는 건 소름끼친다고 이브가 단호하게 거부한 탓에 수정 구슬을 매개체로 삼을 수밖에 없었다. 하지만 이렇게 하면 시스티나와 루미아도 볼 수 있으니 그런 의미에서는 일석이조였다.

"뭐야, 저 셋은! 믿을 수가 없어! 저런 인간들이 정말로 특무분실의 집행관이라는 거야?! 아, 진짜 생각하기만 해도 화가 나!"

그리고 당연히 특무분실의 삼인조가 글렌에게 저지른 폭거도 그녀들에게 그대로 전해졌다. 만약 그 자리에서 있었다면 가차 없이 뺨을 후려쳤을지도 모를 정도로 시스티나는 계속 격노한 상태였다.

"시스티, 그만 진정해. 나도 화가 나지만, 여기서 그래봤자 어쩔 수 없어. 지금은 선생님과 리엘이 무사한 걸 기뻐하자. 응?"

하지만 그렇게 시스티나를 달래는 루미아도 표정이 그리 좋지 못했다. 역시 그녀도 속이 부글부글 끓고 있는 것이리라.

그리고 그런 두 소녀의 뒤에서 조용히 팔짱을 낀 채로 서 있던 이브가 냉정하게 말했다.

"루미아의 말대로야. 지금 여기서 짖어봤자 소용없어. 체력 낭비야. 참으렴. 감정 제어는 마술사의 기본이잖아?"

"……아. 예…… 죄송합니다."

시스티나는 그제야 이성을 되찾고 고개를 숙였다.

"그, 그건 그렇고…… 《달》의 일리아 씨? 저런 분이 선생님 곁에 있어서 다행이지? 시스티."

그러자 루미아가 약간 침울해진 시스티나를 위로하듯 화제를 돌렸다.

"응……. 말이 통하는 분 같고…… 선생님께 협력하겠다고 했으니…… 믿음직한 아군이라고 봐도 괜찮겠지. 하지만……."

시스티나는 허공에 투사된 영상 속에서 글렌과 담소를 나누는 일리아를 멍하니 바라보았다. 아까부터 두 사람이 친근하게 대화를 나누는 영상만 하염없이 이어지고 있었다.

글렌 시점에서 본 일리아는 굉장히 즐거워보였고…… 또 기뻐보였다.

'이런 상황에서, 이런 생각이나 할 때가 아니라는 건 알지만…….'

왠지 가슴이 답답했다. 글렌을 대하는 일리아의 거리감이 어째선지 평범한 전 동료를 대하는 것 같지 않은 눈치였기 때문이다. 이런 상황인데도 왠지 그런 것만 계속 신경 쓰이는 자신의 속편한 사춘기 소녀 사고 회로가 진심으로 싫어졌다.

덤으로 그녀들 시점에서 본 글렌도 왠지 계속 일리아의 옆얼굴을 훔쳐보는 것 같았다. 마치 이 상황을 그도 내심 기뻐하는 것 같아서 굉장히 신경이 쓰였다.

'아니야…… 이럼 안 돼. 좀 더 진지해지자.'

감정을 완전히 다스리지 못한 시스티나가 자기혐오에 빠진 순간—

"……글렌?"

이브가 뭔가를 눈치챈 것처럼 투사된 영상을 빤히 응시했다.

"이브 씨? 왜 그러세요?"

루미아가 영상과 이브를 번갈아 바라보았다.

영상에서의 글렌은 일리아와 평범하게 담소를 나누고 있을 뿐. 시스티나와 루미아에게는 왠지 가슴이 답답해지는 광경만 계속 전개되고 있을 뿐이었다.

하지만 두 사람도 불현듯 깨달았다.

글렌이 보내는 음성 정보에 가끔 이상한 소리가 작게 섞여 있었던 것이다.

딱, 딱…… 딱. 딱딱…… 딱.

"……어? 이게 무슨 소리지? 잡음?"

"조용히."

이브는 의아한 얼굴로 고개를 갸웃거리는 시스티나를 조용히 시킨 후 계속 영상을 주시했다.

그리고 또 같은 시각—.

"······어땠나요? 《광대》의 글렌은."

밤늦게 자신의 천막으로 들어오는 삼인조의 기척을 느낀 사이러스는 고개도 돌리지 않고 말했다.

"하! ······완전히 글러 먹었어. 뭐야? 저 잔챙이는."

퍼거스, 니콜, 샤를로테였다.

"저기, 사이러스 실장. ······정말로 그가 고작 3년 만에 그런 전과를 올렸던 게 맞아?"

"정말 믿을 수가 없단 말이죠. 역시 기록을 위조한 게 아닌가요?"

"아니, 그보다 그런 실력으로 용케도 살아남았네? 그 자식이 죽인 놈들 중에는 진짜 위험한 놈들도 우글우글하던데."

"그 레이크 포엔하임과 진 가니스도 죽였다니, 믿기지가 않죠?"

"하지만, 사실입니다."

사이러스는 휴대용 접이식 의자에 앉아 테이블 위에 펼친 양피지를 내려다보고 있었다. 복잡한 법진과 룬의 나열로 그려진 그것에 뭔가를 더 적어 넣거나 조정하는 작업을 묵묵히 수행하는 중이었다.

"그에게는 궁지에 몰린 상황에서 불가능을 가능으로 바꾸는 뭔가가 있습니다. 그게 의외로 무시할 수 없는 변수란 말이죠. 우연이 두 번 계속되면 기적이겠지만, 세 번 계속되면 필연…… 애초에 영웅이라는 건 누구보다 강한 힘을 가진 자가 아니라 그런 운명적인 뭔가를 끌어들이는 자를 가리키는 말이니까요."

"하! ……시시하군. 아녀자들이나 기뻐할 법한 이야기야."

"절대로 실패가 용납되지 않는 이번 임무…… 뭐, 그 보험 정도로만 기대하죠."

그 순간, 퍼거스는 무척 불쾌한 얼굴로 사이러스를 노려보았다.

"너…… 설마 우리가 알베르트 따위에게 질 거라고 생각하는 거냐?"

"아뇨, 그럴 리가요."

사이러스는 계속 미소를 머금은 채 고개를 저었다.

"지금의 당신들은 틀림없는 제국군 최강 클래스의 마도사입니다. 그런 분들이 셋이나 모였는데 알베르트 단 한 사람을 이기지 못할 리 없겠죠. 다만……."

"다만?"

"저희의 비원을 달성하려면 이번 기회에 확실히 그를 배제해야만 합니다. 만에 하나의 실패도 용납될 수 없어요. 그래서 말씀드린 겁니다. 보험이라고."

"뭐, 확실히 글렌 선배는 알베르트 씨와 가장 많이 임무를 공유했으니 그의 약점이나 전법도 숙지하고 있겠지. …… 어쩌면 뭔가 도움이 될지도 모른다는 거지?"

니콜의 말에 사이러스는 고개를 끄덕였다.

"예. 요즘 들어서 저희의 옛 둥지도 불온한 움직임을 보이고 있습니다. ……저희의 뒷배인 이그나이트 경도 전적으로 신용할 수는 없는 인물이죠. 그래서 저희는 다른 그 누구도 의지하지 않고 저희들만의 힘으로 입장을 공고히 해야 할 필요가 있는 겁니다."

갑자기 작업을 멈춘 사이러스는 그제야 의자를 돌려서 세 사람을 바라보았다.

"새로운 《마술사》인 저, 사이러스. 《힘》의 퍼거스. 《태양》의 니콜. 《절제》의 샤를로테. ……그리고 **《전차》**."

이 순간, 그의 얼굴에 떠올라 있는 건 어둡고 차디찬 미소였다.

"자, 그럼…… 그 준비의 진행도는 어떻죠?"

그리고 천막 한켠을 향해 말을 던졌다.

"……문제없어."

그러자 얼음처럼 차가운 대답이 돌아왔다.

그곳에는 어느새 특무분실의 예복을 입은 인물이 그림자처럼 서 있었다.

새 얼굴이었다.

바로 이 순간까지 사이러스가 이끄는 토벌대 안에서 단 한 번도 모습을 드러낸 적 없는 인물이었다.

어지간히 미움을 사고 있는 건지 《힘》과 《태양》과 《절제》

는 그 인물의 존재를 인식한 순간, 얼굴을 사정없이 구겼다.

하지만 그 인물은 전혀 개의치 않고 담담하게 설명했다.

"최종 조정은 순조롭게 진행 중이야. 예정대로 조건이 갖춰지면…… 그 영웅을 이 세계에 부활시킬 수 있겠지."

"그런가요. 그건 다행이군요."

그 보고에 사이러스는 만족스럽게 웃었다.

"이브 실장의 시대는 끝났습니다. 앞으로 특무분실의 중심을 짊어지는 건 바로 저희들. 늘 음지에서 학대당했던 저희야말로 양지의 무대에서 빛나는 영광의 길을 차지하기에 합당한 자들입니다. 그 조직과도 연결고리가 있는 저희에게 남겨진 길은…… 이것밖에 없으니까요."

그런 사이러스의 힘찬 발언에 퍼거스도, 니콜도, 샤를로테도 기이할 정도로 뜨거운 시선을 보냈다.

"아무쪼록 각자 실수하지 마시길. 내일이면 마레스에 도착합니다. 결전이 기다리고 있죠. 그 지긋지긋한 《별》의 알베르트 프레이저를…… 여기서 확실히 처리하는 겁니다."

…………

잠든 리엘의 앞에서 즐겁게 담소를 나누며 결의를 다진 글렌과 일리아.

뭔가 답답해하는 시스티나와 루미아. 그리고 글렌이 보내는 영상을 주시하는 이브.

어둠 속에서 뭔가를 꾸미고 있는 사이러스 일행.

그날 밤은 그런 각자의 생각이 교차하는 가운데 조용히
저물어갔다.

제3장 유성 맹위

—고대 도시 유적 마레스.

알자노 제국의 동쪽 국경 근처, 인적이 멀리 떨어진 산간 지역에 몰래 숨어있는 것처럼 존재하는 광대한 고대 유적이다. 그 도시 규모로는 페지테에 필적하지 않을까.

그런 마레스가 있는 산간 지역은 통칭「용의 등뼈」라고도 불렸다. 산맥이 이어진 표고가 높은 지역이자, 알자노 제국과 레자리아 왕국을 나누는 벽 중 하나이기도 했다.

그 일대에는 기후와 영맥(靈脈) 관계상 녹지가 적어서 거친 바위 표면과 바위산과 키가 작은 양치식물과 이끼가 군생하고 있었다. 표고가 높다 보니 공기도 희박했다. 수많은 계곡과 가파른 절벽 같은 험한 지역이 많아서 인간의 다리로는 진입하는 것도, 탈출하는 것도 쉽지 않은 곳이었다.

왜 고대인이 이런 벽지에 이런 대규모 도시를 세운 건지, 세울 수 있었던 건지에 관해서는 다양한 마도 고고학적 해석이 존재하지만 여기서는 생략하겠다.

사방이 절벽 같은 산으로 둘러싸인 마레스는 거대한 사다리꼴 형태의 석조 신전을 중심으로 작은 창문이 달린 탑과

주거지 등이 길게 늘어서 있는 모습이었다. 폭이 넓은 길은 거의 없고 좁은 길이 마치 미로처럼 복잡하게 꼬여 있는 구조였다. 하지만 이런 미로 같은 도시를 가로지르는 몇 줄기의 용수로가 각 구역을 구분하는 듯했다. 지하수맥을 이용했기 때문인지 이 용수로만은 거의 당시와 마찬가지로 깨끗한 물이 흐르고 있었다.

그런 도시 유적 마레스의 한복판에 있는 사다리꼴 모양의 신전.

그 꼭대기에 한 남자가 조용히 서 있었다.

"…………."

알베르트였다.

이 신전은 위아래로 기복이 심한 산간 중에서도 특히 높은 곳에 세워져 있다 보니 건물 꼭대기— 옥상에서는 마레스의 정경을 한 눈에 바라볼 수 있었다.

그런 장소에 고고하게 서 있는 알베르트는 눈을 감고 명상 중이었다.

"……슬슬 시간이 됐나."

이윽고 혼잣말을 중얼거리며 눈을 떴다.

해가 지기 시작한 황혼 무렵. 붉은색과 황금색이 섞인 강렬한 색채가 고대 도시를 불태우고 있었다.

서쪽 하늘을 멀리 바라보면 가라앉는 태양이 산등성이를 새빨갛게 태웠고 동쪽 하늘은 어두운 밤에 침식되고 있었다.

바람은 불지 않았다. 정적이 지배하는 이 공간은 마치 시간이 멈춰있는 것만 같았다.

"⋯⋯⋯⋯."

저녁노을이 자신의 몸을 붉게 태우는 동안 알베르트는 왼손을 힐끔 내려다보았다.

장갑을 반쯤 벗자 손등에는 마치 피처럼 붉은 마술 안료로 불길한 마술 법진이 그려져 있었다.

이 법진은 그가 어떤 목적을 위해 준비한 것이었다. 알베르트가 이 법진의 주문을 기동하면 어떤 의식 마술이 발동하는 구조였다.

"⋯⋯될 수 있으면 쓰고 싶지 않다만."

잠시 그 법진을 날카로운 눈으로 응시하던 알베르트는 다시 장갑을 끌어올렸다.

그 맹금류 같은 눈을 다시 머나먼 하늘 저편— 붉게 타오르는 서쪽으로 돌렸다.

"자, 와라."

그리고 그런 담담한 읊조림이 시간이 멈춘 것 같은 정적 속으로 흩어졌다.

그날 해가 진 후.

하늘에서 진군 중이던 글렌을 비롯한 원정 토벌대는 「용의 등뼈」 사이에 비밀스럽게 숨겨져 있는 고대 유적 도시에 도착했다.

글렌은 여기까지 오는 도중에 사이러스가 리엘에게 무슨 짓을 할지 몰라 계속 신경을 집중해서 경계하고 있었지만 딱히 별다른 행동은 없었다.

일리아가 간호하는 리엘의 용태도 마술학원에서 원격으로 대량의 마나를 끊임없이 공급해주고 있기 때문인지 호전되지는 않았어도 비교적 안정된 상태였다.

이렇게까지 상황이 순조로우니 오히려 김이 빠질 정도였다.

"뭐, 어쨌든…… 여기가 마레스인가."

글렌은 마레스에 진입하자마자 피로가 섞인 한숨을 내쉬었다.

알베르트의 대공 저격을 경계하느라 원정 토벌대가 약간 떨어진 곳에 흐레스벨그를 착륙시킨 후, 하산하는 형태로 마레스의 남쪽에서 침입했기 때문이었다.

토벌대는 거의 무너진 성벽과 건물에 가려진 작은 공터에 천막을 치고 결계를 펼쳐서 베이스캠프를 형성하고 있었다.

그 작업 풍경 속에서 글렌은 유적 도시의 상황을 확인했다.

"나 원 참…… 소문대로 심한 동네구만. 여기는."

일반적인 고대 유적과 달리 이곳은 고대인의 아직 해명되지 않은 마도 기술인 『영소(靈素) 피막처리』가 되지 않은 모양이었다. 오랜 시간의 흐름에 노출된 주위의 건물들은 하나 같이 이끼가 무성한 데다 풍화로 반쯤 무너져 있었다.

그리고 도시 안에는 인간의 백골이 여기저기 널려 있었다. 고대인의 구슬픈 말로였다. 이 일대의 토양이 석회질이기 때문에 흙으로 돌아가지 못하고 화석이 된 것이리라.

그 먼 옛날에 대체 이곳에서 무슨 일이 있었던 건지는 알 수 없지만, 도시 전체에 고대인의 시신이 널려 있는 이 광경은 마치 이 도시 유적 자체가 하나의 거대한 묘비가 된 것 같은 인상을 주었다.

'진짜 우울해지는 장소구만……'

일단 기분을 정리한 글렌은 원견(遠見) 마술, 흑마 『어큐레이트 스코프』를 발동해서 자신의 시각을 아득히 먼 곳으로 날려 보냈다. 그러자 곧 도시 유적 마레스의 중심에 있는 거대한 사다리꼴 형태의 신전, 통칭 「부활의 신전」이 눈에 들어왔다.

글렌이 감은 왼쪽 눈꺼풀 안쪽으로 그 신전을 위에서 내려다보는 광경이 투사되었다. 신전만 『에테리오 코팅』을 해둔 건지 이끼도 자라지 않고 풍화되지도 않은 당시 그대로의 모습을 간직하고 있었다.

'사이러스의 브리핑에 따르면 알베르트는 지금 이 신전에서 진을 치고 있다지?'

일단 시도나 해보자는 심정으로 마술로 강화된 시야를 통해 주위의 상황을 살피려 한 순간이었다.

'……진짜냐.'

찾았다. 알베르트는 신전의 옥상에 당당하게 서 있었다.

그 순간, 글렌은 알베르트가 여왕 폐하 암살 미수라는 폭거를 저지르고 군에 쫓기고 있다는 것과 자신들은 그런 그를 토벌하러 온 것이라는 사실을 강하게 실감했다.

하지만 동시에 의구심이 들었다. 지금까지는 주변 상황이 정신없이 격변한 탓에 미처 떠올릴 틈도 없었으나 곰곰이 생각해보면 참 기묘한 이야기였다.

'진상의 여부는 일단 제쳐두고…… 지금 저 녀석은 여왕 암살 미수 사건을 일으킨 데다 동료를 죽이고 도주 중인 중죄인이야. 그런데 왜 하필이면 이런 곳으로 도망친 거지?'

생각하면 할수록 이해할 수 없었다.

'군의 추격을 피하려면 제국 각지를 전전하는 편이 나아. 그 편이 훨씬 더 국외로 도주할 가망도 있어. 그런데 왜 이런 사방이 막힌 변경까지 와서 진을 치고 있는 거지? 마치 우리가 오는 걸 기다리는 것처럼.'

글렌은 사이러스가 토벌대의 대원들에게 이런저런 지시를 내리는 모습을 슬쩍 흘겨보았다.

'기묘한 것도 이 정도까지 오면 수상하기만 해. ……저 자식은 대체 뭘 숨기고 있는 거지?'

그리고 이번에는 들것에 실린 리엘이 일리아의 안내에 따라 완성된 베이스캠프의 천막 안으로 옮겨지는 광경을 안쓰러운 눈으로 쳐다보았다.

그 천막 주위에서는 마도사 대원들이 엄중하게 경비를 서고 있었다.

글렌도 빨리 어떻게든 해주고 싶었지만 당장은 방법이 없었다.

'그건 그렇고 이브 일행 쪽도 이 마레스 어딘가에 잠복 중일 터……'

별동대로 움직이는 이브 일행은 예정대로라면 토벌대를 추월해서 이 고대 도시 유적 어딘가에 몸을 숨기고 있을 터였다.

'……자, 그럼…… **그 일은 잘 부탁한다, 이브.**'

글렌이 멀리 떨어져 있는 동료에게 그렇게 기도한 순간이었다.

"자, 그럼 여러분. 준비가 끝났습니다. 15분 후에 1호 천막으로 집합해주십시오."

사이러스가 비교적 규모가 큰 천막 쪽으로 대원들을 소집했다.

아마 이제 곧 알베르트 토벌 작전 회의를 시작하려는 것이리라.

글렌도 무거운 기분으로 참가했다. 참가할 수밖에 없었다.

……알베르트 토벌 작전 회의는 별다른 문제없이 종료되었다.

작전 내용은 기본적이고 단순했다.

알베르트가 현재 진을 친 곳은 「부활의 신전」.

평단원에서 차출한 정예 마도사들을 중심으로 편성한 본대가 마술적인 방어진지를 구축한 상태로 마치 압력을 가하는 것처럼 정면으로 진군하고, 그 사이에 특무분실의 퍼거스와 니콜과 샤를로테와 글렌으로 편성된 별동대가 측면에서 알베르트에게 접근하자는 식이었다.

일리아와 사이러스는 본진 대기, 베이스캠프의 방어에 전념.

뭔가 위험한 약과 마술을 써서 리엘을 강제로 싸우게 하려고 했다면 그때는 죽음을 각오하고 날뛸 생각이었지만, 그런 말은 전혀 나오지 않았다.

리엘에게는 일리아의 간호를 받으면서 본진에서 대기하라는 명령이 떨어졌다. 대체 뭘 위해 리엘을 여기까지 데려온 건지 끝까지 알 수 없었다.

"애초에 그런 단순한 작전이 알베르트에게 통할 리 없잖아."

글렌이 몇 번이나 다른 작전을 제안해도 모조리 기각되었다.

퍼거스, 니콜, 샤를로테가 생각이 지나치다, 있을 수 없다, 지나친 억측이다, 겁쟁이, 요점을 벗어났다, 불가능하다, 목표를 너무 과대평가한다며 끊임없이 방해하고 부정했기 때문이다.

에이스격인 이 세 사람의 발언력이 워낙 강한 탓에 글렌의 의견은 단 하나도 통과될 수 없었다.

뭐, 이해할 수 없는 건 아니었다. 상대가 고작 한 명인 것에 비해 이쪽은 정예 마도사가 열다섯 명, 특무분실의 집행관이 셋 플러스 한 명. ……명백한 과잉 전력이었다. 이 정도까지 명확한 전력 차가 있다면 머릿수를 믿고 포위해서 압살하는 게 가장 확실한 방법이다. 애초에 저 특무분실의 삼인조는 상대가 어떤 식으로 나오든 이 상황에서 질 리 없다고 굳게 믿고 있었다.

삼인조 집행관의 실력을 말 그대로 뼈저리게 알고 있는 글렌조차 내심 이 작전으로 충분할지도 모른다는 생각이 들었을 정도였으니 말 다했으리라.

덤으로 직접적으로 언급한 건 아니지만 사이러스에게 알베르트의 토벌 자체는 필수 목표가 아닌 건지, 그는 최악의 경우에는 「부활의 신전」만 제압해도 충분하다는 뉘앙스로 작전을 설명했다.

'……대체 뭐지? 더더욱 영문을 모르겠어……'

이번 사건에 관해서는 고민하면 할수록 계속 미궁에 빠지는 느낌이었다.

"그럼 여러분. 작전을 개시하겠습니다. ……행운을 빕니다."

이렇게 해서 글렌에게는 마지막까지 의문만 남은 싸움이 마침내 막을 올렸다.

해가 완전히 저무는 동시에 불기 시작한 바람을 신호로

작전이 시작되었다.

먼저 마도사 본대가 고대 도시의 중심에 있는 신전을 향해 진군을 개시했다.

야음을 틈타면서도 일부러 눈에 잘 띄는 길을 천천히 나아갔다.

물론 마술 저격을 경계해서 일정 구역을 넘을 때마다 방어 결계도 펼쳤다.

저렇게 엄중한 수비를 굳힌 상태라면 제아무리 알베르트의 마술 저격이라도 통하지 않으리라.

그렇다면 예상되는 알베르트의 대응은 두 가지였다.

신전에서 농성하든가, 타이밍을 보다가 치고 나오든가.

퍼거스, 니콜, 샤를로테, 그리고 글렌으로 구성된 별동대는 그런 알베르트의 대응에 임기응변으로 대응하면서 측면에서 기습을 노리는 역할이었다.

현재 네 사람은 복잡하게 꼬인 뒷골목을 바람처럼 질주하며 본대와 다른 루트로 신전을 향해 이동하는 중이었다.

"켁…… 아무쪼록 우리 발목은 잡지 말라고, 선배?"

한발 앞서 선두에서 달리는 퍼거스가 짜증스러운 목소리로 말했다.

"응, 맞아. 선배는 아무것도 하지 말고 뒤에서 지켜보기만 하면 돼."

"맞아요. 아니, 그보다 사실은 따라오지 않아도 전혀 상관없지만…… 뭐, 일단 사이러스 님의 명령이니 어쩔 수 없네요."

니콜과 샤를로테도 그렇게 빈정거렸고, 일행의 가장 뒤에서 달리는 글렌은 벌레를 씹은 듯한 표정을 지었다.

'짜증나지만…… 이 자식들의 실력은 진짜야. 만약 알베르트가 어떤 식으로든 본대에 리액션을 보인다면…… 이 자식들은 즉시 그 틈을 노리고 기습하겠지.'

그렇다고 해서 이 별동대를 먼저 노리는 것도 우책(愚策)이었다.

아무리 알베르트라도 이 세 사람을 상대로는 쉽게 승리를 장담할 수 없을 테니 바로 본대에 포위되어 퇴로를 차단당하고 말리라.

'위험해……. 이대로 가면 사정을 묻기도 전에 진짜 그 녀석이 죽을지도 몰라.'

글렌의 입장에서는 차라리 알베르트가 도시 유적 어딘가에 숨어서 게릴라전을 펼치는 편이 나았다. 그러면 몰래 접선할 수도 있을 테니까.

아니, 백전연마의 그라면 당연히 그런 전술을 취할 거라고 예상했었다.

하지만 토벌대가 정찰을 위해 보낸 사역마에 따르면, 알베르트는 신전 옥상에서 마치 자신의 존재를 과시하듯 가만히 서 있기만 할 뿐이라는 모양이었다.

완전히 토벌대를 요격할 태세다. 도망치지도, 숨지도 않을 작정인 모양이었다.

'제길, 이 상황에서 대체 뭘 어쩌라는 거야.'

글렌이 그런 무력감과 조바심을 느끼는 사이에도 전황은 쉴 새 없이 움직이고 있었다. 본대는 착실하게 신전으로 다가가고 있었고 자신이 포함된 별동대도 다른 루트로 착실히 접근 중이었다. 이대로 가면 알베르트는 이 상황에서 상상할 수 있는 가장 최악의 형태로 본대와 별동대의 협공을 당하게 되리라.

하지만 지금의 글렌에게는 상황을 타개할 힘이 없었다.

'……제길, 무리야. 이번 싸움에서 알베르트와 접촉하는 건 불가능해. ……지금은 도망쳐, 알베르트. ……제발!'

글렌은 그렇게 간절히 기도하며 앞서가는 삼인조의 뒤를 계속 쫓았다.

——.

—본대와 별동대는 통신 마술로 정기 연락을 취해가며 신전을 향해 순조롭게 진군하는 중이었다.

글렌의 간절한 기도에도 불구하고 알베르트가 움직일 낌새는 전혀 보이지 않았다.

토벌대가 알베르트와의 전투를 대비한 최고의 조건을 갖

추게 되는 건 이미 거의 확정된 사실이었다.

"하하하! 소문의 《별》도 별것 아니구만?"

"……전술이 뭔지도 모르는 모양이야."

"실망이네요. 좀 더 즐겁게 해주실 줄 알았는데."

아마 이런 생각을 한 건 특무분실의 삼인조뿐만이 아니
리라.

본대의 마도사들도 지금쯤 슬슬 「낙승」을 예상하고 긴장
이 풀어졌으리라. 그만큼 알베르트는 이 상황에서 가장 해
선 안 되는 최악의 실책을 저지르고 말았다.

'거짓말이지? 알베르트…… 대체 어떻게 된 거야? 너 같은
실력자가 어째서 이런 실책을……?'

글렌도 믿기지가 않았다.

그가 아는 알베르트라면 이미 뭔가 손을 썼어야 했을 터.

'어째서지? 대체 왜……?'

알베르트의 생각을 도저히 파악하지 못한 글렌이 그런 의
문을 되새긴 순간―.

"……응?"

선두에서 달리던 퍼거스가 갑자기 고개를 갸웃거렸다.

"……뭐지? 갑자기 본대와 연락이 안 되는데?"

상황이 조용히 움직이기 시작했다.

"어? 이상하네? 3분 전까지만 해도 제대로 응답했었는데."

"긴급 사태가 일어나면 바로 연락하기로 했었잖아요? 아무

일도 없는데 연락만 되지 않는 건 확실히 좀 이상하네요."

그 순간, 글렌은 거의 확신에 가까운 직감을 받았다.

"아마 본대는 전멸했을 거다. 묘하게 대응이 늦었지만, 그 녀석이 결국 공세로 나왔군."

글렌이 심각한 표정으로 말하자 퍼거스 일행은 뭔가 불쌍한 사람을 보는 눈으로 그를 돌아보았다.

"뭐어? 너, 그게 무슨 소리야? 대체 무슨 수로?"

"지금 본대는 그의 유일한 장점인 마술 저격이 통하지 않는 상태라는 걸 벌써 잊은 거야?"

"그리고 어떻게 3분 만에 본대를 전멸시켰다는 거죠? 저희에 비하면 한참 부족하지만, 본대의 그들도 궁정 마도사단의 정예라구요? 이쪽에 연락을 넣을 틈도 없이 전멸한다는 건 말도 안 돼요. 좀 더 제대로 생각한 다음에 발언해주세요."

"……."

글렌으로선 그 말에 반박할 수 없었다. 알베르트가 이 궁지에 몰리기 직전의 상황에서 본대를 전멸시킨 방법이 무엇인지 전혀 예상할 수 없었기 때문이다.

하지만 알베르트는 뭔가를 했다. 그것만은 틀림없었다.

"뭐, 아마 통신 마도기의 점검 불량인 거겠지. 개발부 놈들, 일처리 좀 제대로 할 것이지."

"하지만 뭐, 아무렴 어때? 까놓고 말해 딱히 본대와 연계를 취할 필요도 없었잖아?"

"예, 처음부터 저희 셋만 있으면 충분한 임무였는걸요."

"……"

글렌이 계속 상황을 낙관시하는 삼인조 앞에서 입을 다문 바로 그때였다.

갑자기 머리 위에서 막대한 빛이 폭발했다.

"어?!"

갑작스럽게 쏟아진 수많은 벼락이 자신들이 있는 뒷골목 일대를 가득 메운 것이다.

무시무시한 파괴의 난무가 주변 일대를 사납게 휘저으며 닥치는 대로 모조리 파괴했다.

하지만 시야가 새하얗게 물들었음에도 반사적으로 땅을 박차고 공중에서 산개한 글렌 일행은 건물 위로 올라 간신히 재앙을 벗어났다.

"뭐야?! 흑마 【플라스마 필드】인가?!"

"대체 누가……!"

일동은 경악한 표정으로 눈 아래에 펼쳐진 파괴의 흔적을 주시했다.

"왔나."

그 순간, 머리 위에서 남자의 담담한 목소리가 들렸다.

길을 사이에 둔 건너편, 반쯤 무너진 건물의 첨탑 꼭대기에 달을 등진 누군가가 서 있었다. 긴 머리카락이 거친 바람에 나부끼고 마치 맹금류처럼 날카로운 눈빛이 자신들을 내려다보고 있었던 것이다.

　그 순간, 글렌의 머릿속에 떠오른 것은 『설마』가 아니라 『역시』, 혹은 『마침내』였다.

　"알베르트ㅡㅡㅡㅡㅡㅡㅡㅡㅡㅡㅡㅡㅡ!"

　알베르트는 자신의 이름을 외치는 글렌을 슬쩍 내려다보았다.

　현재 위치관계는 첨탑 위의 알베르트를 중심으로 퍼거스가 정면, 니콜이 왼쪽, 샤를로테가 오른쪽 건물 위에 서 있는 구도였다.

　"이제야 납셨구만……. 알베르트 선배~?"

　퍼거스는 그런 알베르트를 올려다보고 주먹에서 뼛소리를 냈다.

　"하하, 대응이 늦었네. 선배. ……이제 곧 본대가 당신의 뒤를 노릴걸? 이젠 도망칠 곳이 없어."

　"뭐, 본대가 없어도 놓칠 생각은 없지만요. ……쿡쿡쿡."

　니콜과 샤를로테도 임전 태세를 취하면서 여유 있는 표정으로 알베르트를 바라보았다. 셋 모두가 자신들의 승리를 믿어 의심치 않았다.

　"……본대는 오지 않아. 이미 정리했다. 남은 건 너희들뿐이다."

하지만 곧 알베르트의 냉담한 목소리가 그들의 자신감과 도취감에 찬물을 끼얹었다.

"각오해. 전원, 재기불능으로 만들어주지. 놓치지 않겠다."

"아앙? 허풍떨지 마! 본대를 정리했다고? 대체 무슨 수로?"

그러자 알베르트는 퍼거스를 차갑게 흘겨보며 말했다.

"너희는 내 데이터를 예습하지 않은 건가? 당연히 마술 저격으로다."

"……뭐?"

"그 정도로 대놓고 모습을 드러내고 진군하는 건 저격해달라는 거나 다름없다. 좀 더 머리를 썼으면 좋으련만…… 너희의 지휘관은 어지간히 무능한 인물인 모양이군."

말이 뭔가 이상했다.

너무나도 이상한 나머지 퍼거스 일행은 잠시 경악할 수밖에 없었다.

"……허세나 허풍은 작작 좀 떨어. 본대는 범위를 넘어갈 때마다 교대로 방어 결계를 펼치면서 진군했거든? 아무리 당신이 마술 저격의 달인이라고 해도 애초에 통할 리가 없었다고."

니콜이 약간 짜증스러운 목소리로 말했다.

방어 결계를 깔면서 진군하는 건 적에게 마술 저격수가 있을 경우의 정석이었다.

그러니 마술 저격이 통할 리가 없는 게 당연했지만—.

"……방어 결계? 그 정석대로 진군하려면 진군 속도에 맞춰서 계속 결계를 교체할 필요가 있다. 방어 결계는 대상 지정이 아니라 좌표 지정이니까. 그렇다면 그 결계를 교체하는 순간을 노리면 될 뿐이다."

삼인조는 그 대답에 경악할 수밖에 없었다.

확실히 논리적으로는 타당했다.

이동에 맞춰서 새 결계를 펼치려면 전에 쓴 결계를 해제해야만 한다. 같은 종류의 방어 결계가 포개지면 간섭 작용으로 상쇄되기 때문이다.

즉, 지금까지 자신을 보호하던 결계를 해제하는 동시에 새로운 결계를 해제된 공간에 펼쳐야만 하니 빈틈이 생기는 건 엄연한 사실이었지만—.

"웃기지 마! 그래봤자 영점 몇 초 미만의 틈이잖아! 그런 일이 가능할 리가……!"

"가능했으니까 지금 내가 여기 있는 거다."

흥분한 퍼거스 앞에서 알베르트는 그저 담담하게 사실만을 말할 뿐이었다.

'……그렇게 된 거였나.'

하지만 글렌은 이상하게 납득이 갔다.

결계를 교체하는 틈을 노리고 결계 시전자를 저격.

다음 순간, 별동대와 연락을 주고받는 역할의 통신 연락수를 처리.

그제야 자신들이 저격의 표적이 됐다는 걸 깨달은 본대의 마도사들이 전투태세에 들어가도 때는 이미 늦었다. 적에게 압력을 주기 위해 일부러 탁 트인 길을 이동 루트로 선택했던 그들은 일방적으로 학살당할 수밖에 없었으리라. 알베르트가 그만한 일을 이루어내기에 3분이라는 시간은 충분하고도 넘쳤다.

확실히 보통은 불가능한 일이었다. 가능할 리 없었다.

하지만 알베르트라면 할 수 있으리라. 이건 옛 파트너로서의 확신이었다.

"아하하, 그 말이 사실이라면…… 확실히 소문보다 훨씬 나은 마술 저격 솜씨네,《별》의 알베르트 씨. 솔직히 당신을 얕보고 있었어."

"하지만…… 머리는 좀 나쁘신 것 같네요."

하지만 니콜과 샤를로테는 베테랑 마도사답게 바로 냉정을 되찾고 알베르트의 빈틈을 찾으면서 말했다.

"우리의 예상을 뛰어넘은 저격 기술을 가졌다면 그대로 끝까지 저격만 하면 됐을 텐데."

"여긴 근거리 마술 전투의 간격이랍니다. 저격수가 이런 최전선까지 나오다니, 대체 무슨 생각을 하신 거죠?"

"말해두지만, 3대 1이라고 봐줄 생각은 없어. 이 역적. 벌레처럼 일방적으로 짓밟아주마."

퍼거스도 지붕을 따라 천천히 접근했다.

이미 누가 봐도 알베르트의 위기였다.

강력한 삼인조 마도사에게 포위당해서 도주도 불가능한 상황.

"저격은 이 자리에서 가장 위협이 될 남자를 대비해서 남겨두고 싶었을 뿐이다."

하지만 알베르트는 전혀 동요하지 않고 글렌을 일별하더니 다시 삼인조를 둘러보며 담담한 목소리로 말했다.

"너희들은 저격을 할 필요도 없어."

그 발언에는 상대를 경시하는 의도도, 깔보는 뜻도, 당연히 자만심도 없었다.

마치 그것이야말로 뒤집을 수 없는 엄연한 사실이라는 것처럼 자연스럽게 선언했을 뿐이었다.

"……이 자식이……! 말 다했냐?!"

그리고 그런 태도는 퍼거스 일행을 분노하게 했다.

"그건 못 들은 체 할 수 없겠는걸? 그저 저격을 조금 잘할 뿐인 범재 주제에."

"알베르트 님. 실례지만, 당신은 저희와 달리 오리지널도, 권속비주(眷屬秘呪)도, 뭔가 돌출된 비전 마술도 습득한 바가 없잖아요? 즉, 당신은 고위 마술사일지는 몰라도 범재에 불과해요."

니콜과 샤를로테도 화가 난 걸 숨기려 하지 않고 내뱉었다.

"훗! 네가 쓰는 건 규격화돼서 아무나 쓸 수 있는 군용 마술뿐…… 그런 낡아빠진, 곰팡내 나는 마술사의 교과서 같은 자식이 어디서 감히 큰소리를!"

"교과서……교과서라. ……하긴, 그럴지도 모르겠군."

하지만 알베르트는 흥분한 퍼거스 일행의 앞에서 역시 차갑게 대답할 뿐이었다.

"하지만 너희는 그 낡아빠진 교과서의 수법조차 제대로 파악하지 못했던 것 같다만?"

그 한없이 자신만만하게 보이는 태도에 마침내 퍼거스 일행의 분노가 한계에 도달했다.

"후회하지 마라! 이 역적!"

"진짜 사람 열 받게 하는 인간이네! 참 나!"

"그 새치름한 얼굴을 꼭 땅바닥에 쳐박아드리고 싶군요!"

삼인조는 일제히 알베르트에게 달려들었다. 지붕 위를 무시무시할 정도의 날카로운 몸놀림으로 뛰어넘어서 단숨에 거리를 좁혔다.

반면에 알베르트는 흔들리지 않고, 위축되지 않고 그들을 차갑게 흘겨보았다.

"좋다. 와라, 루키. 전투라는 게 뭔지 가르쳐주마."

이렇게 해서 삼인조에게 가세할 수도, 알베르트에게 가세할 수도 없어서, 그저 가만히 상황을 지켜보는 글렌 앞에서 전투의 막이 올랐다.

―솔직히 말해서 이때만큼은 진심으로 글렌도 「알베르트에게 승산이 없다」고 보고 있었다.

알베르트가 무시무시한 실력자라는 건 안다. 알고 있었다.

오랫동안 임무를 공유한 파트너로서 그의 힘을 궁정 마도사단의 그 누구보다 잘 안다고 자부했다.

하지만 그 사실을 감안해도 《힘》의 퍼거스, 《태양》의 니콜, 《절제》의 샤를로테는 완전히 규격 외의 존재였다.

셋 모두가 금주에 가까운 힘을 지닌 오리지널 보유자였다.

샤를로테가 「범재」라고 야유했던 것처럼, 확실히 알베르트는 오리지널이나 시크릿 같은 온리 원의 강력하고도 특수한 비술을 글렌이 아는 한 습득하지 못했다. 쓰는 모습을 본 적이 없었다.

알베르트가 주력으로 쓰는 마술은 규격화된 군용 마술뿐.

무기로 예를 들자면 알베르트는 전설로 유명한 마검이나 성검이 아니라 품질이 좋기는 해도 결국 양산품에 불과한 강철 검으로 싸우고 있는 것과 다름이 없었다. 탁월한 마술 저격 기술도 따지고 보면 양산품의 연장선에 불과했다.

따라서 승산은 없었다.

삼인조와 싸워서 그들의 규격을 벗어난 괴물 같은 힘을 직접 피부로 체감했기에 알 수 있었다.

알베르트에게 승산은 없다. 그렇게 생각했었다.

하지만―.

"……거짓말이지?"

그래서 글렌은 눈앞에서 펼쳐진 광경에 더더욱 아연실색할 수밖에 없었다.

멀리서 알베르트가 유적 도시의 상공을 질주하고 있었다.

흑마 【래피드 스트림】의 연속 발동― 질풍각(疾風脚)^{슈투름}으로 거의 무너진 건조물의 지붕을 타고, 벽을 타고, 세찬 바람을 두른 채 무시무시한 속도로 달리고 있었다.

"망하아아아아아아아아아아아알!"

퍼거스는 그런 알베르트를 필사적으로 쫓고 있었다.

마치 총알 같은 속도로. 소리가 공기로 전해지는 속도보다도 빠르게…….

질풍을 두른 채 고속 입체 기동을 쓰는 알베르트의 움직임은 확실히 빠르기는 해도 총알만큼은 아니었다.

퍼거스가 더 압도적으로 빠르다. 그랬을 터다.

그런데도 퍼거스는 알베르트를 전혀 따라잡지 못하고 있었다.

《뇌검이여》^{지벤말}…… 《춤춰라》^{턴즈}.

알베르트가 『슈투름』으로 시내를 질주하며 가끔 날리는 흑마 【라이트닝 피어스】의 동시 7연사―『칠성검』.

하늘을 향해 해방된 일곱 가닥의 전격은 도중에 각각 궤도가 바뀌었다. 그대로 유성처럼 자유롭게 종횡무진 질주하며 하늘을 잘게 분단했다.

"우오오오오오오오오오오오오오오오!

그리고 그 전격들은 총알과 같은 속도로 알베르트를 추격하는 퍼거스를 전 방위에서 절묘한 타이밍에 저격했다.

퍼거스가 가속하려는 순간에 전격이 눈앞에 꽂혔다.

퍼거스가 발을 디디려던 벽이 전격으로 파괴되었다.

착지 지점이 무너져서 자세가 무너졌던 퍼거스가 다시 알베르트를 추격하면 역시나 또 하늘에서 전격이 쏟아졌다. 그것들을 피하려고 옆으로 몸을 굴렸다.

그 자리에서 정지하고, 가속을 방해받고, 다른 길로 돌아가고, 머리 위를 주의해가며 간신히 『칠성검』의 저격을 전부 따돌린 순간—.

"《지벤말》…… 《턴즈》"

다시 알베르트가 지붕을 타고 하늘을 질주하면서 허공을 향해 『칠성검』을 발동했다.

다시 퍼거스의 진로를 막는 뇌격, 뇌격, 뇌격.

그 결과, 퍼거스는 총알처럼 빠르게 달릴 수 있으면서도 알베르트를 전혀 따라잡지 못했다.

"어째서야! 도대체 왜 따라잡질 못 하는 거냐고!"

자신보다 압도적으로 느린 자에게 농락당한 퍼거스가 짜증스럽게 말을 내뱉었다.

"난 총알처럼 빨라! 총알과 같은 속도로 움직일 수 있다고!

초속 300미트라…… 최고 속도로는 400미트라를 넘는데!"

빠르게 벽을 타고 지붕으로 오르려 했지만, 이번에도 난간을 타고 세 줄기의 전격이 스쳐 지나갔다.

도약을 봉쇄당한 퍼거스는 그대로 추락할 수밖에 없었다.

그러는 사이에도 알베르트는 더 멀리 달아나고 있었다.

"제길! 어째서야! 왜 따라잡질 못 하는 거냐고오오오오!"

"네놈이 아마추어이기 때문이다."

알베르트는 근처의 첨탑 위에 멈춰 서서 땅을 기어 다니는 퍼거스를 차갑게 흘겨보았다.

"내, 내가……?! 아마, 추어…… 라고?!"

"총알과 같은 속도의 영역에 도달한 움직임은 훌륭해. 칭찬해주마. 하지만 네놈은 그 압도적인 속도로 상대를 일방적으로 농락하는 싸움밖에 해본 적 없는 모양이군? ……몸놀림, 위치 선정, 예측력, 판단력…… 그 전부가 완전히 글러 먹었어."

"뭐, 뭐……!"

경악하는 퍼거스 앞에서 알베르트는 계속 담담하게 말했다.

"애초에 **고작** 초속 400미트라 정도로 뭐가 어쨌다는 거지? 내 흑마 【라이트닝 피어스】의 초속은 **10만 킬로스**. 진심으로 쏘면 광속이다."

"뭐라고?!"

"굳이 술자 본인이 그렇게까지 빨리 움직이지 않아도 속도, 사정거리 특화 주문은 총알 따위보다 압도적으로 빨라. 그런데 기껏해야 그 정도 수준의 움직임으로 으스대다니, 참 우스꽝스럽군."

"우스꽝스러워?! 너, 지금 날 우스꽝스럽다고 했냐?!"

"잘 짖어대는 것치고는 나에게 전혀 접근하지도 못하고 꼴사납게 땅바닥을 기어 다니는 네놈에겐 딱 어울리는 표현이지 않나?"

알베르트는 그저 한없이 차가운 눈으로 퍼거스를 내려다보기만 할 뿐이었다.

"말해두지만, 《전차》였다면 이 정도쯤은 쉽게 간파하고 내품으로 파고들었을 거다. 《여제》는 네놈보다 느리지만, 네놈보다 압도적으로 **빨랐지**."

"시끄러, 닥쳐, 이…… 퇴물이!"

"마술 전투에서 필요한 건 이런 잔재주다. 상대가 이론적으로 반응할 수 없는 속도와 파워로 덤벼 와도 예측력과 판단력으로 상황을 뒤집는 것…… 그게 바로 마술사다. 공부가 됐나?"

"이 퇴물이이이이이이이이이이이이이!"

격노한 퍼거스가 알베르트를 향해 일직선으로 돌격했다.

동시에 뭔가 주문을 외쳐서 몸에 방어 마술을 둘렀다.

이젠 전격 두세 발쯤은 맞아주겠다는 각오였다.

"……체크메이트다."

하지만 알베르트가 감정 없는 목소리로 그렇게 중얼거렸고—

지붕 위로 뛰어오른 퍼거스의 발밑에 마술 법진이 전개되었다.

그리고 세 개의 광륜이 그의 머리, 몸, 다리를 완전히 구속했다.

흑마의(黑魔儀) 【리스트릭션】. 대상을 구속하고 봉인하는 매직 트랩
마술 함정이다.

이런 전개가 될 거라고 예측했던 알베르트가 사전에 설치해둔 것이었다.

"크아아아아아아아악! 어째서 이런 곳에?!"

《뇌창이여》.

광륜이 퍼거스의 움직임과 마력을 완전히 봉쇄한 순간, 알베르트는 잔상이 보일 듯한 속도로 손을 뻗더니 가차 없이 【라이트닝 피어스】를 발동했다.

"커억?! 이, 럴, 수가……."

그 손가락에서 방출된 날카로운 한 줄기 전격이 움직이지 못하는 퍼거스의 가슴을 정확히 관통하더니 몸까지 뒤로 날려 버렸다.

"제, 제법인걸?! 《별》의 알베르트!"

그런 알베르트의 뒤에 그제야 니콜이 숨을 몰아쉬며 모습을 드러냈다.

"하지만, 네 패배야!"

갑자기 세계가 한층 더 어두워졌다.

"……!"

알베르트가 고개를 들자 하늘 위에 검은 태양이 찬란하게 빛나고 있었다.

"어때?! 내 오리지널 【폴른 선】의 맛은! 봐주지 않아! 전 마력 전개! 네 마나를 눈 깜짝할 사이에 고갈시켜주지!"

검은 태양에서 방출된 파동이 주변 일대를 잠식하자 알베르트의 몸이 옆으로 기울어졌다.

몸에서 마나가 무시무시한 기세로 빠져나갔기 때문이다.

"단죄애애애애애애애애애애애애애!"

그 틈을 노리고 낫을 든 샤를로테가 하늘 위에서 여섯 장의 날개를 펄럭이며 급속도로 하강했다.

"……?!"

알베르트는 순간적으로 품속에서 군용 나이프를 꺼내 그녀의 참격을 아슬아슬하게 막으려는 동시에—

《위대한 바람이여》.

흑마 【게일 블로】로 나이프에 돌풍을 휘감았다.

텅!

나이프와 낫과 돌풍이 교차하는 소리가 울려 퍼지고 알베르트가 뒤로 날아갔다.

"그렇군! 【게일 블로】로 충격을 상쇄한 거지?! 아니꼬운 잔재주만큼은 제법인걸!"

그러자 니콜이 입가를 끌어올리며 비웃었다.

"하지만…… 초급 주문인【게일 블로】를 썼다는 건 이미 마력이 거의 바닥났다는 뜻이겠군?! 내 검은 태양에 흡수당해서!"

그런 니콜의 눈앞에서 날아가는 알베르트의 모습이 점점 멀어지더니 이윽고 건물과 건물 사이로 떨어졌다.

"칫!"

그러자 니콜은 어째선지 한순간 짜증스럽게 혀를 찼다.

"샤를로테! 뒷일은 맡길게!"

"물론이죠!"

샤를로테가 날개를 펼치더니 고속으로 알베르트를 추격했다.

"뭐…… 빼앗긴 마나는 돌아오지 않아. 그만큼 대량으로 빼앗겼으니 어차피 이제 곧 끝장이겠지. 아하하, 정말 간단한 임무였어……."

여유만만하게 샤를로테의 뒷모습을 지켜보던 니콜의 얼굴이, 어느 순간 갑자기 새파래졌다.

"……말도 안 돼. 거짓말이야. 이런 건 말도 안 된다고!"

니콜이 서 있는 지붕 난간의 몇 미트라쯤 뒤에서 인기척이 느껴졌기 때문이었다.

"그래. 방금 날아간 나는 흑마【일루전 이미지】로 빛을 조작해서 만들어낸 환영이다."

알베르트였다.

"그 【게일 블로】는 접촉하는 감각과 소리를 위장하려는 목적으로 쓴 거였다. 빈틈없는 《은둔자》였다면 이런 시시한 수법쯤은 한눈에 간파하고 역이용했겠지."

"큭……?!"

하지만 뒤를 내줘서 한순간 안색이 창백해졌던 니콜은 곧 자신만만하게 웃었다.

"하하하! ……과연 대단하네, 알베르트 씨. ……하지만 넌 내 광역 디버프 결계의 「발동 속도」를 알고 있으려나?"

"……."

"「검은 태양」은 이미 하늘에 떠 있어. ……내가 생각만 하면 네 마나는 단숨에 고갈……."

"시시한 속임수는 집어치워, 삼류. 이미 파악했으니까."

하지만 알베르트는 시시하다는 듯 중얼거렸다.

"광역 디버프? 적과 아군을 구별한다고? 그런 형편 좋은 마술이 있을 리 없지. ……그렇다면 네놈의 마술은 디버프를 걸 적과 아군을 어떻게 구분하는 걸까? 아주 간단해. ……정답은 「눈으로 보는」 거다."

"……?!"

"네놈은 시야에 포착한 자만 선택적으로 디버프를 거는 게 가능했던 거다. 반대로 시야에 들어가지만 않으면 디버프를 거는 건 불가능…… 지금 내가 이렇게 저 검은 태양이라는 것 아래에서 아무런 영향을 받지 않은 게 그 증거다."

너무나도 냉정하고 적확한 알베르트의 분석과 판단력에 니콜은 비지땀을 흘렸다.

"그런 어중간한 마술을 쓰니까 이렇게 허를 찔리는 거다. 성가신 정도로 따지면《광대》의 디버프가 몇 단계 더 위야. 애초에 이 따위 결계를 펼치는데 뭘 그리 많은 시간을 소요하는 거지?《법황》이었다면—."

"닥쳐……! 닥쳐, 닥쳐, 닥쳐어어어어어어!"

니콜은 등을 드러낸 채 악을 썼다.

"어중간?! 그게 뭐가 어쨌다는 거야! 나는 「보기만」해도 상대를 단숨에 말려죽일 수 있어! 그게 강하다는 건 변함없잖아?! 안 그래? 내 말이 틀려?!"

"……."

"그럼 시험해볼래?! 네 어설트 스펠과 내 「눈」…… 어느 쪽이 더 빠를지! 자, 쏴! 어디 쏴보라고!"

니콜이 도발한 순간—.

"……말하지 않아도 그렇게 할 거다."

알베르트는 스톡해둔【라이트닝 피어스】를 시간차 발동했다.

_{딜레이 부팅}

그의 손가락에서 방출된 전격이 니콜의 등을 향해 일직선으로 날아갔다.

"하! 또 그 패턴이냐?!"

하지만 나름 역전의 마도사인 니콜은 전격의 궤적을 보지도 않고 예측해서 피했다.

"하하하! 내 승리다! 뒈져어어어어어어어어!"

그리고 몸을 돌리며 전력을 다해 알베르트를 응시하려는 순간, 갑자기 주위가 어두워지더니 아무것도 보이지 않게 되었다.

빛 한 점 없는 「진정한 어둠」이 주변 일대를 감싼 것이다.

"뭐, 뭐야! 대체 무슨 일이 일어난 거지?!"

"흑마 【다크 커튼】. ……빛을 조종해서 일정 영역을 어둠으로 덧칠하는 결계 마술이다. 미리 걸어둔 걸 눈치채지 못한 건가?"

어둠 너머에서 알베르트의 냉담한 목소리가 들렸다.

"아, 안 보여……. 새카매서 아무것도 안 보여! 그, 그런…… 고작 이 정도로 내 마술이 파훼되다니?!"

니콜은 한순간 당황했지만 곧 이성을 되찾고 큰소리를 쳤다.

"하, 하지만…… 그게 뭐가 어쨌다는 거야! 이런 상태라면 너도 아무것도 안 보이겠지?! 서로 보이지 않는 상태에서 대체 어떻게 싸우겠다는—."

하지만 그 순간—.

농밀한 어둠의 장막이 한순간 빛으로 갈라진 후 니콜은 침묵했다.

이윽고 【다크 커튼】이 해제되었다.

그러자 그곳에는 힘없이 쓰러진 니콜과, **눈을 감은 채** 그런 그를 손가락으로 겨냥한 알베르트의 모습이 있었다.

"고작 눈이 보이지 않는 정도로 전투 능력을 상실하니까 삼류라고 했던 거다."

알베르트는 눈을 떴다.

"숙처어어어어어어어어어어어엉!"

그러자 이제야 속았다는 것을 깨달은 샤를로테가 여섯 장의 날개를 힘차게 휘두르며 맹렬한 속도로 날아오는 모습이 시야에 들어왔다.

날개가 흩뿌리는 충격파가 주위의 건물을 차례차례 무너트렸고, 위로 세워든 낫은 압도적인 열량과 기세를 과시하는 불꽃을 휘감고 있었다.

그리고 낫을 내리치자 초고열의 불꽃 폭풍이 알베르트를 태워죽이기 위해 마치 종말의 날처럼 사납게 쏟아졌다.

"……와라."

하지만 알베르트는 그런 폭염 앞에서도 느긋하게 대치할 뿐이었다.

―글렌은 불현듯 어떤 기억이 떠올랐다.

언젠가 술자리에서 안주로 삼은 화제였다.

"《세계》의 세리카에게 이길 가능성이 있는 마술사라……?"

당시에는 아직 특무분실의 집행관이었던 글렌은 어느 술

집에서 우연히 마주친 버나드에게 그런 화제를 꺼낸 적이 있었다.

"하아~ 그거 참 어려운 질문이구만. ……아무튼 세리카는 두말할 것 없는 최강이니까 말이지. 인간의 규격을 뛰어넘은 절대적인 마력과 초강력한 수많은 마술과 비술……. 넘으로 오래 산 덕분인지 지식과 전투 경험도 차원이 달라. 정면으로 싸워서 이길 수 있는 녀석은 이 세상에 없을 게다."

—그래, 그렇겠지. 시시한 질문을 해서 미안.

글렌은 쓴웃음을 지었다.

"하지만 자이언트 킬링이야말로 마술 전투의 꽃. 그리고 그 어떤 마술사라 해도 공략법은 있는 법이지. 아무튼 이 세상에 완벽한 마술 같은 건 존재하지 않고, 인간 따윈 아주아~주 운이 좋으면 바늘 하나로도 죽일 수 있어. 그건 상대가 세리카라 해도 마찬가지다."

—그럼 어떤 마술사가 세리카에게 이길 가능성이 있는 거지?

글렌이 그렇게 묻자 버나드는 턱수염을 쓰다듬으며 대답했다.

"세리카는 말이다. ……확실히 마술의 기량과 지식은 대단하지만, 결국은 「완전 파워 중시형」이야. 만사를 전부 힘으로 해결하려 들어. 잔머리 같은 건 굴릴 생각도 안 하지. 그리고 그런 식으로도 상대를 압살해버릴 수 있는, 이를 테면 궁극의 열혈바보인 셈이야. 물론 머리가 나쁜 건 아니야.

「전술에는 강하지만 전략에는 약하다」는 느낌이려나? 하지만 본인에게는 그럴 수 있는 힘이 있고, 단순한 파워 대결로는 고대룡조차 상대가 안 되겠지. 실제로 과거에는 사신(邪神)도 쳐죽였었고.”

　―그 말을 듣고 나니 더더욱 이길 수단이나 가망이 안 떠오르는데?

　“하긴, 그렇겠지……. 뭐, 단순한 파워 대결로는 절대로 아무도 못 이길 테니 말이다. 그렇다면 역시 다른 방면에서 공략할 수밖에 없겠지? 먼저 상대의 동향과 마술의 성질과 약점을 간파하는 탁월한 통찰력이 필요하겠군. 그러면서도 정확한 마술 정밀도. 생사의 틈바구니에서도 흔들리지 않는 강철 같은 정신력. 온갖 상황에 대처할 수 있는 수많은 주문과 폭넓은 지식도 필수겠지. 그리고 이 모든 것들을 상황에 맞춰서 효과적이고 적확하게 운용할 수 있는 판단력과 냉정함…… 즉, 승리라는 단 한 가지 목표를 위해 철저하게 효율적인 「전략」을 세울 수 있는 현명한 녀석이라면 승산이 있을지도 모르지.”

　―뭐야? 그럼 즉, 마술사의 교과서 같은 녀석이라는 뜻 아냐?

　글렌이 어깨를 으쓱이자 버나드는 씨익 웃었다.

　“호오, 그거 참 괜찮은 표현인걸? 글렌 도령. ……그래. 세리카에게 이길 가능성이 있는 건 전설의 마술사도, 강력한 오리지널 보유자도 아니라 의외로 그런 교과서 같은 녀석일지도 모르겠구만."

그러자 버나드는 마침 생각났다는 듯 아무렇지 않게 말했다.

"그리고 보니 우리 특무분실에도 어쩌면 세리카를 상대로 이길 수 있을지도 모르는 녀석이 한 명 있었지? 그 남자는—."

'그때는 그냥 술자리에서 한 농담이라고만 생각했는데……'

글렌은 전율을 느끼는 동시에 눈앞의 광경을 지켜보며 생각에 잠겼다.

'저 녀석이라면…… 진짜 해낼지도 몰라!'

성대하게 불에 탄 파괴의 중심지.

마치 작렬지옥처럼 불기둥이 세차게 솟구친 공간 한복판에 알베르트가 서 있었다.

그리고 그의 발밑에는 팔다리와 가슴에 구멍이 난 샤를로테가 힘없이 쓰러져 있었다.

"……미지근해. 미적지근한 불꽃이군."

역시 이번에도 알베르트는 담담하게 사실만을 말했다.

"네놈은 분수에 맞지 않는 힘을 아무런 궁리도 없이 성대하게 낭비했을 뿐이다. 그래서 이토록 미적지근하게 느껴지는 거다. 말해두지만, 《마술사》의 연마된 불길은 이 정도 수준이 아니야."

압도적이었다.

'……강해.'

글렌은 온몸을 타고 흐르는 식은땀의 감촉조차 잊은 채 그런 짧은 평가를 내릴 수밖에 없었다.

이번 싸움만 놓고 본다면 저 삼인조가 별것 아닌 잔챙이로 보일 지경이었다.

하지만 실제로 싸워본 몸으로서는 아니라고 단언할 수 있었다.

지금의 제국군 소속 마도사 중에 저 삼인조를 상대로 이길 수 있는 자는 거의 없을 터. 그것만큼은 틀림없었다. 저 삼인조는 확실히 그만한 힘을 갖추고 있었다.

하지만 알베르트는 그런 자들을 완전히 가지고 놀았다. 전혀 상대가 되지 않았다.

이걸 단순히 따지면 그만큼 알베르트가 압도적으로 강했다는 뜻이리라.

'확실히 알베르트는 나나 이브, 크리스토프 같은 오리지널이나 시크릿이나 비전 마술…… 이른바 비장의 수나 필살기 같은 부류의 마술을 쓰진 않아. 하지만…….'

습득한 주문의 수와 질이 아니라 본체의 성능이 차원이 다른 것이다. 탁월한 판단력과 분석력, 폭넓은 주문과 지식으로 온갖 국면에 대응하고 해결할 수 있는 마술사가 도달할 수 있는 궁극의 경지 중 하나.

그것이 바로 제국 궁정 마도사단 특무분실의 집행관 넘버 17《별》이라는 남자였던 것이다.

'하하하……. 내가…… 이런 터무니없는 녀석과 콤비를 짜고 있었던 건가?'

글렌은 전율을 삼키고 알베르트를 응시했다.

'……이길 수 있을까? ……내가 정말 저 녀석에게 이길 수 있을까?'

그렇게 긴장으로 몸을 굳히자 알베르트가 마침 이쪽으로 천천히 다가왔다.

그리고 두 사람은 약 10미트라의 간격을 두고 서로를 마주보았다.

"……오랜만이군, 글렌. 설마 너까지 올 줄은 예상하지 못했다만."

"……!"

알베르트는 말문이 막힌 글렌을 무시하고 뒷말을 이었다.

"필경 군의 명령으로 끌려온 거겠지? 아니면…… 훗, 적도 참 심보가 고약하군. 자, 그럼 너도 나와 싸울 건가? 그렇다면 유감이지만…… 난 봐주지 않을 거다."

그저 말만 하고 있는 것뿐인데도 알베르트의 거대해진 존재감이 글렌을 침식하기 시작했다.

'아니야. 집어삼켜지면 안 돼!'

글렌은 억지로 기세를 올리고 주도권을 잡기 위한 말을

던졌다.

"너, 인마! 여왕 폐하의 암살 미수! 그리고 영감과 크리스 토프를 죽였다는 게 사실이야?!"

"사실이다."

조금쯤 말을 머뭇거리길 기대했지만 알베르트는 선선히 인정했다.

"뭐……?!"

믿을 수 없었다. 본인의 입으로 들었어도 도저히 믿을 수가 없었다.

알베르트는 그런 글렌을 차가운 눈으로 흘겨보았다.

"변함없이 어설픈 녀석이군. 고작 그런 걸 물어보려고 일부러 여기까지 온 건가?"

"왜야……. 왜 그런 짓을!"

글렌은 피를 토하는 듯한 심정으로 외쳤다.

"이 나라를 위해 필요한 일이었기 때문이다. 그 이상도 이하도 아니야."

"저스티스 같은 소릴 지껄이지 마! 제대로 내 질문에 대답해!"

그러자 알베르트는 잠시 침묵했고…… 곧 이렇게 말했다.

"……그렇군. 창천 십자단^{헤븐스 크로이츠}……이라고만 말해두지."

"뭐어? 헤븐스 크로이츠……?"

헤븐스 크로이츠. 그것은 제국 정부 마도청 소속 극비 마술 연구기관의 이름이었다.

『Project : Revive Life』 같은 금주법을 극비리에 연구, 개발한다는 소문이 무성한 제국 마술계의 가장 어두운 부분. 말년에 광기에 빠진 알리시아 3세가 만든, 존재 그 자체가 소문으로만 남은 도시전설에 가까운 조직이었다. 사실 글렌은 예전에 릴리타니아 지방에서 겪은 유괴 사건을 계기로 그 기관이 실존한다는 것을 알게 됐지만……

'왜 지금 여기서 그 이름이 튀어나오는 거지?'

전혀 영문을 알 수 없었다.

"……할 말은 끝났나?"

알베르트는 당혹스러움을 감추지 못하는 글렌에게서 등을 돌리고 걸어갔다.

"싸울 생각이 없다면 이곳에서 떠나. 난 바쁘다."

"……자, 잠깐!"

글렌은 권총을 뽑아 들고 알베르트의 등을 겨누었다.

"아직 이야기는 끝나지 않았어! 들어! 리엘에 관한 일이야!"

"……리엘?"

알베르트는 그제야 걸음을 멈추고 뒤를 돌아보았다.

"시, 실은 말이지……."

글렌은 설명했다. 리엘이 『Project : Revive Life』의 부작용으로 에테르 괴리증에 걸린 것. 그녀의 목숨을 구하려면 새 실장 사이러스가 갖고 있는 세피라 맵을 입수해야만 한다는 것. 그래서 그와 거래할 수밖에 없었다는 것을.

"설마…… 리엘이? 그 이야기는 사실인가?"

그제야 알베르트도 눈살을 찌푸리며 캐물었다.

"내가 이런 일로 거짓말을 할 리 없잖아?! 상황은 지금 일각을 다투고 있다고!"

"그랬군. 네가 사이러스 쪽에 붙은 건 그래서였나. 그리고 **그 소체의 정체라는 건 리엘**…… 그래서 놈들은 그 계획을……."

그러자 알베르트는 뭔가 생각에 잠겨서 혼잣말을 중얼거리기 시작했다.

"……부탁이야, 알베르트. 제발 투항해줘!"

글렌은 애원했다.

"이대로 가면 리엘이 죽어! 난 무슨 일이 있어도 세피라 맵을 손에 넣어야만 해! 그러니……."

"미안하다만, 그 이야기를 들으니 더더욱 물러설 수 없게 됐군."

하지만 알베르트는 오히려 더 강하게 거절했다.

"뭐라고……? 그럼 하다못해 사정을 알려줘! 넌 대체……."

"그것도 무리다. 그 이유는 **네가 너라는 증거가 어디에도 없어서 신용할 수 없기 때문이지.**"

"뭐? 내가 나? 그게 대체 무슨 소리야?"

"애초에 리엘을 구하기 위해 나더러 죽으라고? 홋…… 참 뻔뻔스러운 이야기군."

그리고 글렌의 질문에는 대답하지 않고 싸늘하게 웃었다.

"아, 아니야! 나는……."

"아니긴 뭐가 아니야. 현실을 봐."

알베르트의 날카로운 질책에 글렌은 입을 다물 수밖에 없었다.

"눈에 보이는 모든 것을 구하고 싶다……. 네 그 신념은 유치하지만 숭고해. 솔직히 가끔 눈부시게 보일 때도 있었다. 하지만…… 현실은 한없이 잔혹하지."

"……?!"

"너도 그런 식으로 취사선택을 해왔을 텐데? 만약 리엘을 구하고 싶다면…… 각오를 다져."

"……알……베르트……."

"말해두지만, 난 물러서지 않을 거다."

알베르트는 충격을 받은 얼굴의 글렌에게 매몰차게 말했다.

"나도 짊어진 것들이 있다. 나를 믿은 자와, 나에게 모든 것을 맡긴 자들이 있지. ……절대로 그들을 배신할 수는 없어. 그리고…… 그건 너도 **마찬가지일 텐데?**"

"……?!"

그 순간, 글렌의 머릿속에 떠오른 것은 리엘과, 그런 그녀를 둘러싼 시스티나와 루미아를 비롯한 2반 학생들의 모습이었다.

"열은 구할 수 없어. 하나를 포기해서라도 아홉을 구한다. 그게 내 방식이다."

"알베르트…… 너……."

"가령 불지옥에 떨어진다 해도…… 나는 내 목적을 위해 싸울 거다. 그 앞을 가로막는 자는 용서하지 않아. 그건 너라고 해도 마찬가지다."

"…………."

"난 이미 각오를 다졌다. 넌 어떻지? 결코 도달할 수 없는 이상에 매달려서 투정만 할 뿐인가? 정말로 소중한 것을 끝까지 지키고 싶다면…… 너도 각오를 다지도록."

그렇게 냉혹하게 선언한 알베르트는 그대로 다시 걸음을 옮기기 시작했다.

"……야…… 잠깐."

글렌은 고뇌에 찬 표정으로 다시 알베르트의 등에 총구를 겨누었다.

"지금 쏠 건가? ……흥, 가라. **지금의 너**는 저 삼인조보다도 못 해."

그렇게 지적한 알베르트는 뒤도 돌아보지 않고 떠나갔다.

그의 말대로 글렌의 손가락은 마치 돌처럼 굳어있었다. 도저히 방아쇠를 당길 수 있는 상태가 아니었던 것이다.

"…………."

떠나가는 알베르트의 뒷모습을 그저 가만히 지켜볼 수밖에 없었던 글렌은 이윽고 천천히 총구를 내렸다.

"……빌어먹을……!"

밤이 깊어졌다.
하늘에는 섬뜩하게 빛나는 하얀 달.
기나긴 밤은 이제 막 시작된 참이었다.

제4장 1,000미트라의 공방

─그 무렵, 고대 유적 도시 마레스에서 멀리 떨어진 알자노 제국 마술학원의 의무실.

"……후우."

웬디는 의무실 바닥에 구축된 마나 원격 공급 법진에 손을 댄 채 자신의 마나를 집중해서 보내고 있었다.

하지만 곧 현기증을 느끼고 손을 떼며 고개를 들었다. 그러자 주위에서는 2학년 2반 학생들이 그녀와 마찬가지로 바닥의 법진을 둘러싼 채 손으로 마나를 보내고 있었다.

"……좋아."

그런 학생들의 모습을 본 웬디가 머리를 흔든 뒤 다시 기합을 넣고 마나를 공급하려 한 순간이었다.

"그만해요, 웬디. 당신은 좀 쉬어야 해요."

옆에 있던 테레사가 제지했다.

"당신은 낮에도 계속 마나를 공급했잖아요? 아무리 캐퍼시티가 뛰어나다 해도 거의 마나 결핍증에 가까워요. 리엘을 위해서라도 당신까지 쓰러지면 주객전도예요. 그러니 좀 쉬세요."

웬디는 그렇게 설득하는 절친에게 뭔가 말하려하다가 다시 입을 다물었다.

"······그렇, 겠죠."

한숨을 한 번 내쉰 후 옆에 있는 침대 위에 힘없이 앉았다.

웬디가 무거운 고개를 들자, 세리카와 세실리아가 바닥의 법진과 마력선을 통해 접속된 모노리스형 마도 연산기 앞에서 뭔가 계속 대화를 나누는 모습이 보였다.

그 모노리스의 표면에는 빛나는 룬 문자가 마치 홍수처럼 흐르고 있었다. 아무래도 저게 원거리에서 의사 영락으로^{파라 패스} 연결된 리엘의 생체 정보인 듯했다.

두 사람의 침통한 표정을 보아하니 아무래도 리엘의 용태는 그다지 좋지 않은 모양이었다.

"······리엘은······ 정말로 저희 곁에 돌아올 수 있을까요?"

그래서 무심코 그런 푸념이 흘러나오고 말았다.

"아직 실감은 나지 않지만····· 리엘은····· 아마······."

하지만 테레사는 그런 마음이 약해진 웬디를 다정하게 위로했다.

"믿죠. 선생님들을."

"······!"

"그리고····· 여기서 리엘의 생명줄을 붙잡고 있는 저희가 믿지 않는다면····· 리엘은 분명 어디로 돌아와야 할지 몰라서 길을 헤맬 테니까요."

"…………"

웬디는 잠시 입을 무겁게 다문 후 말했다.

"……하긴, 그렇겠네요."

그리고 자신의 약한 마음을 떨쳐내듯 힘차게 고개를 끄덕였다.

"저희는 저희가 할 수 있는 일에 최선을 다하죠."

"예, 그래야겠어요."

웬디와 테레사뿐만이 아니었다.

카슈도, 기블도, 세실도, 린도, 카이와 로드도.

남겨진 학생들은 모두 글렌 일행을 계속 믿고 기도하면서 리엘의 생명을 이 세상에 붙들어놓는 작업에 집중했다.

─.

"저, 전멸……입니까?"

마레스 남단에 형성된 토벌대의 베이스캠프 천막 안.

글렌의 보고를 들은 사이러스는 동요를 감추지 못했다.

"그래. 선전이나 접전조차도 아니었어. ……**참패**야. 우리는 알베르트 단 한 사람을 상대로 철저하게 패배한 셈이지."

글렌은 지친 얼굴로 어깨를 으쓱였다.

"회수한 그 바보 트리오와 일반 마도사들은 죽지는 않았지만, 힐러 스펠로도 하루이틀 사이에 완치할 수 있는 부상이 아니야. 덤으로 그 바보 트리오는 정중하게 패스─ 제3

세피라를 무시무시한 정밀도로 박살 내놨더군. ……아마 이제 마술사로서는 재기할 수 없을 거다."

단 한 명이 제국 궁정 마도사단의 정예를 상대로 올린 압도적인 전과였다.

그리고 알베르트는 필요하다면 살인도 개의치 않지만 적어도 이번 전투에서는 아무도 죽이지 않았다. 즉, 토벌대는 그에게 아무런 위협도 되지 못했다는 뜻이다.

전 파트너의 그야말로 규격을 벗어난 실력 앞에서 글렌은 그저 한숨밖에 나오지 않았다.

"……그래서? 이젠 어쩔 거지?"

"이럴 수가……. 《별》의 알베르트…… 그 탁월한 실력은 데이터와 소문으로 확인했습니다만…… 설마 이 정도였을 줄은……."

사이러스는 험악해진 표정을 손으로 가리고 신음을 흘렸다.

"알베르트 녀석은 여전히 그 신전에서 버티고 있어. ……그 녀석, 대체 뭐야? 이쪽을 「요격」한다기보다, 이쪽으로부터 「신전을 지키고 있는 것」처럼 보이는 건…… 내 기분 탓인가?"

글렌도 이 부자연스러운 상황 속에서 나름대로 추측한 결과, 방금 한 이 말이야말로 이번 사건의 핵심이라고 확신했다.

하지만 사이러스는 당연히 대답하지 않고 동요한 표정을 단숨에 바로잡았다. 평소처럼 여유가 넘치는 미소를 가장하며 글렌을 돌아보았다.

"이거 참, 난감하네요. 하지만 역시 제 판단은 옳았군요. 당신을 데려오길 정말 잘했습니다. ……《광대》의 글렌 씨."

"……."

"이제 알베르트와의 싸움에서 의지할 수 있는 건 당신밖에 없습니다. 물론 그를 처리해주실 거죠?"

"……지금 제정신이냐? 내 힘으로 가능할 거라고 생각해? 네 비장의 부하인 바보 트리오조차 속수무책이었거든?"

글렌은 어처구니가 없는 표정을 지을 수밖에 없었다.

"철수를 제안하지. 이 토벌 임무는 실패했어. 일단 제도로 귀환해서 부대를 재편—."

"그럴 수는 없습니다."

하지만 글렌의 지극히 정당한 제안은 바로 기각되었다.

"무슨 수를 써서라도 이번 토벌에서 알베르트를 격파해야만 합니다. 실패는 용납되지 않아요."

"…………."

"당신은 싸울 수밖에 없습니다. ……리엘을 위해. 안 그런가요?"

글렌은 떨떠름한 얼굴로 천막 한구석에 있는 침대 위에서 마치 죽은 사람처럼 잠든 리엘을 슬쩍 돌아보았다.

그리고 알베르트가 남긴 단서, 헤븐스 크로이츠. 이 상황과 전혀 관계가 없어 보이는 단어가 가슴 속에 깊이 틀어박혀 있었다.

"정말 괜찮으시겠습니까? 아마 리엘은 그리 오래는 못 버틸걸요? 안 그렇습니까? 일리아."

"아, 예……."

사이러스의 질문에 리엘을 간병 중이던 일리아가 고뇌 어린 표정으로 대답했다.

"서서히 생명 반응이 약해지고 있어요."

"그, 그게 사실이야? 일리아……."

동요를 감추지 못하는 글렌 앞에서 일리아는 미안한 얼굴로 고개를 끄덕였다.

"예. 아마 에테르 괴리증이 진행된 탓에 공급되는 마나량이 빠져나가는 마나량을 따라잡지 못하고 있는 걸 거예요."

"망할! 다른 증상은?! 에테르 괴리증은 다른 마술 질병도 유발한다고 들었어! 영혼에 다른 이상은 없는 거야?! 아무리 사소한 거라고 좋으니까 확인된 건 없어?!"

"아뇨, 당장은 전혀……. 하지만 한시라도 빨리 심령수술을 하지 않으면……!"

그리고 일리아는 사이러스를 화가 난 표정으로 노려보며 외쳤다.

"사이러스 실장님! 적당히 좀 하세요! 지금은 인질이니 뭐니 하는 속 편한 소리를 늘어놓고 있을 때가 아니라구요! 리엘은 우리 동료잖아요?! 부탁이니까 제발 세피라 맵을……!"

"안 됩니다."

하지만 사이러스는 그 애원을 쌀쌀맞게 거절했다.

"아, 맞아. 만약을 위해 말씀드리겠지만, 세피라 맵을 손에 넣으려고 여기서 저를 죽여 봤자 소용없습니다. 저에게 위해를 가하면 세피라 맵은 영원히 입수할 수 없을 거라고만 말해두죠. 자세한 사정은 밝힐 수 없지만…… 어디 한번 시험해보시겠습니까?"

"……!"

글렌은 손뼈가 부러질 것처럼 강하게 주먹을 쥘 수밖에 없었다.

"너무 그렇게 노려보지 마시죠. 당신이 알베르트를 해치운다면 세피라 맵을 양도하겠다는 계약이었잖아요? 서로 약속은 지키자고요? 글렌 씨. 신뢰라는 건 그런 식으로 쌓아나가야 하는 법입니다."

상황은 절망적이었다. 시간이 지나면 지날수록 글렌은 치명적인 결말을 향해 나아가고 있었다.

그러나—.

'……어렴풋하지만 보이기 시작한 것도 있어.'

신전을 차지하고 움직이려하지 않는 알베르트. 일부러 여기까지 데려온 리엘. 그녀의 세피라 맵을 가지고 있는 사이러스. 반드시 이번 원정에서 알베르트를 토벌해야 한다고 주장하는 사이러스.

그리고 이번 사건의 **가장 큰 수수께끼인 그것.**

'**그게** 만약 내 예상대로라면…… 돌파구는 있어!'

그렇다면 남은 건 이제 알베르트에게 이기는 것뿐이었다.

글렌은 잠든 리엘을 다시 한 번 쳐다보았다.

"글, 렌…… 모두, 들……."

뭔가 좋은 꿈이라도 꾸는 건지 비교적 안정된 상태였다.

글렌은 그런 리엘을 에워싸고 있는 시스티나와 루미아의 모습을 마음속으로 떠올렸다.

진심으로 리엘을 걱정하고 있는 2반 학생들의 모습을 마음속으로 떠올렸다.

─부탁……드려요. ……적어도, 저 아이만은…… 행복하게 살도록…….

과거에 그런 부탁을 남긴 슬픈 남매의 모습을 떠올렸다.

소중한 것을 지키고 싶다면 각오를 다지라고 했던 전 파트너의 말이 끊임없이 머릿속을 맴돌았다.

'어차피…… 싸울 수밖에, 없나.'

아무것도 하지 않으면 모든 것을 잃는다.

그렇다면 적어도 선택을 내려야만 했다.

지금의 자신을 밝게 비춰주는 그 따스한 양지의 세계를 지키기 위해서라도…….

"후후후…… 이제야 「그럴 마음」이 드신 모양이군요?"

글렌은 사이러스의 말을 무시했다.

"일리아…… 계속해서 리엘을 부탁하마."

"아, 예…… 맡겨주세요! 리엘은 제가 반드시 지킬 테니까요! 그러니 선배도…… 아, 아무쪼록 무운을!"

그 대화를 끝으로 글렌은 천막을 나왔다.

글렌은 차갑고 거친 밤바람을 맞으며 밤의 유적 도시를 걷고 있었다.

무수히 늘어선 건조물의 음영이 자아내는 그림자 같은 도시를…….

지금의 글렌은 마도사 예복 안에 무기와 마도구를 빈틈없이 장착한 완전 무장 상태였다.

원거리 마술 저격을 경계하느라 좁고 외진 뒷골목을 신중한 발걸음으로 걸었다.

'……여기가 데드라인이겠군.'

이윽고 더 나아가면 알베르트의 공격이 기다리고 있을 법한 지점에 도달했다.

그리고 글렌은 품속에서 반으로 갈라진 보석, 통신 마도기를 꺼내서 비밀 회선을 연결했다. 마도사들이 전멸한 이상 더는 방수를 걱정할 필요는 없으리라.

"……들려? 이브."

작은 목소리로 말을 걸자 잠시 후.

『……응, 잘 들려. 글렌.』

귀에 댄 통신 마도기에서 이브의 목소리가 들렸다.

"먼저 단도직입적으로 물을게. ……내가 부탁한 그건 결과가 어떻게 나왔지?"

『……빙고야. 전부 당신 말대로였어.』

그 순간, 글렌은 쓴웃음을 지으면서도 입가를 끌어올렸다.

"그렇군. 역시 알베르트가 말하려고 했던 건 그거였나."

『정말이지…… 그때 당신이 이를 부딪치는 소리로 군용 모르스 신호를 보내고, 비밀리에 그 이상한 지시를 내렸을 때는…… 드디어 미친 줄 알았다니까?』

"훗. 이제야 리엘을 구할 돌파구가 보이게 된 셈이군. 사이러스 자식, 알베르트가 표적이 아니었어. 알베르트를 토벌해서 공적을 세우겠다는 건 새빨간 거짓말이야. 마침 루미아와 하얀 고양이가 없었다면 완전히 외통수였어. 고맙다고 좀 전해줘."

글렌이 그런 식으로 말하자 이브는 어이가 없는 목소리로 대답했다.

『그건 그렇고 용케도 이런 증거가 적은 상황에서 간파…… 가 아니라 눈치챘네? 글렌. ……솔직히 난 지금도 믿을 수가 없어. 그런 짓이 가능한 마술사가…… 정말로 존재하는 거야?』

"말했잖아? 이론적으로는 가능해. 실행에 옮기는 게 어려울 뿐이지 불가능한 건 아니야."

『……상식을 초월했어. 이 술자도, 당신의 마술 지식과 발상력도.』

통신 마도기 너머에서 이브의 감탄한 듯한, 그러면서도 글렌이 자신보다 한 수 위였다는 게 분한 듯한 복잡한 감정이 뒤섞인 목소리가 흘러나왔다.

『당신은 평소에는 둔감한 주제에…… 진짜 가장 중요한 순간에는 날카롭네.』

"뭐, 나도 실은 전혀 눈치채지 못하고 있었어. 완벽히 속고 있었지. 하지만……."

글렌은 눈을 가늘게 뜨고 주먹을 쥐었다.

"그 녀석은 절대로 발을 들여놓아서는 안 되는 영역에 흙발을 들이밀었어. 절대로 용서 못 해."

『…….』

이브는 잠시 입을 다물었다. 그리고 이윽고 진정하라는 것처럼 말했다.

『……너무 뜨거워지지 마. 냉정하게 해.』

"알고 있어. 유감이지만, 그 녀석에게 대가를 치르게 하는 건 내 역할이 아니니까 말이지. 하지만 너야말로 방심하지 마라? 수법은 간파했지만, 그 녀석은 틀림없는 강적일 테니까."

『……흥. 지금 누구한테 하는 소리래?』

"자, 그럼 돌파구는 찾았어. 남은 건 이제 내가 과연 알베르트에게 이길 수 있느냐……가 문제겠구만."

『그게 가장 중요해 ……알고 있는 거지?』

이브는 어이가 없는 목소리로 질타했다.

『만약 당신이 져서 쓰러지기라도 한다면…….』

하지만 곧 뭔가를 말하려다가 어물거렸다.

"그래, 내가 알베르트를 배제하지 못하면 사이러스는 움직이지 않을 테고 당연히 너희도 움직일 수 없어. 그럼 결과적으로 리엘도, 알베르트도 구할 수 없게 돼. 그 완고한 자식에겐 어차피 내 설득 따윈 전혀 안 통할 테니까 말이지. 즉…… 내 승리에 모든 것이 걸려있는 셈이야. ……하! 동귀어진을 해서라도 이길 테니까 안심해. 그 점은 걱정하지 마."

글렌이 결의와 각오를 다진 표정으로 그렇게 선언한 순간—.

『……바보, 그런 뜻이 아니야.』

"뭐? 그런 뜻이 아니라니…… 뭐가?"

글렌이 되묻자, 이브는 어째선지 불쾌한 기색으로 침묵했다.

"……응? 어라? 혹시…… 너, 날 걱정—."

뚝!

글렌이 아무생각 없이 묻자, 갑자기 아무런 전조도 없이 일방적으로 통신이 끊어졌다.

"거 참, 대체 뭐야? ……뭐, 아무렴 어때."

글렌은 통신 마도기를 주머니에 집어넣은 후 그 자리에서 가볍게 준비 체조를 시작했다.

이윽고 몸이 어느 정도 덥혀졌고—.

"자, 그럼…… 슬슬 움직여보실까."

글렌은 어둠 속에서 멀리 떨어진 신전 쪽을 조용히 응시했다.

이 지점에서 알베르트가 있는 신전까지 직선거리로 약 1,000미트라.

하지만 이 거리는 표적이 차폐물 뒤에 숨어있어도 알베르트가 온갖 수단을 동원해서 저격을 성공시킬 수 있는 죽음의 거리이기도 했다.

이 거리를 어떻게 0으로 만드느냐가 이번 전투의 핵심이었다.

"군에 있을 때…… 너와 내 모의 마술 전투 전적이 어땠더라? 몇 전 몇 패였지? 분명 난 한 번도 너에게 이긴 적이 없었으니 말이지……."

옛 기억을 떠올리며 천천히 한 차례 심호흡한 후—.

"그러니 슬슬 한 번쯤 이겨주마! 알베르트!"

그렇게 기합을 넣고 외친 글렌은 어둠 속을 바람처럼 질주했다.

한편, 신전의 옥상에서 거친 밤바람에 몸을 맡기고 있던 알베르트는, 심해의 밑바닥처럼 어두운 도시를 날카로운 눈으로 흘겨보며 글렌을 기다리고 있었다.

글렌은 당연히 색적 결계를 대비해서 은폐 마술을 펼치고 있으리라.

아득히 멀리 떨어져 있는 알베르트로서는 그의 동향을 알 방도가 없었다.

하지만 알았다. 알베르트는 알 수 있었다.

오랫동안 함께 생사의 경계를 헤쳐 온 경험으로 그가 지금 자신을 쓰러트리기 위해 행동을 개시했다는 것을, 싸움의 막이 올랐다는 것을 논리가 아니라 영혼으로 이해했다.

"……와라, 글렌."

어둠을 응시하던 알베르트는 허공을 향해 그렇게 읊조렸다.

지금 이 순간, 한밤중의 사투가 막을 연 것이다.

─거리 1,000미트라 지점.

"하아……! 하아……! 하아……!"

달린다. 달린다. 밤의 도시를 끊임없이 달린다.

전방의 좌우에는 당장이라도 무너질 것처럼 풍화된 고대의 건조물들.

그 비좁은 골목길을 글렌은 땅을 박차고, 무너진 벽을 뛰어넘으며 경쾌하게 계속 질주했다.

풍경이 세찬 물결처럼 뒤로 흘러가는 가운데 생각에 잠겼다.

머릿속에 쑤셔 넣은 이 도시 유적의 지도를 떠올리며 생각했다.

'이 광대한 도시 유적의 한복판에 알베르트가 버티고 있는 「신전」이 존재해. 거기까지 이르는 거리는 직선거리로 약 1,000미트라……'

원래대로라면 이미 이 시점에서 글렌에게 승산은 없었다.

알베르트는 마술 저격의 명수.

글렌이 아무리 거리를 좁혀도 그는 이동하고 저격 포인트를 확보하면서 글렌을 쏘면 된다. 철저히 요격에만 치중하면 된다. 단지 그뿐.

'하지만…… 녀석은 「신전에서 움직이지 못해」! 사실 녀석은 도주 중인 게 아니라 「사이러스로부터 신전을 지키고 있는 것」이기 때문이지!'

이건 사이러스의 언동과 조금 전의 싸움에서 보인 알베르트의 행동으로 거의 확정된 사항이었다.

그런 식으로 마도사들로만 구성된 소대와 세 명의 강력한 집행관을 처리할 수 있을 정도의 실력이라면 훨씬 더 빨리 대처하는 것도 가능했을 터. 그렇다면 왜 녀석은 그렇게까지 느린 대응을 보이고 신전까지 접근을 허용했던 것일까.

그것은 자신의 전투 영역을, 신전을 커버할 수 있는 범위로 한정시키기 위해서였다.

일단 글렌은 알베르트의 의도를 의심해서 만약을 위해 시스티나와 연락을 주고받아 유적 도시 마레스에 관한 어떤 정보를 입수했었다.

그 결과, 십중팔구 틀림없었다. 알베르트는 신전을 지키고 있는 것이다.

그는 신전에서 벗어날 수 없다. 움직일 수 없다. 그렇다면—.

'그렇다면…… 승산은 있어!'

하지만 알베르트는 눈으로 확인할 수만 있다면 약 4,000미트라 떨어진 표적도 아무런 소리도 내지 않고 속사로 저격할 수 있는 괴물이다. 2,000미트라까지라면 표적이 상당한 스피드로 변칙적인 움직임을 보여도 거의 틀림없이 명중시킬 수 있다.

애당초 결계가 교체되는 영점 몇 초의 틈을 저격하는 신의 경지에 가까운 실력을 가진 남자다.

그런 괴물을 상대로 직접 모습을 드러낸 채 접근하는 건 그야말로 자살행위이리라.

'그렇다면 이렇게 복잡하게 꼬인 골목길에서 몸을 숨기며 거리를 좁히는 수밖에 없어!'

은밀 잠행. 꽤 멀리 돌아가게 되는 셈이지만 어쩔 수 없었다.

'내 오리지널 【광대의 세계】의 유효 사정 범위는 반경 50미트라! 그 범위 안에 녀석을 들어오게 할 수만 있다면 그제야 비로소 나에게도 승산이 보이게 돼!'

제아무리 알베르트라 해도 【광대의 세계】 앞에선 마술이 봉쇄될 수밖에 없다. 그가 그야말로 교과서 같은 마술사인 까닭에 【광대의 세계】는 그만큼 압도적으로 상성이 유리했다.

'따라서…… 나와 네 싸움은 필연적으로 거리의 쟁탈전이 되겠지!'

글렌은 바람을 두른 채 정면의 T자로에서 왼쪽으로 방향을 꺾었다.

그가 선택한 길은 신전 쪽에서는 완전히 사각인 루트뿐이었다.

'나쁘게 생각하지 말라고! 이대로 이 지형을 이용해서 단숨에 신전까지 거리를 좁혀주마!'

──.

'……넌 그렇게 생각하고 있겠지.'

한편, 알베르트는 눈 아래에 펼쳐진 도시의 풍경을 내려다보며 생각에 잠겼다.

'……그렇군, 과연. 전혀 눈으로 포착할 수 없어. 이래서야 저격은 무리겠군.'

알베르트는 입가를 일그러트리고 웃었다.

'그러나…… 난 네가 그렇게 나올 줄 알고 있었다만?'

그리고 그렇게 생각한 순간이었다.

맞은편 2시 방향. 거리로는 약 900미트라.

유독 높은 건물 옆에서 갑자기 치솟은 성대한 폭염이 밤하늘을 뒤흔들었다.

'네가 선택했을 루트에는 이미 수많은 매직 트랩을 설치해

됐다. 설마 네가 함정 따위에 걸려 죽을 리는 없겠지만……

위치는 파악했다. 이걸로 끝이다.'

알베르트는 조용히 주문을 영창해서 흑마【어큐레이트 스코프】, 원견 마술의 설정을 광역 시야 모드에서 원거리 포인트 모드로 전환했다.

마술적인「눈」을 그 폭발 포인트로 고속 전송했다.

알베르트는 거리 1,000미트라 이내라면 차폐물 너머의 표적도 총알을 휘게 해서 저격할 수 있었다.

그 눈이 글렌을 포착한 순간, 끝이다.

그러나―.

'……없어?'

―거리 900미트라 지점.

'……훗! 너라면 분명 함정을 깔아뒀을 줄 알았지.'

글렌은 알베르트의「눈」이 탐색 중인 지점과 전혀 다른 길을 달리고 있었다.

그는 오른손으로 주먹만 한 돌멩이를 만지작거리면서 바람처럼 질주했다.

이윽고 글렌은 정면에 다시 T자로가 출현하자 방향을 재빨리 오른쪽으로 꺾었다.

그와 동시에 뒤, 왼쪽 길을 향해 손에 든 돌멩이를 쳐다보지도 않고 던졌다.

백마 【피지컬 부스트】로 강화된 어깨를 써서 던진 돌은 어마어마한 속도를 내며 일직선으로 날아갔다.

그리고 그 직전 거리에 있는 어떤 지점을 지나친 순간, 벽과 바닥에서 법진이 붉게 빛나더니 갑자기 격렬한 폭염이 치솟았다. 주변 일대가 매직 트랩에 의한 폭발로 산산이 무너졌다.

글렌은 그 아득히 멀리서 들리는 파괴음을 무시하고 달렸다. 계속 달리기만 했다.

'너와 가장 오랫동안 파괴 공작에 동원됐던 게 대체 누구라고 생각하는 거야?! 네가 매직 트랩을 숨기는 방식, 수법, 경향은 전부 파악하고 있다고!'

글렌은 씨익 웃었다.

'미안하지만…… 네가 길에 열심히 깔아둔 수많은 매직 트랩은 내가 잘 이용해주마! 그 「눈」으로 계속 엉뚱한 곳이나 찾고 있으라지!'

그리고 맞은편 골목에서 왼쪽으로 방향을 꺾었다. 이제 남은 거리는 800미트라.

'단숨에 좁혀주마!'

그렇게 글렌이 【피지컬 부스트】— 신체 능력 강화 마술에 한층 더 마력을 쏟아 부어서 가속하려 한 순간—.

등골을 타고 오르는 차디찬 칼날 같은 감촉.

그것은 과거에 제국의 군인으로서 수많은 수라장을 헤치

고 살아남는 과정에서 얻은 직감— 다가오는 「죽음」에 대한 후각이었다.

그 직감을 믿고 전진을 멈춘 글렌은 척수반사로 몸을 옆으로 날렸다.

그러자 조금 전까지 그가 있던 장소에 전격이 소나기처럼 쏟아졌다.

"아앗?!"

땅을 구르다 그 기세를 이용해서 일어난 글렌은 재빨리 뒤로 물러났다.

지금 이 공격은 당연히 알베르트의 저격이었다.

조금이라도 피하는 게 늦었다면 지금쯤 죽었으리라.

"말도 안 돼! 농담이지?! 나, 포착당한 거야?!"

그렇게 경악하는 글렌을 향해 다시 수많은 전격이 하늘에서 쏟아졌다.

——.

'흥. 너를 가장 오랫동안 엄호했던 게 대체 누구라고 생각하는 거지?'

알베르트는 손가락으로 가리킨 거리의 한 지점에 계속해서 【라이트닝 피어스】를 발사하며 생각했다.

'네 움직임, 발상, 도주 방식, 신체 능력, 버릇……은 전부 파악하고 있다.'

그런 그는 눈을 감고 있었다.

아무것도 보지 않고 어둠의 허공을 향해 번개의 창을 날렸다.

'가령 보이지 않더라도…… 넌 그곳에 있겠지?'

알베르트의 손가락에서 방출된 한 줄기 날카로운 번개가 가차 없이 야음을 가로질렀다.

—거리 800미트라 지점.

"망할! 내가 함정을 피하는 움직임을 예측한 것만으로 이 정도까지 정확하게 내가 있는 장소를 파악했다고?! 저 자식, 진짜 미친 거 아냐?!"

글렌은 다른 우회로로 도주하면서 독설을 퍼부었다.

과연 예측만으로 계속 자신이 있는 곳을 파악할 수는 없는 건지 지금은 저격이 멈췄지만, 글렌은 괴물 같은 알베르트의 실력을 새삼스럽게 재인식할 수밖에 없었다.

"하지만 그런 임기응변이 계속 통할 것 같아?!"

동요를 억누르고 냉정함을 되찾으려 했다.

딱히 「눈」에 포착돼서 저격당한 건 아니었다.

방금 그건 글렌이 함정을 피하는 방식을 역이용했을 뿐. 예측은 어디까지나 예측에 불과하다. 움직임을 예측했다면 자신은 그의 예측을 벗어난 움직임을 보이면 될 뿐.

상대의 수법을 파악한 이상, 대처할 방법은 얼마든지 있었다.

"내가 해야 할 일은 변함없어! 알베르트가 설치한 함정을 돌파하면서 거리를 좁히는 것! ……단지 그것뿐이야!"

글렌은 막다른 곳의 벽에 등을 대고 주위를 경계했다.

이 앞에 두 개의 매직 트랩이 설치된 것을 감지했다.

"좋아. ……이렇게 하면 이번에는 아무리 그 녀석이라고 해도 예측하지 못하겠지?"

글렌은 품속에서 스크롤을 꺼내어 펼치더니 그대로 찢었다. 그리고 빠르게 접어서 종이 인형을 만들고 주문으로 생명을 불어넣었다.

"헤헷! 즉흥 사역마다. ……가라!"

제아무리 알베르트라 해도 방금 즉흥으로 만들어낸 인공 사역마의 움직임까지 예측할 수는 없으리라.

'사역마를 미끼로 돌파해주지!'

글렌이 앞길을 가로막는 함정을 향해 사역마를 보내려 한 바로 그때였다.

"……응? 저건 뭐지?"

문득 뭔가를 눈치채고 위를 올려다보았다.

그러자 눈앞에는 반쯤 무너졌지만 제법 큰 건물의 벽이 우뚝 솟아있었다.

그 벽의 일부가 기묘한 뭔가로 변질되어 있었던 것이다.

"저건…… 거울? 왜 이런 곳에……"

거울.

이런 장소와는 전혀 어울리지 않는 그 단어를 떠올린 순간.

"제자아아아아아아아아아아아아아아아앙!"

아슬아슬하게 알베르트의 의도를 눈치챈 글렌은 비명을 지르며 왔던 길을 맹렬한 기세로 되돌아갔다.

그러자 하늘에서 날아온 전격이 그 거울에 반사되더니 그대로 자신의 뒤를 추격했다.

"우오오오오오오오오오오오오오오오오오오오!"

뒤에서 끊임없이 날아드는 수많은 전격이 달아나는 글렌의 뺨과 몸을 스쳤다.

아슬아슬하게 바닥을 구르고 껑충 뛰어 피하면서 꼴사납게 도주할 수밖에 없었다.

"⋯⋯「눈」이 하나 뿐인 줄 알았나?"

사격을 중지한 알베르트는 글렌이 있는 것으로 추정되는 방향을 날카롭게 응시하며 중얼거렸다.

그렇다.

지금 이 도시 유적 여기저기에는 연금 【형질 변화법】과 【근원소 배열 변환】으로 벽을 경면화한 거울이 설치되어 있었다.
^{폼 얼터레이션}
^{오리진 리어레인지먼트}

흑마 【어큐레이트 스코프】는 대상이 발산하는 빛을 조작해서 술자의 시각으로 포착하는 원견 마술이다. 따라서 차폐물 너머의 대상을 보려면 몇 번이나 빛을 왜곡해야 하므

로 그만큼 더 대량의 마력과 시간이 소비되는 마술이기도 했다.

하지만 거울이 있다면 이야기는 별개였다. 그것을 빛을 왜곡하는 중계점으로 삼으면 술자의 부담을 대폭 줄이는 동시에 사각을 크게 커버할 수 있었다.

뿐만 아니라 그 거울을 마력으로 코팅해두면【라이트닝 피어스】를 반사하는 식으로 저격 범위를 대폭 늘릴 수도 있었다.

특수한 마술은 일절 쓰지 않았다. 배우기만 하면 누구나 쓸 수 있는 마술로 이만한 광역 범위를 자신의 영역으로 만들 수 있는 것이 바로 알베르트라는 남자였다.

"……하지만 역시 대응이 빠르군, 글렌."

알베르트가 그렇게 중얼거린 순간—.

챙강, 챙강…… 챙강…….

멀리서 작게 거울이 깨지는 소리가 들렸다.

——.

"망할……! 저 자식, 이딴 성가신 걸 이렇게 잔뜩 만들어 놓다니!"

글렌은 그늘에 숨어서 총알을 재장전했다.

"제길! 거울이 많은 지역으로 내몰렸어. ……이래선 움직일 수가 없잖아."

익숙한 그라면 고작 몇 초 만에 교체할 수 있는 예비 탄창은 온존해두기로 했다.

다소 시간은 걸려도 총알을 수동으로 장전하는 방식을 선택했다. 지금 글렌이 펼치는 작전에는 총알에 비거리와 위력이 필요하므로 화약량을 조절할 수 있는 이 방식이 베스트였다.

"하지만……."

퍼커션식 리볼버의 회전 탄창에 원을 그리며 늘어선 여섯 개의 구멍으로 휴대용 화약병을 대고 평소보다 많은 화약을 흘려 넣었다.

입에 물고 있는 구형 탄두를 화약이 담긴 탄창 안으로 뱉어 넣고, 로딩 레버를 접어서 총알을 탄창 내부까지 깊이 쑤셔 넣은 후 뇌관을 장착했다.

그렇게 재장전을 마친 글렌은 조용히 주문을 영창했다.

"《침묵하라·정숙하라·그대는 소리 없는 요정》."

흑마 【노이즈 컷】. 권총에 음성 차단 마술을 건 것이다.

이것으로 권총의 발포음은 사라졌다.

"넌 저격이 네 전매특허인 줄 아는 모양이다만……."

그리고 총구를 밖으로 살짝 내민 후—.

"나도 영감에게 꽤 혹독하게 배운 몸이거든?"

아주 살짝 고개를 내밀어서 건물의 배치와 지형을 눈으로 보고 외웠다.

백마 【브레인 아바커스】. 병렬 사고 연산 마술로 탄도와 각도를 마치 당구공처럼 계산하면서 신중하게 총신을 기울이고 방아쇠를 당겼다.

푸슉!

총구가 불을 내뿜으며 총알을 조용히 배출했다.

날아간 탄환은 계산대로 바닥과 벽을 두 번, 세 번 튕기며 지그재그로 날아갔다.

그리고 100미트라 너머에 설치된 거울에 명중해 깨트렸다.

"어때? 보고 있나? 천재 저격수님? 나도 피를 토해가며 연습하면 이 정도는 할 수 있거든? ……범재를 얕보지 마시지."

글렌은 주위를 주의 깊게 경계하며 재빠르게 행동을 개시했다.

'좋아. 이런 식이라면 제아무리 알베르트라도 내 정확한 위치를 파악하는 건 어렵겠지?'

이동하면서 같은 요령으로 권총에 총알을 장전했다.

'먼저 저 녀석의 「눈」을 제거한다! 싸움은 그때부터야!'

——.

"홋…… 과연 글렌. 제법이군."

알베르트는 거리를 내려다보며 감탄한 목소리로 중얼거렸다.

멸망한 도시 이곳저곳에서 지금 자신이 설치한 제2의 「눈」이 차례차례 파괴되고 있었다.

하지만 그의 입가는 보기 드문 희미한 미소를 머금고 있었다.

"······알고 있었다. 네가 내 이번 극비임무······ 이 신전 방어의 가장 큰 걸림돌이 되리란 것쯤은."

서로의 거리는 아직 아득할 정도로 멀었다.

서로의 얼굴조차 제대로 보이지 않았다.

다만, 이 넓은 전장에서 서로가 쓰러트려야 하는 상대의 존재감만은 느끼고 있었다.

서로가 쓰고 있는 마술도 교과서에 실린 흔해빠진 것들뿐.

이 전장에서는 시간을 멈추거나, 공간을 왜곡하거나, 시야에 들어오기만 해도 태워죽이거나, 신조차 죽일 수 있는 파괴의 힘이나, 운명과 인과율을 비트는 비술도 존재하지 않았다.

하지만 이것이야말로 마술 전투.

자신의 모든 것을 걸고 싸우는 마술 전투의 본질이었다.

'그래. 난 알고 있었다. ······이렇게 되리란 것을.'

그렇다면 아까 글렌과 대치했을 때 그를 처리하거나 재기 불능 상태로 만들었어야 했다.

확실히 알베르트의 냉철한 눈으로 봐도 그때의 글렌에게는 망설임이 있었다.

정말로 자신의 적이 될지 아직 확실하지 않았다.

그래서 놓아주었다. 무익한 살상은 그도 바라지 않았으니까.

하지만 그 선택은 정말 냉정한 판단으로 이루어졌던 것일까?

자신에게는 절대로 양보할 수 없는 것이 있었다. 그래서 물러설 수 없었다.

글렌에게도 절대로 양보할 수 없는 것이 있으리라. 그래서 물러서지 않을 것이다.

그렇다면 이 격돌은 필연이다. 처음부터 알고 있었던 사실이었다.

그런데도 그때 특무분실의 삼인조와 같이 글렌을 처리하지 않은 것은—

'……감상(感傷). 그리고 위선. 나도 아직 미숙하다는 건가.'

그 순간, 알베르트는 글렌과 함께 전장을 헤쳐 온 기억을 떠올렸다.

이 제국의 미래를 위해 마음과 감정을 전부 버리려고 했던 자신에게 아직도 이런 인간적인 감정이 희미하게 남아있다는 사실에는 솔직히 놀랐다.

하지만 인간으로서 과거의 잔재에 감상을 느끼기는 해도 마술사로서, 제국의 군인으로서 그런 감정에 얽매인 채 그 자리에 멈춰서지는 않았다.

멈춰서 봤자 결국 아무것도 구할 수 없고, 이 손으로 반드시 대가를 치르게 해야 하는 「그 남자」에게 결코 도달할 수 없을 테니까.

이렇게 적대하는 입장이 된 이상 상대가 아무리 옛 전우라 해도 감정을 죽이고 싸울 수 있었다.

그리고 주위에서 뭐라 평가한들 알베르트에게 글렌은 죽일 각오를 하지 않으면 반대로 이쪽이 잡아먹힐지도 모르는 강적이었다.

따라서 자신은 그저 최선을 다해, 글렌을 죽일 각오로 싸울 뿐.

'자, 와라. 글렌. 난 아홉을 구하기 위해 하나를 포기하겠다. 그런 나를 부정하고 싶다면…… 나를 쓰러트려 봐라. 네 의지를 끝까지 관철하는 거다.'

알베르트는 이 야음을 틈타서 다가오고 있을 옛 전우가 눈앞에 보이는 것처럼 어둠에 물든 거리를 응시했다.

———.

'……어차피 이번에도 평소처럼 아홉을 구하기 위해 하나를 포기하겠다든가, 모든 죄와 고통은 자기 혼자 짊어지고 견디겠다는 생각이나 하고 있겠지. 그 바보 자식은.'

주위의 거울을 거의 다 처리한 글렌은 뒷골목의 벽을 따라 사각에서 사각으로 재빨리 이동했다.

신전까지 남은 거리는 700.

아직 한없이 멀었다. 매직 트랩과 저격을 피하느라 고작 1,000미트라가 마치 무한처럼 멀게 느껴졌다.

그래도 달렸다. 달렸다. 계속 달렸다.

'하지만 이제 대충 예상이 가는군. 네가 저지른 여왕 암살 미수 사건…… 그게 대체 뭘 의미하고, 뭘 위해서였는지. ……참 나, 윗대가리들도 진짜 골치 아픈 일만 떠넘기는군.'

—뭐, 그래도…… 네가 정말로 외도로 타락한 건 아닌 것 같아서 솔직히 안심했다.

내심 그렇게 생각하면서도 그걸 머릿속에서조차 언어화하지 않은 건 역시 글렌이 솔직하지 못한 인간이기 때문이리라.

'하지만 마음에는 안 드는군. ……이런…… 이만한 힘이 있으면서도 그 녀석은…….'

갑자기 허공에서 뭔가가 번뜩였다.

빛의 뇌창이 건물 사이와 창문을 바늘처럼 통과하며 날카롭게 짓쳐들었다.

글렌이 반사적으로 몸을 비틀고 회전하면서 도약하자 뇌창이 뺨을 스쳤다. 그는 착지하는 동시에 옆에 있는 한층 더 좁은 길목, 사각으로 재빨리 몸을 던졌다.

아슬아슬하게 위기를 모면한 글렌의 심장이 크게 뛰며 비명을 질렀다.

대체 방금 어떤 식으로 자신의 위치를 파악한 건지 전혀 짐작도 가지 않았다.

—알베르트라면 저 창문과 창문 사이로 반드시 저격할 것이다.

그런 경험에서 오는 판단으로 몸을 날렸기에 망정이지 조금이라도 결단이 늦었다면 그 자리에서 죽었으리라.

굉장하다. 정말 굉장했다. 자신의 파트너는 정말 굉장한 녀석이었다.

그런데도―.

'……이만한 힘이 있으면서도 어째서 넌 그런 식으로 자신이 상처 입는 선택을 고집하는 거지?! 가끔은 욕심을 좀 내보라고, 이 망할 자식아!'

군 시절, 알베르트와 처음 만났을 당시의 글렌은 그를 냉철한 기계인간이라고 생각했다. 효율을 위해서라면, 숫자를 위해서라면 피도 눈물도 없는 무감정하고 무자비한 인간이라고 생각했었다.

'하지만 아니었어. 넌 감정을 스스로 억누르고 있는 것뿐이지, 의외로 「정」이 많은 인간이야. 동료가 쓰러지면 슬퍼하고 사람들을 구하지 못하면 후회하는…… 그런 지극히 평범한 인간이야. 결코 아무런 고통도 느끼지 못하는 게 아니라고. 그저 그 상실의 아픔을 견딜 수 있을 만큼 강한 인간이었을 뿐이야!'

글렌은 어둠 너머, 아마 이쪽을 응시하고 있을 알베르트를 노려보았다.

서로의 모습이 보이지 않는 전장이지만 서로의 존재감은 분명히 느끼고 있었다.

'그런 네가…… 설령 어쩔 수 없는 일이라 해도…… 아홉

을 구하기 위해서라고 해도…… 리엘을 포기하고 아무렇지도 않을 리 없잖아?!'

무리일 걸 알면서도 열을 구하기 위해 전력을 다할 것인가.

아니면 아홉을 확실히 구하기 위해 하나를 포기할 것인가.

어느 쪽이 옳은지는 아직도 알 수 없었다.

실제로 군에 있을 당시에 겪었던 임무와 전장에서도 어느 한쪽이 일방적으로 옳은 적은 없었다.

'……난 딱히 어느 쪽이든 상관없어. 어느 쪽이 옳은지 아는 건 신뿐일 테니까. 하지만…… 난 욕심쟁이야.'

글렌은 달렸다. 다리에 마력을 두르며 한층 더 강하고 힘차게.

'넌 목적 달성을 위해서라면 자신과 리엘이 희생되는 것도 어쩔 수 없다고 생각하겠지. 하지만 공교롭게도 난 나를 희생할 생각은 눈곱만큼도 없고, 리엘도 지킬 거다. 그리고 너도 지켜야 할 대상이야. ……알겠어? 알베르트. 이 싸움은……'

―나와 너의 고집을 건 싸움이다.

글렌은 새하얀 달빛 아래에서 그런 각오를 다지며 질주했다.

피아의 거리는 약 600미트라. 아직 이 싸움에 결판이 나려면 한참 멀었으리라.

——.

"《광대》의 글렌…… 설마 이 정도였을 줄은."

교외의 토벌대 베이스캠프.

특무분실의 예복을 입은 마도사가 감탄한 얼굴로 고개를
끄덕였다.

"정예 마도사 스물다섯 명, 특무분실의 엘리트 세 명이
속수무책으로 당한 알베르트를 상대로 호각으로 싸우고 있
다니…… 도저히 믿을 수가 없군."

"……그래서, 어떻습니까?"

사이러스가 그런 마도사에게 조용히 질문했다.

"문제없어. 이미 우리는 알베르트의 마킹에서 벗어났다.
아니, 글렌을 상대하느라 경계를 풀 수밖에 없었다는 게 더
정확하겠군."

"즉, 당신의 마술을 쓸 수 있다는 거군요. ……덕분에 이
제야 저희도 움직일 수 있겠습니다."

"그래, 맞아. 이쪽에 주의를 기울이고 있지 않다면 내 비
술은 반드시 통해. 이렇게나 달이 하얗게 빛나는 밤이라면
더더욱……."

하늘을 올려다본 마도사는 안도한 얼굴의 사이러스에게
고개를 끄덕였다.

하늘에는 달이, 섬뜩하게 빛나는 새하얀 달이 주위를 희
미하게 비추고 있었다.

"자, 그럼 저희도 움직여보죠. ……저희의 진정한 목적을 위해."

사이러스는 바닥에 있던 「짐」을 들어서 옆구리에 끼었다.

리엘이었다. 그녀는 몸을 구속당한 상태로 깊이 잠들어 있었다.

"……그건 그렇고 그 일리아 쪽은 어떻게 됐죠?"

사이러스가 그렇게 묻자 마도사는 턱짓으로 어딘가를 가리켰다.

조금 전까지 리엘을 보호 중이었던 천막이었다. 그 안에는 현재 주인이 없는 침대와 그 옆에 죽은 것처럼 쓰러진 일리아가 있으리라.

"그렇군요. 하하하! 그녀에게는 정말 수고했다는 말밖에 할 수 없겠네요."

천막 안의 상황을 확인한 사이러스는 잔혹한 미소를 지은 후—.

"……좋아. 그럼 갑시다. ……먼저 신전까지 거리를 좁혀보죠."

마도사와 함께 밤의 유적 도시 안을 은밀하게 이동하기 시작했다.

한편, 그 무렵—.

"……드디어 사이러스 일행이 리엘을 데리고 움직이기 시작했어."

도시 북쪽에 위치한 반쯤 무너진 고대 탑의 중턱.

그곳에 몰래 대기 중이던 이브가 나지막하게 중얼거렸다.

원견 마술로 무너진 아치형 통기구를 통해 밖의 상황을 관찰했던 것이다.

"글렌과 알베르트 쪽은 어때?"

"……아직까지는 거의 대등해요."

마찬가지로 원견 마술을 써서 두 사람의 전투를 지켜보고 있던 시스티나와 루미아가 무척 불안한 얼굴로 대답했다.

"하지만…… 역시 알베르트 씨가 한 수 위인 것 같아요."

"알베르트 씨의 저격 기술과 치밀하게 설치된 매직 트랩 때문에 선생님은 전혀 거리를 좁히지 못하시는 모양이라…… 이대로면 상황만 계속 악화될 뿐이라구요!"

"그야 그렇겠지. 상대는 그 《별》의 알베르트인걸?"

이브도 원견 마술의 시점을 바꿔서 글렌의 상황을 관찰했다.

"나도 근거리 마술 전투라면 또 모를까…… 저 거리에선 손 쓸 방법이 없어. 그런데도 저 남자는 용케도 저만큼 버티고 있네. ……뭐, 알베르트의 성격과 전투 방식을 숙지하고 있는 덕분이겠지만."

이브는 잠시 한숨을 뱉고 말했다.

"……적이지만 사이러스는 영단을 내린 거야. 아마 이 세상에서 알베르트를 상대로 저렇게 싸울 수 있는 인간은 글렌밖에 없을 테니까. ⋯⋯그 반대도 마찬가지겠지만."

"괘, 괜찮을까요? 선생님께서 정말 이기실까요?"

시스티나와 루미아는 불안한 얼굴로 말했다.

솔직히 그녀들은 지금 심경이 매우 복잡했다.

물론 글렌이 죽기를 바라는 건 당연히 아니었다. 인생의 스승이자 생명의 은인인 글렌. 두 사람이 그에게서 받은 은혜는 평생이 걸려도 다 갚을 수 없을 정도로 막대했다.

하지만 그렇다고 해서 역시 알베르트가 죽기를 바라는 것도 아니었다. 글렌에 비하면 접점은 적지만 그에게도 큰 은혜를 입었기 때문이다. 그녀들을 위해, 친구들을 위해 목숨을 걸고 싸워준 은인이었다.

이브는 그런 두 사람의 사투를 차마 더는 못 보겠다는 기색을 보이는 소녀들에게 코웃음을 치고 말했다.

"글쎄? 하지만 저 남자가 본인이 하겠다는 말을 꺼내고, 본인이 이기는 걸 전제로 짠 작전을 우리에게 맡겼으니⋯⋯ 우리는 그저 믿을 수밖에 없잖아? 내키지는 않지만. ⋯⋯ 뭐, 우리가 해줄 수 있는 건 기껏해야 응원뿐이겠지."

"⋯⋯그, 그렇겠죠."

"그리고 저 녀석은 전혀 포기하지 않았어. ⋯⋯정말 바보 같은 남자."

이브는 계속 불안해하는 두 소녀에게서 등을 돌리더니 아래층으로 내려가는 계단을 향해 걸어가기 시작했다.

"아무튼. 뭐, 내가 언뜻 본 느낌으로는 불리하기는 해도 글렌이 이기는 걸 전제로 우리도 움직여보자."

"아, 예!"

시스티나와 루미아도 그런 이브의 뒤를 따라 움직이기 시작했다.

"지금부터는 타이밍이 가장 중요해. 너무 일러도, 늦어도 안 돼. ……신속하고 확실하게. 알겠지? 내 지시를 반드시 따르렴. 대답은?"

"예!"

이렇게 해서 이브와 시스티나와 루미아도 글렌이 맡긴 바를 수행하기 위해 행동을 개시했다.

―.

조용하고 차가운 밤이었다.

그러면서도 치열하고 뜨거운 밤이었다.

아득히 먼, 그 누구도 들을 수 없고 느낄 수도 없는 숨소리, 투지, 광대한 도시를 계속 달리는 발소리.

어둠 너머, 아득히 먼 저편에서 그것을 추적하는 맹금류처럼 날카로운 두 눈.

그 눈을 피해 어둠을 잠행하는 그림자.

그 둘을 중심으로 은밀하게 행동을 개시한 자들.

사람의 목소리도, 활기도 없었다.

그저 가끔 도시 그 자체가 태동하는 듯한 굉음과 건물이 무너지는 소리만이 밤하늘을 찌를 뿐.

이를 테면 이것은 침묵의 전장.

싸움은 계속되었다.

마치 심해처럼 어두운 고대도시의 밑바닥에서……

옛 전우가 조용한 싸움을 거듭했다.

밤하늘의 달이 정점을 넘어 기울기 시작했음에도 조용하고도 뜨겁게, 서로의 고집을 건 싸움은 계속되었다.

그리고 마침내 거리 400미트라 지점.

"……제길. ……헉……헉. 저 자식…… 결국 인내심이 바닥난 거야?!"

거의 무너진 돔 형태의 건물 뒤에 숨은 글렌은 마침내 옴짝달싹할 수 없게 되었다.

"……세상에…… **그걸** 여기까지 가져왔다고?!"

살며시 고개를 내밀어서 바깥쪽을 살폈다.

신전은 많이 가까워졌다.

그 거대한 그림자가 시야에 들어왔다.

하지만 그 신전의 꼭대기에서 가끔 빛이 번쩍였다.

잠시 후 그 빛이 크게 증폭되더니 거대한 푸른 레이저로 변해 고도(古都)의 야음을 일직선으로 가로질렀다.

그리고 글렌으로부터 동쪽으로 50미터 정도 떨어진 건물을 직격, 분쇄했다.

아마 중심 기둥을 정확하게 관통한 건지 건물은 마치 지면에 가라앉는 것처럼 흔적도 없이 폭삭 무너졌다.

저 무시무시한 위력의 극광 전격포는…… 틀림없었다.

'마장(魔杖) 《푸른 뇌섬》! 설마 저것까지 반출했을 줄이야!'

소총과 비슷한 형태의 그 지팡이는 대인용이 아닌 대물용 저격 마도기다.

기능은 지극히 단순. 지팡이를 통해 발동하는 마술 저격의 위력을 극한까지 증폭하는 것.

따라서 저런 식으로 중심 기둥을 노리면 건물을 일격에 무너트리는 것도 충분히 가능했다.

'중범죄를 저지른 일개 도주범이, 사용 허가를 받으려면 더럽게 성가신 저런 물건을 가지고 있다는 건…… 역시.'

덕분에 글렌은 자신의 추측을 더욱더 확신했다.

'하지만 대체 무슨 생각이지?'

정확한 저격을 선호하고 탄약 낭비를 혐오하는 알베르트 치고는 뭔가가 이상했다.

조금 전부터 글렌이 숨은 곳과는 전혀 관계없는 건물만 차례차례 무너트리고 있는 것이다.

아무래도 이것만 봐선 아직 자신이 숨은 장소를 찾아내지 못한 듯했다.

'조바심이 나서 그냥 막 쏴대는 건가? 아니, 설마…….'

그답지 않았다.

이런 상황에서 글렌이 우연히 포격에 말려들 확률은 현저히 낮을 터.

한편, 마장 《블루 라이트닝》은 발동에 막대한 마력을 소비하기로 유명한 마도기였다.

게다가 조금 전부터 계속되는 지팡이 끝에 빛을 모아서 발사하는 사격 방식은 알베르트 본인의 마력을 쓰고 있기 때문이리라. 이미 마장의 전용 탄환인 예비 마력정석까지 전부 소진한 것일 터. 이래서는 글렌을 맞히기 전에 본인의 마력이 먼저 고갈될 것이다.

확실히 위력만 놓고 보면 경이적이지만 이건 오히려 글렌에게 유리한 상황이라 볼 수 있었다.

기다리면 기다릴수록 자신이 더 유리해질 터.

'하지만 저 녀석이 그런 확률 낮은 도박을 할 리가…….'

그러는 사이에도 또 엉뚱한 건물이 《블루 라이트닝》의 저격으로 파괴되었다. 끊임없이 계속.

―――――.

―하지만 글렌은 이윽고 자신의 큰 실책을 깨닫고 말았다.

'망할! 그런 거였어?! 당했다!'

글렌은 조바심을 느끼며 머릿속으로 마레스의 지도를 떠올렸다.

완전히 모습을 숨긴 채 중앙의 신전까지 갈 수 있는 루트는 동, 서, 남, 북, 북서, 남동쪽의 여섯 개밖에 없었다.

그 외의 루트는 탁 트인, 숨을 곳이 없는 길이라 고스란히 마술 저격의 표적이 될 수밖에 없었다. 그대로 끝이다.

'하지만…… 방금 그 여섯 개의 루트가 붕괴된 건물 때문에 전부 틀어 막혀버렸어!'

물론 신체 능력 강화 마술을 써서 잔해를 억지로 뛰어넘는 방법도 있었지만 그 경우에는 확실하게 모습을 드러내게 된다.

고작해야 여섯이지만 지금은 그 전부가 절호의 저격 포인트.

알베르트라면 절대로 놓치지 않을 터.

그가 《블루 라이트닝》으로 무차별 저격을 개시했을 때 움직였어야만 했다.

위험을 각오하고 남은 루트를 통해 돌파를 시도했어야만 했다.

알베르트는 자신을 중심으로 반경 400미트라에 「벽 없는 벽」을 만들어낸 것이다.

'제길, 아뿔싸! 이젠 진짜로 옴짝달싹할 수도 없잖아!'

신전까지는 앞으로 400미트라. 고작 그 400미트라가 절망적일 정도로 멀게 느껴졌다.

'어쩌지? ……어쩌지? ……어쩌지?'

글렌은 이 절박한 상황을 타개하기 위해 뇌가 익을 정도로 머리를 풀가동했다. 머릿속에 쑤셔 넣은 이 도시 유적의 지도에서 루트를 검색했다.

지상은 포기하고 지하수로를 통해 신전까지 잠입하는 건?

'그건 처음부터 무리라고 결론이 났어! 알베르트가 경계하지 않았을 리 없을 테니까! 지하는 지상보다 더 빽빽한 함정 지옥이겠지! 지하는 무리야……!'

그렇다면 몸에 방어 마술을 중첩해서 걸고 우격다짐으로 돌파하는 건?

'직선거리로 400미트라거든?! 저 녀석의 주문 공격을 400미트라나 버틸 수 있을 리 없어! 반드시 방어가 뚫릴 거야!'

그렇다면 어쩌지? 그렇다면―.

생각한다. 생각한다. 과부하한 뇌가 격통을 일으킬 정도로 생각했다.

무작위로 흘러가는 시간.

조금 전까지 건물이 무너지는 꿍음이 울려 퍼질 때와 달리 그저 조용하기만 한 시간이 흘러갔다.

그리고―.

'있어……! 딱 하나, 루트가……!'

섬광 같은 번뜩임과 동시에 글렌은 한 가지 루트를 찾아 냈다.

하지만 그 루트는…….

'……무모해! 그래도 할 수밖에 없어!'

리엘을 위해. 시스티나와 루미아를 위해. 학생들을 위해.

그리고 무엇보다 나 자신을 위해.

글렌은 다시 한 번 사선을 넘을 각오를 굳혔다.

"하아…… 하아……."

도시 중앙의 신전 옥상에서 알베르트는 밤바람에 머리카락과 코트를 나부끼며 거칠게 숨을 몰아쉬었다.

발밑에 흩어진 수많은 텅 빈 예비 마력정석 위에 마장을 내팽개쳤다.

그리고 냉정하게 호흡을 가다듬고 아래를 내려다보았다.

진행 루트를 막기 위해서라고는 하지만 본인의 마력으로 《블루 라이트닝》을 지나치게 많이 사용하고 말았다. 제아무리 알베르트라도 무시할 수 있는 소비량이 아니었다.

'여섯 개의 진행 루트를 전부 틀어막았다. ……막을 수밖에 없었던 거다.'

그건 즉, 그 또한 궁지에 몰렸었다는 증거였다.

이 방법은 지나치게 마력을 혹사하는 비장의 수단이었다.

'《블루 라이트닝》은 이제 못 쓰겠군. ……더는 내가 못 버텨. 글렌 녀석, 나에게 이 방법을 쓰게 하다니 제법이군. ……하지만 이제 어떻게 나올 거지?'

알베르트는 마음속으로 아직도 모습이 보이지 않는 파트너에게 그렇게 물었다.

그 순간—.

"……!"

알베르트의 눈이 살짝 벌어졌다.

그의 마술적인 「눈」이 마침내 글렌의 모습을 포착했기 때문이다. 그는 남쪽의 탁 트인 길 한복판에서 당당하게 이쪽을 응시하고 있었다.

무모, 자살, 마침내 체념한 것일까.

보통 사람이라면 그렇게 판단했으리라.

'……훗. 너라면 그렇게 나올 줄 알았다.'

현재 중앙의 신전에 있는 알베르트. 거기서 남쪽으로 400미트라 지점에 서 있는 글렌.

그런 두 사람 사이에는 동서를 가로지르는 용수로가 있었다.

글렌과 그 용수로까지의 거리는 약 100미트라.

그 용수로를 넘고 동쪽으로 50미트라 정도만 가면 다시 알베르트의 「눈」을 피할 수 있는, 어둠으로 완전히 차폐된 터널에 도달할 수 있었다.

그리고 거기서 신전까지는 지형 관계상 저격이 불가능한 길이, 마치 거미줄 같은 복잡한 루트가 존재했다.

100+50의 합계 150미트라, 그 구간을 주파하는 동안 버티기만 하면 글렌의 승리다.

'하지만 네가 그 루트를 고를 수밖에 없도록 일부러 남겨뒀다는 건 알고 있나?'

알베르트는 눈을 가늘게 뜨고 왼손 검지를 천천히 앞으로 겨누었다.

마술 저격 자세다.

여태까지처럼 매직 트랩의 기폭에 집중력과 마력을 할애하면서 날린 속사가 아니다.

흑마 개량형 【호크아이 피어스】.

마력 제어가 워낙 어렵다 보니 모든 신경을 저격에만 집중해야 하지만, 사정거리와 탄속 모두 자신이 낼 수 있는 최대치인 광속의 저격이었다.

총 네 발, 이미 의식영역의 한계까지 저장해두었다.

그렇다. 알베르트가 루트를 굳이 남겨둔 것은 그 150미트라 구간이 치명적이면서도 절망적인 벽이 되리라는 확신을 가졌기 때문이었다.

글렌에게 그 150미트라는 그야말로 죽음의 영역인 ^{데스 존} 셈이었다.

'자, 와라. 글렌. 네 심장은…… 내가 받아가겠다.'

'자, 어디 쏴보시지. 네 공격 따윈…… 전부 다 피해주마!'

글렌은 입가를 끌어올리고 신체 능력 강화 술식에 마력을 전개했다.

"우오오오오오오오오오오오오오오오오!"

그리고 고함을 내지르며 돌풍처럼 진격했다.

'어차피 이미 저 녀석의 「눈」에 포착된 상태야! 그렇다면

중요한 건 0.1초라도 빨리 이 데스 존을 주파하는 것!'

마치 세찬 물결처럼 뒤로 흘러가는 주위의 풍경.

단숨에 눈앞으로 다가오는 용수로.

그리고 예상했던 대로 격동하는 시야를 잡아 찢는 섬광.

"으아아아아아아아아아아아아아아아앗!"

일일이 눈으로 확인할 여유는 없다. 아니, 제대로 보이지조차 않았다.

진심으로 날린 알베르트 최고속 저격을 피하려면 그야말로 빛보다 빠른 움직임이 필요할 터.

인간에게는 불가능한 영역이다.

하지만 직감과 호흡만으로 알베르트라면 분명 이 타이밍에, 이 각도로, 이 궤도로 쏠 거라고. 머릿속으로 몇 번이나 이미지했던 글렌은 그 일격을 피했다.

번개로 이루어진 섬광이, 달리면서 상반신을 젖힌 글렌의 가슴을 소리를 내며 스쳤다.

"⋯⋯윽?!"

글렌은 아마 어둠 너머에서 알베르트의 안색이 약간 바뀐 것을 느꼈다.

하지만 두 번은 무리다.

분명 다음 저격은 자신의 이미지를 뛰어넘은 일격일 터.

이제 이미지만으로 피하는 방법은 통하지 않을 것이다.

글렌의 기적적인 회피에 알베르트가 숨을 삼킨 찰나.

그 찰나의 순간을 이용해서 용수로와의 거리를 단숨에 좁히고 도약했다.

그리고 그대로 재빠르게 동쪽을 향해 전진.

남은 거리는 50미트라.

'아무튼 여기가 분수령! 지금이야! 여기서 성공시켜야만 해!'

글렌은 마지막 비장의 수단을 꺼냈다.

"《나·시간의 속박에서·해방되리라》!"

입에서 터져 나온 주문은 흑마 【타임 액셀러레이트】.

일시적으로 술자 본인을 세계의 물리법칙에서 완전히 격리하고 흐르는 시간을 무지막지하게 가속하는, 순간 부여 마술. 하지만 마술의 효과가 끊기면 세계의 억지력으로 인해 가속한 시간만큼 감속되는 양날의 검이기도 했다.

'보여! 보인다고!'

하지만 글렌은 다리를 노리고 짓쳐드는 두 번째 저격을 가볍게 뛰어서 피한 후, 머리를 노린 세 번째 저격도 목을 흔들어서 피했다.

자신에게 흐르는 시간을 가속한다는 건 상대적으로 세계를 흐르는 시간이 극단적으로 느려진다는 뜻이다.

이 다른 시간 축 안에서도 알베르트의 저격은 빠르게 느껴졌지만 그래도 간신히 피할 수 있는 정도는 됐다.

알베르트도 갑자기 빨라진 글렌의 움직임에 대응하지 못하고 있었다.

글렌이 쓴 이 마술의 지속 시간은 약 2초.

하지만 그 정도면 남은 50미트라쯤은 여유 있게 주파할 수 있으리라.

그 뒤에 찾아올 2초간의 부작용은 두려웠으나 터널로 들어가서 알베르트의 「눈」을 피하기만 하면 어떻게든 위기를 넘길 수 있을 것이다.

"우오오오오오오오오오오오오오오오오오오오!"

가속하는 시간과 정신 속에서 글렌은 달리고, 달리고, 또 달렸다.

알베르트의 저격조차 지금의 글렌은 따라잡을 수 없었다.

당연했다. 지금의 그는 고작 2초뿐이지만 빛보다도 빠를 테니까.

터널 입구까지의 거리는 어느새 10미트라 미만.

'내, 승리다아아아아아아아아아아아아아아아!'

글렌이 마음속으로 그렇게 외친 순간이었다.

텅!

날카롭게 날아든 전격이 그의 왼쪽 가슴을 꿰뚫었다.

"……뭐……라고……?!"

자신의 심장을 꿰뚫은 갑작스러운 작렬통과 충격에 글렌은 눈을 부릅떴다.

충격을 이기지 못한 몸이 공중으로 떠올랐다.

'말도 안 돼……. 왜? 어떻게 명중한 거지? 믿을 수 없어……'

얼굴에 그런 감정을 드러낸 채 천천히…… 천천히 날아갔다.

"미안하지만, 글렌. 조금 전까지의 사격은 전부 페이크였다. 그 수법은…… **읽고 있었다.**"

우연히도 저 멀리 떨어진 알베르트가 무표정으로 그렇게 중얼거린 순간—.

성대한 물기둥이 솟구쳤다.

치명상을 입은 글렌이 물이 흐르고 있는 용수로에 떨어졌기 때문이다.

글렌과 알베르트.

《광대》와 《별》의 고집을 건 싸움은 지금 이 순간 그렇게 막을 내렸다.

제5장 기사회생

"……………, ……끝났나."

높이 우뚝 선 사다리꼴 모양 신전의 옥상 난간.

흑마 【어큐레이트 스코프】로 글렌의 몸이 칠흑 같은 물속에 잠기는 것을 확인한 알베르트는 잠시 후 침묵을 깨고 그렇게 중얼거렸다.

감촉이 있었다. 확신이 있었다. 알베르트가 마지막에 날린 일격은 틀림없이 글렌의 왼쪽 가슴, 심장을 정확하게 꿰뚫었다. 분명 치명상이다.

그리고 마도사 예복의 방어력과 【트라이 레지스트】로 완전히 차단할 수 있는 위력도 아니었다.

저걸 맞고도 살아있다면 그건 인간이 아니다.

하지만 상대는 그 지옥 같은 임무들을 헤쳐 온 끈질긴 글렌이다.

알베르트는 빈틈없이 원견 마술로 주변을 경계했다.

"……………."

하지만 5분이 지나고 10분이 지나도 글렌이 가라앉은 용수로는 변화가 없었다.

몸이 수면 위로 떠오르지도 않았다.

이윽고 경계를 푼 알베르트는【어큐레이트 스코프】를 해제하고 빈틈없이 전방을 겨누고 있던 검지를 내렸다.

"……………."

알베르트는 날카로운 표정은 유지한 채 눈을 침통하게 일그러트렸다.

'미안하다.'

어둠속을 응시하며 조용히 생각에 잠겼다.

그런 알베르트의 모습은 평소보다 공허하고 고독했다.

'용서는 바라지 않으마. 마음껏 원망해. 그래도 난 앞으로 계속 나아갈 거다.'

그리고 명복을 빌 듯 가슴 앞에 십자가를 그리고 묵념을 바쳤다.

'네 원통함은 내가 지옥까지 짊어지고 가마. 적어도……'

─그 순간이었다.

"나 원 참, 멋대로 짊어지지 말라고. 웃기지 마, 이 망할 자식아."

옆에서 그런 퉁명스러운 목소리가 날아들었다.

"……?!"

알베르트는 몸을 굳히고 목소리가 들린 쪽을 돌아보았다.

반사적으로 왼손 검지를 뻗는 동시에 스톡해둔【라이트닝

피어스)를 딜레이 부팅했다.

하지만 불발이었다. 알베르트의 손끝에서 전격은 발사되지 않았다.

"걸렸냐? 걸렸지? 훗, 넌 늘 패턴이 똑같단 말씀이야~."

그리고 알베르트의 손가락이 겨냥한 곳.

신전 옥상 한켠에는 새로운 그림자가 서 있었다.

그 그림자의 정체는 알베르트가 방금 틀림없이 처리했던 글렌이었다.

글렌은 온 몸이 흠뻑 젖어있었다. 자신만만하게 든 왼손에는 광대의 아르카나.

유효 사정거리 50미트라에 이르는 【광대의 세계】의 힘이 마침내 현현한 것이다.

"이제야 사정거리에 들어왔군. 이 자식, 사람 귀찮게 하기는……."

"말도 안 돼……. 어떻게?"

의기양양하게 웃는 글렌에게 알베르트는 날카롭고 조용한 목소리로 물었다.

"아앙? 그야 뻔하잖아? 용수로 안에서 동쪽으로 이동해서 노 마크 상태인 남동쪽 루트를 단숨에 주파했지. 너쯤 되는 인간이 빈틈투성—."

"그런 걸 물어본 게 아니다. 내 저격은 분명히 네 심장을 꿰뚫었을 터."

"아, 그거 말이지……."

그러자 글렌은 품속에서 뭔가를 꺼냈다.

반으로 쪼개진 마정석이었다.

"이건 내가 쓸 수 있는 방어 마술을 한계까지 집중해서 건 마정석이야. 이걸로 심장을 지키려고 가슴 주머니에 넣어 뒀던 거지. 뭐, 고전적인 수법이다만…… 네 저격의 정확함이 오히려 화가 됐네?"

"……그것도 말이 안 돼."

하지만 알베르트는 담담하게 되물었다.

"그래, 확실히 방어 마술을 한 점에 한계까지 집중하면 내 마술을 막을 수 있을지도 모르지. 어디까지나 한 점이라면 말이다. ……하지만 그 밖의 부위는 전부 노 가드 상태가 될 터."

"…………."

"내 마지막 일격에는 닿기만 해도 목숨에 치명적인 전류와 전압이 걸려 있었다. 난 딱히 머리든, 다리든, 팔이든 상관없었다. ……그런데 어떻게? 어떻게 넌 심장만 지키는 선택을 할 수 있었던 거지? 거기에 걸 수 있었던 거지?"

"그야 뻔하잖아? ……믿었어. 네 실력을."

글렌이 당당하게 단언하자 알베르트는 살짝 눈살을 찌푸렸다.

"넌 진심으로 저격할 때는 상대를 즉사시키기 위해 반드시 심장을 노려. ……확실히 처리하는 동시에 쓸데없는 고통을 주지 않기 위해."

"…………."

"그래서 믿었던 거야. ……네가 정확하게 내 심장을 노릴 거라고!"

알베르트는 한동안 글렌을 응시했다.

"후…… 후후……."

그리고 이윽고 어깨를 떨면서 웃기 시작했다.

"……대단하군. 이래서 너와는 싸우고 싶지 않았던 거다."

"하! 그게 네 입으로 할 소리냐? 나도 너 같은 괴물과는 두 번 다시 싸우고 싶지 않아. 차라리 마왕이나 사신과 싸우는 쪽이 훨씬 더 속 편하겠어!"

그렇게 두 사람은 잠시 어이가 없는 웃음을 주고받았다.

"자, 싸움은 아직 끝나지 않았어. ……아니, 지금부터가 진짜거든?"

글렌은 권투 자세를 취했다.

"이 일대는 나를 중심으로 【광대의 세계】의 영역이야. 즉, 우리는 이걸로 결판을 내야겠지."

그렇다. 두 사람의 마술은 이미 봉쇄되었다.

그렇다면―.

"……그래. 알기 쉬워서 좋군."

알베르트도 천천히 뭔가 권법 같은 자세를 취했다.

글렌의 고대 권투술을 주체로 한 제국식 군대 격투술과는 전혀 달랐다.

상반신을 약간 굽히고 왼손 바닥을 앞으로 내민 자세.

머나먼 동방에서 전해진 신비의 무술, 골법(骨法)이었다.

"말해두지만…… 난 근접 격투전에서도 강하다."

알베르트는 그답지 않은 도발적이면서도 유쾌한 말투로 선언했다.

"훗……. 이래서 난 네가 싫은 거라고."

글렌도 사납고 자신만만하게 웃으며 조금씩 간격을 쟀다.

한순간의 무풍, 몇 초간의 침묵.

"우오오오오오오오오오오오오오!"

"흡!"

그리고 서로 남은 마력을 전부 신체 능력 강화 술식에 전개했다.

돌진에서 이어지는 글렌의 라이트 스트레이트는 뇌광.

발디딤에서 이어지는 알베르트의 왼손 장타는 열풍.

—그렇게 폭풍으로 변한 두 사람이 정면에서 격돌했다.

"……후후후…… 드디어 해내셨군요!"

그 무렵, 사이러스는 만족스럽게 웃고 있었다.

"그래. 글렌이 알베르트를 신전에서 끌어냈군. 저 신전은 《별》의 저격 포인트. 《별》이 저 신전에서 버티고 있는 한,

우리는 접근할 수 없어. 목적을 달성할 수 없어. 하지만……
이걸로 드디어 움직일 수 있게 됐군."

마도사의 원견 마술을 통한 시야에서는 현재 글렌과 알베
르트가 고도의 밤하늘을 무대로 처절한 싸움을 벌이고 있
었다.

둘 다 거의 무너진 건물들 위를 뛰어다니며 펀치와 킥을
몇 차례나 주고받았다.

조금이라도 거리가 벌어지면 글렌이 권총을 쐈고 알베르
트는 나이프를 투척했다.

총알과 나이프가 부딪치며 불꽃을 흩뿌리는 순간, 그 밑
에서는 다시 두 사람이 격돌했다.

알베르트는 어떻게든 자신이 유리해질 수 있는 마술 간격—
【광대의 세계】의 유효 범위를 벗어난 거리를 확보하려 했지
만, 글렌이 계속 집요하게 달라붙는 바람에 거리를 벌릴 수
없었다.

맹렬하게 달려든 글렌의 주먹이 뺨을 후려치면 알베르트
는 그 보답이라는 듯 그의 배에 무릎을 꽂았다.

두 사람은 뭔가를 소리치며 치고받고, 치고받고, 또 치고
받았다.

점점 너덜너덜해지는 두 사람. 서로가 서로의 속을 워낙
잘 아는 탓에 그 격투전의 양상은 오히려 고도의 진흙탕 싸
움으로 변질되어가고 있었다.

"……가죠. 지금의 절호의 기회입니다."

사이러스가 두 사람의 전투를 관찰하는 마도사를 재촉했다.

"이미 준비는 갖춰졌으니 남은 작업은 그리 복잡하지 않습니다. 이 틈에 그 의식을 실행하죠. 그러면…… 저희의 승리입니다."

"……그래. 서두르자."

"원견 마술로 계속 글렌을 감시하면서 저희도 이동하죠."

두 사람은 고개를 끄덕였다.

지금은 경계가 사라진 신전을 향해 어둠을 틈타 이동하기 시작했다.

"하아아아아아아아아아아아아앗!"

어느 돔 형태 건물 위에서 세찬 바람을 두른 채 돌진한 글렌은 모든 운동에너지를 실어서 양손 연타에 이은 폭풍 같은 돌려차기를 날렸다.

"큭……!"

한편, 알베르트는 냉정하게 양팔로 원을 그리며 글렌의 연타를 흘려낸 후 몸을 구부려서 이어지는 돌려차기를 피했다.

그리고 동시에 회오리 같은 다리후리기를 펼쳤다.

"어설퍼어어어어어어어어어어어!"

하지만 글렌은 가볍게 도약해서 피하는 동시에 몸을 회전하여 알베르트의 머리를 노리고 발뒤꿈치를 내리찍었다.

하지만 그 순간—.

"흡!"

알베르트의 몸이 재빠르게 옆으로 굴렀다.

글렌의 발뒤꿈치가 허공을 스쳤고 지붕에서 굴러 떨어진 알베르트는 벽을 차고 반대쪽으로 몸을 날렸다.

"놓칠까 보냐아아아아아아아아아아!"

글렌도 날카롭게 도움닫기를 하고 따라서 도약했다.

알베르트가 맞은편에 있는 원기둥 구조물의 지붕에 착지한 순간—.

"타아아아아아아아아아앗!"

온몸의 탄성을 이용한 글렌의 예리한 펀치가 짓쳐들었다.

"너야말로 어설퍼."

하지만 공기를 가르며 날아든 그 펀치는 알베르트가 부드럽게 몸을 기울이자 맥없이 빗나갔고, 이어서 알베르트는 왼손으로 그 팔을 낚아챈 뒤 오른손으로 글렌의 멱살을 움켜잡더니 마치 팽이처럼 회전했다.

"우와아아아아아아아아아아아앗?!"

그대로 내던져진 글렌은 넓은 길을 향해 맹렬한 기세로 추락했다.

"치잇?!"

하지만 곧 공중에서 몸을 비틀어 바닥에 격돌하기 직전에 간신히 팔다리로 착지한 글렌은 그대로 땅을 박차며 잔상을 남기고 도약했다.

그 순간, 추락한 글렌을 노린 알베르트의 관수(貫手)가 조금 전까지 글렌이 있던 장소를 마치 투창처럼 꿰뚫자, 돌바닥이 깨지고 기둥처럼 솟구쳤다.

"글렌!"

알베르트는 그 돌기둥들을 좌우로 헤쳐 가며 글렌을 추격했다.

글렌은 마치 포탄 같은 장타를 피했다.

마치 채찍 같은 돌려차기를 피했다.

마치 유성군처럼 날아드는 수도를 주먹으로 튕기고, 튕기고, 또 튕겨냈다.

글렌은 뒤로 물러나면서, 알베르트는 간격을 파고들면서……

세찬 물결처럼 흐르는 풍경 속에서 격렬한 공방전이 펼쳐졌다.

공수가 어지럽게 교차되는 처절한 싸움 속에서 알베르트가 외쳤다.

"들어라, 글렌! 네 작전은 훌륭했다! 조금 전의 일전은 모든 요소에서 내게 유리한 전장이었지만, 넌 그 상황을 뒤집었지! 네 완전 승리라고 봐도 무방해!"

"오, 너한테 그런 소리를 다 듣다니 영광이네!"

글렌은 눈앞에 양팔을 교차해서 알베르트의 장타를 막은

후 뒤로 도약했다.

"그래도 물러나라! 난 너와 이렇게 싸우고 있을 여유가 없어!"

"허! 그건 또 왜?!"

계속 뒤로 물러나면서 맹렬한 연타를 피한 글렌이 물었지만 당사자는 아무런 대답도 하지 않았다.

"하! 또 입 다물기냐?! 공교롭게도 이쪽은 리엘의 목숨을 짊어지고 있다고! 네가 그렇게 말한다고 내가 순순히 물러날 것 같아?!"

"전부 이 제국의 미래를 위해서라고만 말해두마! 이러는 사이에도—."

"하하! 그거 참 크게 나오시는구만! 여왕 폐하 암살 미수의 동료 살해범 양반!"

"……!"

숨 쉴 틈도 없이 글렌을 몰아붙이던 알베르트의 표정이 날카로워졌다.

그 모습을 본 순간, 글렌은 만족스럽게 입가를 끌어올렸다.

"흥, 넌 늘 그런 식이야! 정작 중요할 때는 입을 꾹 다물어! 가장 무거운 걸 혼자서 묵묵히 짊어지려고 들지! 난 네 그런 점이 마음에 들지 않는다고!"

글렌은 갑자기 뒤로 물러나는 걸 멈추더니 앞으로 한걸음 파고들었다.

쾅!

그러자 정면으로 달려들던 알베르트의 이마와 글렌의 이마가 큰 소리를 내며 충돌했다. 두 사람의 머리가 충격을 이기지 못하고 뒤로 튕겨나갔다.

그렇게 서로를 마주 본 둘은 곧 서로의 양손을 맞잡고 힘겨루기를 시작했다.

"네가 뭘 하려는 건지는 대충 예상이 가! 대체 뭘 짊어지고 있는지도! 그래서 더욱더…… 용서할 수 없어!"

"뭐를 말이지?"

"리엘을 깨끗하게 포기하려고 한 거!"

글렌은 지근거리에서 알베르트의 눈을 노려보고 외쳤다.

"그래, 아무리 너라도 리엘의 목숨이 네 선택에 달리게 될 줄은 몰랐겠지! 하지만 넌, 네 사명과 신념을 우선시했어!"

"그게 뭐가 문제라는 거지?"

"너라면 좀 더 다른 방법이 있었을지도 모르잖아! 넌 나 같은 놈보다 훨씬 더 강하고 대단한 마술사면서!"

"……!"

"사명을 위해 동료의…… 리엘의 목숨까지 짊어질 작정이야?! 그건 너무 무거운 짐이잖아! 넌 네가 생각하는 것만큼 냉혈한도 무감정한 것도 아니라고!"

"그렇게 하는 편이 확실하게 아홉을 구할 수 있기 때문이다. 난 아홉을 구하기 위해 하나를 포기할 거다. 하나를 구하려다 다른 아홉을 위험에 빠트릴 수는 없어. 그게 바로 나다."

그러자 알베르트도 지근거리에서 글렌을 날카롭게 노려보며 갑자기 소리를 질렀다.

"애초에 뭐야, 넌! 대체 무슨 말이 하고 싶은 거지?! 넌 리엘을 구하려고 여기 온 것일 터! 그럼 잠자코 날 죽이고 구하면 돼! 원망 같은 건 하지 않아! 나도 너도 양보할 수 없는 게 있는 것뿐이니까! 물러설 수 없어! 그래서 싸우는 거다! 단지 그것뿐이잖아?!"

보기 드물게 감정을 거칠 게 드러냈다.

'이거 원, 절대로 안 물러나겠구만. 이 고집불통 자식!'

적어도 지금 글렌이 뭘 노리고 있는지 전한다면 멈출 수 있을지도 몰랐다. 대립을 멈추고 힘을 보태줄지도 몰랐다.

'하지만…… 말 못 해.'

그렇다. 지금은 아직 밝힐 수 없었다. 알베르트에게 사실을 전할 수 없었다.

어디서 이 모습과 대화를 감시 중일지 알 수 없기 때문이다.

아니, 그 용의주도한 사이러스라면 글렌이 배신하고 알베르트와 손을 잡을 것을 우려해서 분명히 마술로 감시하고 있을 터.

사이러스에게 알베르트와 손을 잡고 대항할 낌새를 보인다면 모든 게 끝이다. 아마 용의주도한 그는 자신의 목숨을 우선시해서 리엘을 데리고 달아날 게 뻔했다. 그렇게 되면 리엘을 구하는 건 불가능하다.

지금의 글렌이 세피라 맵을 미끼로 춤추는 가엾은 꼭두각시인형이라는 것을 사이러스가 절대로 의심하게 해서는 안 됐다.

어디까지나 글렌이 사이러스의 편이라고, 알베르트를 끝까지 속여야만 했다.

'즉, 리엘을 구하는 동시에 알베르트도 구하려면……'

알베르트와 싸워 이기는 수밖에 없는 것이다.

글렌에게 남은 것은 그 방법뿐이었다.

여기서 져서 알베르트가 신전으로 가면 모든 게 끝이다.

지금은 사이러스의 행동을 방해하게 둘 수 없었다.

그래서ㅡ.

"야, 알베르트!"

글렌은 허를 찌르며 알베르트의 배에 무릎을 꽂아 넣었다.

"큭?!"

그리고 즉시 손을 놓고 뒤로 돌아가 맹렬한 몸통박치기를 먹였다.

"으윽?!"

알베르트의 몸이 한순간 공중에 뜨자 글렌은 한층 더 날카롭게 파고들었다.

마력 전개, 온 힘을 담아 펀치를 날렸다.

알베르트는 눈앞에 교차한 양팔로 그 공격을 막았다.

하지만 위력을 완전히 상쇄하지 못하고 그대로 수평으로 날아가다가 벽에 내동댕이쳐졌다.

"……칫."

하지만 대미지는 경미한 모양이었다. 아직도 기세가 죽지 않고 글렌을 날카롭게 노려보며 자세를 잡았다.

글렌은 그런 알베르트에게 당당하게 선언했다.

"난 욕심쟁이라서 말이다. 네가 무슨 소리를 하든 열을 구할 거다. 그리고 거기에는 당연히 너도 포함돼. 그러려면…… 지금은 일단 이 자리에서 널 때려눕혀야겠지. 이 악물어."

"좋다. ……어디 해볼 수 있으면 해봐라!"

알베르트는 땅을 박차고 질풍처럼 글렌에게 돌진했다.

글렌도 땅을 박차며 그런 알베르트를 향해 열풍처럼 돌진했다.

다시 격돌하는 주먹과 주먹.

서로의 신념과 고집을 건 싸움은 아직 끝이 보이질 않았다.

한편, 그 무렵.

"글렌 씨와 알베르트의 상황은 어떻죠?"

"……문제없어. 아직도 전투 중이다. ……훗, 불쌍한 자들이군. 입장이 바뀌면 옛 전우라 해도 결국 이렇게 될 수밖에 없는 건가. 동정을 금할 수 없군."

사이러스와 마도사는 글렌과 알베르트가 격전을 치루는 틈을 노려 신전 내부에 침입한 상태였다.

　"그렇습니까. 만에 하나라도 글렌 씨가 배신했을 때는 리엘을 동결 봉인 보존한 후에 회수해서 다음 기회를 노리려고 했습니다만."

　"뭐, 당신에게는 시온 라이브러리가 있고 뒷배도 있어. 딱히 그것도 불가능한 일은 아니겠지. ……될 수 있으면 피하고 싶은 일이지만."

　"확실히 모처럼 리엘의 귀중한 영혼이 에테르 괴리증의 영향으로 열화될 테니 말이죠. 하지만…… 더는 걱정할 필요 없을 겁니다."

　"어찌 됐든 서두르는 편이 좋아. 알베르트가 우세해. 아무래도 경험과 재능의 차이가 드러나기 시작한 것 같군. 글렌도 얼마간 버티겠지만, 시간은 한정됐다고 보는 편이 낫겠지."

　"예. 그럼 얼른 끝내볼까요."

　"그래. 이 순간을 위해 사전에 소체…… 리엘에게 모든 처리를 끝내뒀다. 그리 오래 걸리지는 않을 거다."

　이윽고 두 사람이 신전의 통로를 빠져나오자 방이 나타났다.

　돔 형태의 제사실이었다. 바닥, 천장, 벽 전부에 천구도(天球圖)를 모방한 듯한 기묘하고 복잡한 문양이 그려져 있었고 고대 룬 문자도 빼곡하게 적혀 있었다.

　그리고 방 한복판에는 제단이, 그 양옆에는 검은 모노리스가 세워져 있었다.

사이러스는 마치 죽은 것처럼 잠든 리엘을 그 위에 눕혔다.

그리고 오른쪽 모노리스 앞에 서서 익숙한 손놀림으로 표면에 커맨드를 입력했다. 그러자 방 안의 뭔가가 작동한 건지 주위의 문양에 마력이 흐르기 시작했다.

"기동 완료. ……소체와 유적 기능을 영적으로 접속해주시죠."

"알았다. ……영적 접속 완료."

왼쪽 모노리스 앞에 서 있던 마도사도 연산기를 빠르게 조작해서 작업을 완료했다.

"그 아스트랄 코드…… 『Source : Sword Princess』는 어떻게 됐습니까?"

"이미 그 소체에 인스톨해뒀다. ……시간은 충분할 정도로 많았으니까."

"그럼 남은 건 리라이트 작업뿐이군요. 이걸로 마침내 그 영웅이 이 현세에 강림하겠죠. ……『Project : Revive Life』……그 계획의 알려지지 않은 최종 단계에 도달하는 겁니다!"

사이러스는 품속에서 마정석을 꺼냈다. 그것을 제단 위에 누운 리엘의 가슴 위에 올리자 그녀의 몸 안으로 파고들어갔다.

그리고 사이러스는 소리 높이 주문을 영창했다.

"《혼문 인식·입력》…… 《한정 봉인·해동》…… 《세피라 맵·전개》!"

그러자 마정석이 들어간 리엘의 가슴에서 수많은 빛의 선이 사방팔방으로 뻗어나가다가 복잡하게 얽히더니 마치 나무처럼 보이기도 하는 복잡기괴하고도 신비로운 문양을 삼차원 입체 형태로 전개했다.

"후후 언제 봐도 아름다운…… 완벽한 세피라 맵이군요."

사이러스는 황홀한 얼굴로 그 세피라 맵을 바라보았다.

"모든 생명, 모든 세계에 분기되고 파생하는 만물의 근원…… 『원초의 영혼』. 이 세피라 맵이 상징하는 영혼은 그 『원초의 영혼』이 처음으로 인간에게 파생한 순간의, 이른바 『원초 인류의 영혼의 형태』. 현재 저희들의 영혼 따윈 전부 이것에서 파생돼서 열화된 것에 불과합니다. ……뭐, 보는 사람에 따라선 그저 복잡기한 세피라 맵에 불과하겠지만 말이죠."

"연금술사 시온 레이포드…… 역시 희대의 천재였나. 『Project : Revive Life』를 성공시킬만 했군. 그 과정에서 원초 인류의 영혼을 복제하는 데 도달했을 줄이야."

"어쩌면 언젠가 인간의 몸으로 아카식 레코드에 도달하는 건 그가 됐을지도 모르겠군요."

이윽고 제정신을 차린 사이러스는 자신이 해야 할 일을 떠올렸다.

"그럼 바로 시작하죠. 영령 재림의 의식을! 심령수술을 개시하겠습니다!"

그가 제단 위에 누운 리엘을 돌아보며 양손을 들고, 마도사가 다시 모노리스를 조작하려 한 순간—.

초열의 업화가 사이러스와 마도사의 앞에 있는 모노리스를 불태웠다.

"아닛?!"
반사적으로 뒤로 물러난 사이러스가 눈을 부릅떴다.
모노리스를 뒤덮은 압도적인 기세와 열기가 가차 없이 피부를 태웠다.

고대인의 유적과 유물 중에는 가끔 파라 에테리오 코팅이 된 것들이 존재한다.

이 「부활의 신전」에는 그 처리가 되어있어서 불꽃에 휘감겨도 절대로 망가지지 않겠지만 이래서는 작업을 시작할 수가 없었다.

"……거기까지야."
그리고 제사실에는 차가운 구두 소리와 목소리가 울려 퍼졌다.

"흥. 이제야 꺼냈네. 세피라 맵. 흐음…… 개인의 유일무이한 정보인 혼문을 열쇠로…… 그런 식으로 봉인해서 숨겨두고 있었던 거구나? 응, 이 순간을 기다렸어."

출입구에 나타난 그 인물은 상쾌하게 코트를 나부끼며 사이러스 일행을 향해 다가왔다.

"리엘을 당신들이 마음대로 이용하게 내버려두진 않아!"

"리엘을 돌려주세요!"

그리고 통로 안쪽에서 달려온 두 소녀가 그 인물의 양옆에 나란히 섰다.

"다, 당신은…… 이브?! 이브 이그나이트?!"

"그리고 그 교복은…… 그 학교의?!"

그렇다. 사이러스의 앞에 나타난 것은 이브, 시스티나, 루미아였다.

"……지금은 디스트레야."

"어, 어떻게 여길?!"

이브는 경악한 사이러스를 무시하고 그의 옆에 있는 마도사를 노려보았다.

유리 세공처럼 차가운 미모와 흑발이 특징적인 스무 살 전후의 여자였다. 특무분실의 예복을 입고 있지만 이브는 오늘 처음 보는 상대였다. 아마 최근에 입실한 인물인 것이리라.

그 검은머리 여자는 이브를 그저 가만히 노려보고만 있을 뿐이었다. 대체 어떤 지옥을 체험해야 저런 눈을 할 수 있는 건지 모르겠으나 그 아이스블루의 홍채는 한없이 어두운 색으로 차갑게 가라앉아 있었다.

"거기 당신……."

이브가 그 검은머리 여자를 향해 뭔가를 중얼거린 그때였다.

"앗?! 이브 씨?!"

출입구 쪽에서 또 새로운 인물이 숨을 헐떡이며 달려왔다.

"이브 씨도 오셨던 건가요?!"

"일리아?"

《달》의 일리아였다.

"죄, 죄송해요! 실은 아까 뒤에서 누군가의 기습을 받고 기절해서…… 제가 리엘을 빼앗기고 말았어요!"

그리고 일리아는 이브의 옆에 서서 화가 난 눈으로 사이러스를 돌아보았다.

"사이러스 실장님! 대체 뭘 꾸미고 계신 거죠?! 대체 당신은 리엘을 어쩌려는 거냐구요!"

"저기, 일리아."

그러자 이브는 무표정한 얼굴로 그런 일리아의 어깨에 가볍게 손을 얹었다.

"왜, 왜요? 이브 씨."

"촌극은…… 이제 됐어."

"예?"

"애초에 당신은…… 누구지?"

이브가 그렇게 조용히 말한 순간—

느닷없이 일리아의 온몸이 세찬 불기둥에 휩싸였다.

염열 주문의 딜레이 부팅이었다.

"꺄아아아아아아아아아아아아아아악!"

귀를 틀어막고 싶은 일리아의 단말마가 돔 형태의 실내에 메아리쳤다.

하지만 그런 잔혹하고 처참한 광경 앞에서도 이브는 표정 하나 흔들리지 않았다.

이윽고 기묘한 현상이 일어났다.

온 몸이 불에 탄 끝에 재가 돼서 무너진 일리아의 몸이 비현실적으로 일그러졌다. 그리고 그대로 수면에 비친 달이 일렁이다 사라지는 것처럼 그녀의 존재 자체도 소멸했다.

마치 환상처럼 그 뒤에는 아무것도 남지 않았다.

"……**기억 났어**. 특무분실에…… 내 부하 중에 집행관 넘버 18 《달》의 일리아라는 인물은 **존재하지 않아**. 그 자리는 **공석이었지**."

그리고 그런 이해할 수 없는 광경에도 개의치 않고 검은머리 마도사를 노려보았다.

"당신 짓이지? 꽤 건방진 짓거리를 하네?"

"……흥. 설마 내 비술을 간파할 줄이야."

검은머리 여마도사는 입가를 끌어 올리고 웃었다.

"정답이다. 내 오리지널 【달의 요람】. 현실을 덧씌우는 궁극의 환술이다. 이건 밤하늘에서 빛나는 달빛을 촉매로 발동해, 인간이 아니라 세계 그 자체에 거는 환술이지. 그것으로 이 세계에 **실체를 가진 환상**을 만들어내고, 그 환상과 관계된 인간들의 기억조차 날조해서 자유자재로 조종하는, 세계 그 자체를 기만하는 비술이다."

"세계를 기만……!"

이브는 예상하고 있었지만 동요를 감출 수 없었다.

일반적인 환술은 인간의 정신을 최면하고 지배해서 허구의 환상을 보여주는 마술이다. 또한 환술을 거는 대상은 어디까지나 「개인」. 그러다 보니 아무리 리얼리티가 넘치는 환상을 보여준다고 해도 그건 결국 그 개인에게만 보일 뿐인 허구에 불과했다.

하지만 【문 크레이들】은 이 세계 그 자체를 기만하는 환술이라고 한다. 세계 그 자체를 속일 수 있다면 그것은 이미 「현실」이나 다름없는 법. 따라서 환상도 실체를 가질 수 있었다.

마도 제1법칙 『등가대응의 법칙』 ─ 대우주인 세계는 소우주인 인간과 등가로 대응한다. 상호간의 변화는 항상 상호간에 변화를 미친다 ─ 에 따라 【문 크레이들】에 속은 세계에 존재하는 인간에게는 더 이상 환상이 아니라 현실이 될 수밖에 없는 것이다.

인간의 정신을 직접적으로 지배하는 것이 아니라 근본적인 세계의 인식을 조작하는 것.

그것이 바로 【문 크레이들】의 정체였다.

"세계는 모순을 용납하지 않아. 세계의 근간을 뒤흔드는 개변은 불가능하지만, 인간 하나를 날조해서 세계를 기만하는 것쯤은 마력이 계속 유지되는 한 가능해. ……그래, 그 「귀여운 후배 일리아」는 너희를 속이고 글렌을 내 뜻대로 조종하기 위한 허구였던 거다."

그 말을 들은 이브의 이마에 식은땀이 맺혔다.

알고 있었다. 그 일리아의 존재가 뭔가 특수한 환술이라는 건 논리적으로 간파했었다.

하지만 이렇게 환술을 파훼한 후에도 아직 실감은 나지 않았다.

그 「후배 일리아」의 리얼리티와 질감은 도저히 환상이라는 생각이 들지 않을 정도로 현실감이 있었고, 무엇보다 이브의 기억 속에도 가짜라고는 하지만 그녀와 함께 싸워온 과거의 기억이 틀림없이 존재했었기 때문이다.

지금 이렇게 환술을 깨트린 덕분에 그 거짓 기억이 점점 퇴색되어가고 있을 리 없는 현실이라며 인식을 수정하고는 있지만, 바로 조금 전까지만 해도 틀림없는 과거의 사실이었다.

두려웠다. 참으로 두렵기 짝이 없는 환술이다.

'이미 환술이고 뭐고 하는 수준이 아니야. ……이건 완전히 세계 그 자체를 날조하는 거잖아.'

그렇다면 그만한 환술을 다루는 이 여자의 정체는 대체 무엇일까.

물론 그건 이 상황만 봐도 대충 예상이 갔다.

"당신이…… 진짜 집행관 넘버 18《달》의 일리아 일루주지?"

"홋, 눈치가 빠르군. 그 말대로다. 내가 진짜《달》의 일리아. ……다른 내가 동시에 존재하는 감각은 참으로 기묘하더군."

흑발의 여마도사, 일리아는 서늘하게 웃었다.

"그건 그렇고 훌륭하군. 용케도 내 환술을 간파했구나. 과연 전《마술사》. 소문대로의 총명함—"

"흥. 내가 아니야. 당신이 날조한 허구를 간파한 건 글렌이었어."

이브가 말허리를 끊고 매몰차게 말했다.

그러자 일리아는 불쾌한 듯 아주 약간 눈꼬리를 치켜떴다.

"……글렌이라고? 그《광대》가? ……말도 안 돼. 그런 삼류가 어떻게……?"

"당신들은 말이지. 하나 같이 글렌을 너무 얕봤어."

이브는 코웃음을 치고 머리카락을 쓸어올렸다.

"일리아, 당신은 한 가지 실수를 저질렀어. 당신은 세라를 직접적으로는 모르지? 어차피 서류상으로 혹은, 남의 입에서 들은 정보로밖에 그녀를 몰라. 글렌에게 있어서 세라와 관계된 기억은 그야말로 신성불가침 영역이야. 결코 그 기억에 얽매이는 건 아니지만, 그녀가 그의 중요한 영혼의 일부라는 건 틀림없어. 당신은…… 그걸 흙발로 짓밟았던 거야."

"……!"

"글렌의 신용을 얻으려고 「글렌의 꿈을 인정하고 곁에서 지탱해준 세라와 일리아」라는 캐릭터 설정을 붙였던 거겠지만, 서류상으로밖에 세라를 모르는 당신이 만들어낸 일리아라는 캐릭터는 어차피 속 빈 강정에 불과했던 거야. 진정으로 고락을 함께 나눈 세라와 얄팍한 날조에 불과한 일리아는 그의 안에서 절대로 동격이 될 수 없었던 거겠지. ……당신이 만들어낸 허구의 현실보다 글렌의 위화감이 더 위였던 거야."

─그럴 리 없어. 당시의 내 어리숙한 꿈을 인정해준 건 세라 단 한 명뿐이었어. 그때 난 이런 생각이 들더군. 일리아는…… 그 녀석은 대체 누구지?

세계를 기만하는 환술이란, 예를 들면 전 세계의 모두가 공유해서 쓰는 사전의 일부를 몰래 바꿔치기하는 것과 다름없는 짓이다. 그 사실을 눈치채지 못한다면 잘못된 의미로 인식할 수밖에 없겠지만, 눈치채기만 한다면 간파하는 건 그리 어려운 일이 아니었다.

이브는 입을 다문 일리아에게 담담한 목소리로 말했다.

"거짓말은 들키기 마련이야. 나도 반신반의했지만, 일리아의 존재 그 자체가 수상하다는 글렌의 말을 듣고, 그의 지시대로 감시 대상을 일리아가 돌보는 리엘로 변경했었어. 그와 맺은 임시 서번트 계약을 리엘에게 옮겨서, 그녀를 내 사역마로 삼아 감시를 시작해봤던 거지. 그래서 당연히 리엘의 영혼이 어떤 상태인지도 알 수 있었어."

그리고 제단 위에 누운 리엘을 가리키며 선고하듯 말했다.

"그랬더니 세상에…… 어느새 리엘의 영혼에 기묘한 아스트랄 코드가 인스톨됐지 뭐야? 그리고 리엘을 영적으로 간호한다면 당연히 그런 변화를 즉시 눈치챘어야 할 「힐러 스펠이 특기인 후배 일리아」가 전혀 모르고 있더라구. ……그때야 비로소 이게 완벽한 촌극이었다는 걸 간파한 셈이지."

"그런가. 그래서 「후배 일리아」의 존재를 의심했던 건가. 내 환술도 아직 미숙하군."

진짜 일리아는 빈정거리듯 입가를 끌어올렸다.

"사실 리엘에게 한 세공 자체를 환술로 얼버무리는 것도 불가능하지는 않아. 하지만 그 경우에는 내가 코드의 정기 경과를 확인할 수 없게 돼. 내 【문 크레이들】은 세계 그 자체에 거는 환술. 당연히 나 자신도 그 영향을 받고 있어서 얼버무린 상태로 인식할 수밖에 없지. 그래서 주위를 속이기 위해 리엘의 용태에 이상이 없음을 확인하는 「일리아」라는 역할을 만든 거다만…… 이거 참, 세상일은 내 뜻대로안 되는군."

"당신들의 목표가 알베르트 씨의 토벌이 아니라, 리엘 그자체라는 걸 알았다면 나머지는 상황 증거를 보고 어느 정도 파악할 수 있어요."

그러자 이번에는 시스티나가 입을 열었다.

"이 「부활의 신전」은…… 그 이름대로 초 마법문명이라 일컬어지는, 고대에서는 죽은 자의 부활을 위한 시설이라는 게 현 마도 고고학계의 정설이에요. 하지만 그 부활 기능은 이미 옛날에 망가졌고, 그걸 재현하기 위해 시작된 연구가 바로 『Project : Revive Life』라고도……."

"『Project : Revive Life』— 사자 소생의 의식. 리엘은 그 피험체. 그리고 부활의 신전. 리엘에게 인스톨된 기묘한 아스트랄 코드. 이 정도까지 단서가 갖춰지면 당신들이 하려는 일은 쉽게 예상할 수 있어요. 당신들은 리엘의 정신체를 다른 누군가의 정신체로 덧씌워서 부활시킬 생각이었던 거군요?"

그리고 이어서 루미아가 규탄하듯 발언했다.

"당신들은 대체 정체가 뭐죠? 도저히 제국 쪽 인간이라는 생각은 들지 않아요. ……적어도 하늘의 지혜 연구회와 어떤 관계가 있는 게 아닌가요?"

"이거 참, 정말 총명한 아가씨들이군요."

사이러스는 여전히 여유있는 표정으로 어깨를 으쓱였다.

"예, 그 말씀대로입니다. 제국 궁정 마도사단 특무분실 실장…… 그건 제국군이 엄중히 관리하는 시온 라이브러리를 입수하기 위해 받은 임시 명함이죠. 제 진짜 명함은 헤븐스 크로이츠. 헤븐스 크로이츠 단장 사이러스 슈마허입니다."

"……?!"

그의 고백에 이브도, 시스티나도, 루미아도 눈을 부릅떴다.

헤븐스 크로이츠. 제국 소속의 극비기관인 동시에 하늘의 지혜 연구회와도 연결고리가 있다고 하는, 이 나라를 내부에서 좀먹는 병원체였다.

그런 조직의 단장이 왜 지금 이런 곳에 있는 것일까.

사이러스는 그런 이브 일행의 의문을 무시하고 뭔가에 도취된 듯한 얼굴로 말을 이었다.

"후후후…… 자세한 설명은 피하겠지만 『Project : Revive Life』는…… 사실 이미 저희들 사이에서는 확립된 기술입니다."

"거, 거짓말! 그럴 리 없어! 그, 그치만 그 의식은……!"

"예. 시온이 죽은 지금 그 의식을 수행하려면 어떤 「이능」의 힘이 필요합니다. ……원래대로라면 말이죠."

사이러스는 루미아를 슬쩍 쳐다보면서 말했다.

"하지만 기억하고 계십니까? 전에 백금 마도 연구소에서 『Project : Revive Life』를 재현하려고 한 버크스 브라우몬을."

"버크스라구요?!"

과거에 사이넬리아 섬에 원정 수학여행을 갔을 때 루미아를 납치했을 뿐만 아니라, 그녀의 이능력인 《왕의 법》으로

아르스 마그나

『Project : Revive Life』를 재현하려고 했던 외도 마술사다.

"그는 말이죠. 이능력자로부터 이능력을 복제해서 추출하는 연구를 하고 있었습니다. 그 또한 그 연구 성과를 이용해서 몇 가지 이능력을 취득했었죠."

"이능력의 복제 추출⋯⋯? 그, 그럼 설마?!"

"예. 그는 그 짧은 사이에도 루미아 양의 이능력을 불완전하게나마 복제해서 추출하는 데 성공했던 겁니다. 그 이름 하여 『참주(僭主)의 법』. 솔직히 《아르스 마그나》의 열화판입니다만⋯⋯ 저희는 그걸 이용해서 『Project : Revive Life』에 한해서만 매우 높은 정밀도로 성공하는 수법을 개발해냈습니다."

"~~?!"

시스티나는 페지테 최악의 사흘간 사건에서 출몰한 진 가니스와 레이크 포엔하임의 모습을 떠올렸다. 당시에는 죽었어야 할 인간들이 어떻게 살아 돌아온 건지 몰라 의아해했지만, 어쩌면⋯⋯.

"하지만⋯⋯ 아직 부족합니다."

사이러스는 고개를 젓더니 어깨를 으쓱이고 담담하게 말했다.

"확실히 『파라 아르스 마그나』를 써서 『Project : Revive Life』를 재현하는 것에는 성공했습니다. 하지만 그렇게 해서 부활한 자는 **한 달밖에 버티지 못했습니다.** 에테르 괴리증

수준이 아닙니다. 육체와 영혼과 정신이 거절 반응을 일으켜서 산산이 분리돼 죽더군요. 요컨대 수명이 다 된 겁니다. 한 명을 부활시키는 데 엄청난 대가가 필요한 마술 의식인데도…… 이래서야 전혀 **수지가 맞질 않는다고요.**"

생각해 보면 당연한 이야기였다.

육체도 영혼도 정신도 원본이 아닌 전부 다른 것으로 만든 복제품이다. 그것들을 억지로 결합해서 부활시켰으니 영적인 거절 반응이 일어나는 게 당연했다.

"하지만…… 동시에 뭔가 이상하다는 생각이 들지 않습니까? 어째서 같은 『Project : Revive Life』로 탄생한 리엘은 무사했던 걸까요?"

"……?!"

"확실히 리엘의 에테르 괴리증은 아직 기술적으로 미숙했던 『Project : Revive Life』로 인해 발생한 문제입니다. 그래도 적절한 치료를 하면 당신들과 거의 같은 수명을 누릴 수 있어요. 하지만 왜 그녀는 붕괴하지 않는 걸까요? 영적 거절 반응은? 후후후, 이게 바로 시온의 위대한 점입니다. 그는 그녀의 대체 영혼인 『얼터 에테르』로 원초 인류의 영혼을 높은 정밀도로 재현한 『파라 오리진 에테르』를 썼던 겁니다."

"뭐……?!"

이브도, 시스티나도, 루미아도 아연실색할 수밖에 없었다.

"이해하시겠나요?! 시온 레이포드의 위대함을! 천재성을!

모든 생명으로, 모든 세계로 분파하는 만물의 근원…… 원초의 영혼. 원초 인류의 영혼이란, 그 원초의 영혼이 최초로 「인간」으로 파생했던 순간의 영혼의 형태! 즉, **그 누구든지 될 수 있는 겁니다**! 파생할 수 있는 거죠! 사자 부활 의식 『Project : Revive Life』의 진정한 완성은 바로 이 『파라 오리진 에테르』의 존재가 있기에 비로소 성립되는 겁니다!"

그리고 사이러스는 황홀한 표정으로 제단에 잠든 리엘을 돌아보았다.

"그래서! 그녀가 에테르 괴리증으로 쓰러지는 이 날을 기다렸던 겁니다! 육체와 영혼의 접합이 느슨해진 이 상태야말로 『파라 오리진 에테르』를 새로 덧씌울 수 있는 절호의 기회! 이 기회를 놓치면 이제 두 번 다시 시온의 위업에 도달하는 건 불가능! 하지만 『파라 오리진 에테르』쯤 되는 고도의 영혼을 덧씌우려면, 이 「부활의 신전」에 아직 살아있는 어떤 영혼 조작 기능이 한정적으로 필요했던 겁니다! 그래서 수명이 얼마 남지 않은 리엘을 일부러 이 먼 곳까지 데려왔던 거죠! 이젠 실제로 리엘의 『아스트랄 코드』에 덧씌우기만 하면 됩니다! 그 성공 데이터를 기반으로 현재 불완전한 소생 술식을 최적화하면 그 『Project : Revive Life』가 비로소 진정한 모습으로 완성되는 거죠! 뭐, 당연히 리엘의 인격과 기억은 소멸하겠지만, 그런 건 사소한 문제입니다! 아시겠습니까?! 지금 이 순간부터 시대가 바뀌려하는 겁니다! 햐하! 햐하하하하하하하하하하!"

넋을 잃은 이브 일행 앞에서 사이러스는 망가진 인형처럼 웃음을 터트렸다.

이브는 그 광기에 찬 목소리를 단 1초도 더 듣고 싶지 않았다.

"흥……. 악당이라는 건 왜 이렇게 물어보지도 않은 걸 일 일이 주절주절 떠드는 걸까? 뭐, 알고 싶었던 건 알았으니 상관없지만."

그리고 쓰레기를 보는 듯한 눈으로 한 걸음 나섰다.

"하지만 이제 끝이야. 그런 광기의 의식을 완성하게 내버려둘 수는 없어."

"고작 그딴 걸 위해…… 리엘을 괴롭히고…… 선생님을 이용하다니……!"

"리엘을 그런 일에 이용하게 내버려둘 수는 없어요!"

시스티나와 루미아도 전투 태세를 취했다.

그리고 이브는 오른손을 내밀며 자신만만하게 선언했다.

"당신은 실패했어, 사이러스. 당신은 의식을 치르기 위해 이미 세피라 맵을 리엘에게 심었잖아? 우리는 지금까지 당신이 어디에 세피라 맵을 숨겨둔 건지, 어떤 식으로 봉인한 건지 몰라서 손을 댈 수 없었던 것뿐이고, 강탈할 수 없었던 거야. 하지만 리엘에게 그런 의식을 치를 거라면 세피라 맵을 쓰는 건 명백…… 그래서 기다렸던 거지. 당신이 세피라 맵을 꺼내서 봉인을 푸는 그 순간까지. 즉, 이제 남은 건 별 것 없어. 당신들을 여기서 박살내고 리엘을 되찾으면 될 뿐. 게다가 여기는 실내…… 달빛이 없으니 특기인 세계를 기만하는 환술은 쓸 수 없겠지? 각오해. 봐주지 않을 거니까."

그 순간—.

"큭큭큭……."

갑자기 사이러스가 의미심장하게 웃었다.

"……뭐가 웃겨?"

"아뇨…… 이브 씨. 하지만 본인께서 방금 말씀하셨잖아요? 대체 왜 물어보지도 않은 것까지 설명하는 거냐고요."

"……?"

"그 질문에 대답해드리죠. ……당연히 시간을 벌기 위해서였습니다. 그렇죠? 일리아."

사이러스가 그렇게 말하자, 옆에서 조용히 명상을 하는 것처럼 서 있던 일리아가 말없이 손을 흔들었다.

그러자 세계 그 자체에 한순간 그물망 같은 균열이 생기고—.

챙그랑!

마치 거울이 깨지는 것처럼 **세계가 깨졌다.**

"뭐?!"

이브는 갑작스러운 사태에 눈을 부릅뜨고 굳어버렸다.

세계 저편에 출현한 심연의 나락으로 떨어지는 깨진 세계의 파편들.

그리고 그대로 허무의 허공 위에 선 이브 일행의 앞에서 입을 연 암흑의 심연이, 서서히 색과 형태를 되찾으며 영상을, 세계를 재구성했다.

그리고 곧 눈앞에 나타난 광경은—.

"그, 그럴 수가! 의식이 시작됐어?!"

모노리스를 감싼 불꽃이 사라지고 입력된 기능이 발현되었다.

제단과, 제단에 누운 리엘의 몸 위로 수많은 빛의 문자와 문양이 질주했다.

"아차, 환술?! 방금 그건 세계가 아니라 우리의 정신에……!"

"맞습니다! 의식은…… 리엘의 아스트랄 코드를 덧씌우는 작업은 이미 예전에 시작됐던 겁니다! 그리고……."

"……?!"

그 순간, 제단으로 달려가려는 이브 일행의 눈이 갑자기 공허해지더니 그 자리에서 힘없이 무릎을 꿇고 주저앉았다.

"……【문 크레이들】. 너희는 이미 내 환월(幻月)의 품에 안겨 있었어."

일리아가 검지에 깃든 새하얀 달 같은 빛을 들어 보이며 움직일 수 없게 된 이브 일행을 감정 없는 눈으로 내려다보았다.

"방심했군. 【문 크레이들】이 세계를 기만하는 것만 가능한 환술인 줄 알았나? 당연히 일반적인 환술처럼 인간의 정신을 지배하는 것도 가능해. 이 경우에는 달빛의 촉매도 필요 없지."

"그리고 당신의 【문 크레이들】의 특징은 「모든 정신 방어를 반드시 관통」하는 거였죠? 이야~ 거 참 무서운 마술이군요."

일리아와 사이러스는 입을 다문 채 미동조차 하지 않게 된 이브 일행을 내려다보고 대화를 나누었다.

"자, 그럼 내 【문 크레이들】 안에서 너희는 대체 어떤 꿈을 꾸고 있지? 일족에게 인정받고 과거에 죽은 절친과 함께 영광의 길을 걷는 꿈인가? 아니면 존경하는 조부와 함께 하늘 저편의 성을 목표로 하는 신나는 꿈인가? 그것도 아니면 가문에서 추방되지 않고 어머니와 언니와 함께 따스한 일상을 보내는 다정한 꿈인가?"

"참 나, 그녀들의 마음을 정신세계 안에 완전히 가둬버린 거군요. ……이미 폐인 확정 아닙니까? 당신도 참 심술궂은 분이네요."

그리고 사이러스는 그런 이브 일행을 향해 천천히 다가갔다.

하지만 그녀들은 공허한 표정으로 움직이지 않았다. 움직일 수 없었다. 움직일 낌새도 없었다.

"뭐, 사실…… 여기서 죽을 당신들에게는 관계없는 이야기입니다만."

그리고 번들거리는 나이프를 뽑아 들었다.

"죽음으로써 내 영광의 초석이 되시길!"

사이러스는 일말의 용서도 없이 이브의 뒤통수를 향해 나이프를 내리찍었다.

....

졸리다.

이미 내 의식을 좀먹는 잠기운은 그야말로 폭력이나 다름없었다.

"……미안, 리엘."

공주가 나를 끌어안고 미안한 얼굴로 속삭였다.

"내 세계가 네 세계를 침식하고 있어. ……아무래도 난 네가 되기 위해 이 세계로 끌려온 모양이야."

공주가 뭔가 말했지만 잘 모르겠다.

아무튼 졸려서 견딜 수가 없다.

무거운 눈꺼풀을 살짝 들자 왠지 신기한 광경이 보였다.

공주의 몸에서 뭔가 이상한 게 퍼지고 있었다.

그건…… 난 잘 모르겠지만, 아마 세계다.

저무는 저녁노을의 황금색과 눈부시게 불타는 빛. 광망한 바다와 무한한 하늘의 세계.

반짝이는 모래사장에 꽂힌 한 자루의 검. 그밖에는 아무것도 없는 쓸쓸한 황혼의 세계.

그런 공주의 세계가 내 소중한 세계를 덧칠하고 있었다.

이대로 가면 내 소중한 세계는 공주의 세계에 삼켜져서 사라져 버리리라.

"미안……. 정말 미안해……. 나도 막으려 하고 있지만…… 지금의 난 어차피 복제된 기록 정보에 불과해. ……명령에는 저항할 수 없어."

정말 미안한 얼굴로, 괴로운 얼굴로…….

공주는 날 끌어안고 계속 사과했다.

"……괜찮아."

하지만 난 잠기운을 참으며 중얼거렸다.

"아직…… 모두의 목소리가 들려."

그래, 들렸다.

내 소중한 세계는 이미 엉망으로 무너졌지만 그래도 분명히 아직 힘내라는, 지지 말라는, 돌아오라는—.

소중한 모두의 목소리가 들리고 있었다.

지금 이 순간에도 생명을 보내주고 있었다.

"시스티나와 루미아가 날 구하려고 가까이에 있어."

내 소중한 친구들의 존재가 분명히 느껴졌다.

"그리고……."

글렌.

분명 내가 정말 좋아하는 그 사람도 날 구하려고 싸우고 있을 테니까.

"그러니…… 괜찮아."

"……그래. 넌 강하구나."

그러자 공주는 살포시 미소 지었다.

"그럼 같이 믿어보자. ……네 소중한 사람들을."

"응…….."

그렇게 모든 것이 무너져 내리고 덧씌워지는 세계의 중심에서 나와 공주는 서로의 존재를 확인하듯 꼭 끌어안았다.

"우오오오오오오오오오!"

글렌이 날카롭게 총구를 돌리며 방아쇠를 당겼다.

그러자 분출된 총알이 날아오는 나이프를 쏴 떨어트렸다.

글렌은 그대로 총을 연사하려 했지만 격철은 그저 메마른 금속음만 낼 뿐이었다.

"……흥. 이제야 총알이 바닥난 건가."

알베르트가 건물 지붕을 박차 오르더니 첨탑 벽을 다시 한 번 차고 글렌을 향해 날아들었다.

"시꺼! 네 나이프도 지금 걸로 다 떨어졌으면서!"

글렌은 권총을 버리고 권투 자세를 취했다.

공중에서 내리찍는 알베르트의 발뒤꿈치를 몸을 비틀어 피했다.

맹렬하게 이어지는 장타를 팔꿈치로 막고 뒤로 도약.

그리고 알베르트는 그런 글렌을 바람처럼 추격했다.

"참 나, 이제 슬슬 얌전히 있으라고! 짜샤!"

글렌은 알베르트의 수도와 장타에 압박당하면서도 아슬아슬하게 계속 흘려냈다.

"그럴 수는 없다! 넌 모를 테지만, 이러는 사이에도 저 신전에서는 가공할 실험이 진행 중일 터! 난 그걸 막아야만 해! 동료들을 위해서도⋯⋯! 이 나라를 위해서도!"

"그딴 건 어렴풋이 눈치채고 있었다고! 그딴 건!"

글렌은 알베르트의 공격을 주먹으로 쳐내고 외쳤다.

"아니, 넌 이 일의 중대함을 전혀 깨닫지 못했어! 저 의식이 성공하면 무슨 일어날지 알기나 해?! 과거에 이 알자노 제국을 수호했던 유명한 호국의 영웅들⋯⋯ 그 모두가 부활해서 이 제국의 적으로, 하늘의 지혜 연구회의 수족이 되고 만단 말이다!"

"⋯⋯?!"

"일기당천이라는 표현조차 부족한 격동의 시대를 헤쳐 온 진정한 영웅들이다! 만약 그런 사태가 벌어진다면 이 나라는 틀림없이 멸망해! 얼마나 많은 국민이 희생될지 상상조차 할 수 없어! 글렌, 미안하지만 리엘은 포기하고 이번 사건에서 손을 떼!"

"그것도 포함해서 전부 어떻게든 해주겠다는 거라고! 눈치 좀 채! 너도 조금은 날 신용해 보라고!"

"넌 《달》의 위험성을 몰라서 그런 미적지근한 소리를 할 수 있는 거다!"

"큭?!"

알베르트의 앞차기가 글렌의 배를 파고들었다.

글렌은 발바닥으로 지붕을 쓸면서 난간까지 뒤로 밀려났다.

"어차피 너라면…… 네가 날 붙잡아두고 있는 사이에 널 서포트하는 동료가 있는 거겠지? 이브냐? 아니면 피벨?"

"뭐야. 눈치채고 있었어?! 그럼……."

"하지만 소용없다."

알베르트는 단언했다.

"지금쯤 그들은 일리아의 환술에 사로잡혔을 터. 네 계획은 틀림없이 실패다."

"……?!"

"물론 네 계획이 나빴던 건 아니야. 그만큼 《달》의 일리아 일루주가 네 상상을 아득히 초월하는 위험하고 강대한 상대였던 것뿐이다. 세계를 기만하는 환술도 물론이거니와 놈의 진정으로 무시무시한 특기는 대인 환술. 정신 방어의 절대 관통…… 놈의 환술에서 벗어날 수 있는 자는 이 세상에 단 한 명도 없어. 하지만 유일하게 나만이 놈을 상대로 유리하게 싸울 수 있었다. 그래서 모두는 나에게 뒤를 맡기고, 날 믿고 사지로 떠났던 거다. 난 그런 모두의 믿음을 저버릴 수 없어."

"그렇군. 그야 확실히 네 저격의 사정거리 쪽이 일리아의 대인 환술 사정거리보다 위일 테니까. 네가 고집스럽게 신전에 버티고 서서 놈들의 접근을 막았던 건 그래서였나."

글렌은 거칠게 숨을 내쉬며 입가를 타고 흐르는 피를 훔쳤다.

"하지만…… 이미 때는 늦었겠지. 놈들은 저 신전에 침입해서 그 의식을 실행에 옮겼다. ……모든 건 내 힘이 부족했기 때문이다."

입을 다문 글렌 앞에서 알베르트는 원통한 얼굴로 왼손의 장갑을 벗어 던졌다.

"더는 방법이 없다. 근거리 마술 전투에서 《달》의 일리아를 상대로는 승산이 없어. 신전에 침입을 허용한 시점에서 내 패배다. ……그렇다면 이제 난 최후의 수단을 쓸 수밖에 없겠지."

글렌은 그 드러난 손등에 각인된 문양을 보자마자 눈을 부릅떴다.

"야, 너…… 그건?!"

"그래, 백마의 【레이스 폼】. ……유체 이탈 마술이다."

알베르트는 경악한 얼굴로 입을 뻐끔거리는 글렌을 향해 담담하게 대답했다.

"만에 하나라도 내가 돌파당해서 놈들에게 신전의 침입을 허용했을 때를 대비해 준비했던 거다. 여차하면 난 이걸 써서 육체를 버리고 유귀(幽鬼)화, 모든 정신 방어를 관통하는 일리아의 환술을 확실하게 막을 수 있는 방법은 이것뿐이다. 난 그 상태로 일리아를 처리할 거다."

"이 멍청아! 너, 죽을 작정이었던 거였어?!"

그 순간, 글렌은 격노해서 알베르트에게 외쳤다.

그렇다. 한 번 레이스가 되면 두 번 다시 인간으로 돌아올 수 없다.

그리고 레이스가 된 상태로 이 세계에 머물 수 있는 건 극히 짧은 시간뿐이었다.

제한 시간이 끝나면 육체를 벗어난 영혼은 완전히 이 세계에서 소멸하고 만다.

마술사에게 이 레이스화는 말 그대로 최후의 순간에나 고려할 수 있는 마지막 비장의 수단이었다.

"그야 죽어버리면 당연히 정신 지배는 받지 않겠지! 하지만!"

"현실을 봐. 이것이야말로 일리아를 막을 수 있는 유일한 방법이다. ……그 무엇보다도 확실하게."

"하, 하지만……!"

"이렇게 지금 나와 말을 섞는 너조차, 실은 일리아가 만들어낸 환술일지도 모르는 상황이다. 다른 방법은 없어."

각오와 결의에 찬 그 말에 글렌은 말문이 막힐 수밖에 없었다.

"……넌 상정할 수 있는 모든 최악의 가능성을 고려했으면서도 확실하게 사명을 완수하려고……?"

"나도 딱히 좋아서 이런 수단을 쓰려는 건 아니다. 해야만 하는 일이 있어. 결코 죽을 수는 없어. 하지만…… 지금의 내 등엔 동료의 목숨과 제국의 미래가 걸려있단 말이다."

"……?!"

"이제 이해했겠지? 글렌. 이것이 내 각오다. 난 지금부터 신전으로 돌아가서 일리아 일행을 처리하겠다. 그만 물러—"

"물러날 수 있겠냐! 이 망할 자식아아아아아아아아아아아!"

격정에 몸을 맡기고 어마어마한 속도로 돌진한 글렌은 알베르트에게 맹렬한 라이트 보디 블로, 레프트 어퍼컷, 라이트 스트레이트를 때려박아 뒤로 날려버렸다.

이번에는 반대로 알베르트가 지붕 끝까지 굴러갔다.

"크, 윽?!"

"헉……! 헉……! 적당히 좀 해! 이 융통성 없는 고집쟁이 왕 바보 자식아! 좀 더 주위의 사람들을 믿어봐! 혼자서만 짐을 짊어지지 말고 나눠서 들라고! 넌 늘 그렇게 혼자서 괜히 무거운 짐을 짊어지려고만 해! 남에게 맡기는 걸 두려워해서, 뭐든지 혼자서 떠맡으려고 하니까 궁지에 몰리면 그런 극단적인 생각부터 튀어나오는 거라고! 으아아아아아아! 젠장! 더더욱 너에게는 질 수 없게 됐잖아!"

"시끄러, 닥쳐! 난 아홉을 구하기 위해 하나를 포기하는…… 포기할 수밖에 없었던 거다! ……8년 전의 **그때**도…… 내가 망설이지 않고 하나를 포기했다면 적어도 아홉은 구할 수 있었을 터! 그랬는데……! 하지만 내가…… 내가 미숙했던 탓에……!"

알베르트는 눈에 들어간 이마의 피를 훔치며 비틀비틀 일어섰다.

그런 그의 눈동자에 깃들어있는 것은 깊은 후회와 이미 자기완결이 끝난 결의뿐이었다.

"……알베르트. ……네 과거에 무슨 일이 있었던 건지는 모르겠다만……."

한쪽 무릎을 꿇고 있던 글렌도 비틀거리며 일어섰다.

"【레이스 폼】? 그딴 정신 나간 마술을 쓸 틈을 줄 것 같아? 자, 결판을 내자. ……역시 나와 넌 한 번쯤 이렇게 진심으로 흑백을 가려볼 필요가 있겠어."

"……어쩔 수 없군."

"넌 한 번쯤 호되게 져보지 않으면, 언젠가 분명 결정적인 순간에 길을 잘못 들 것 같거든."

"다 아는 것처럼 지껄이지 마라."

"아니까 하는 소리야. 나도 바로 얼마 전까지만 해도 비슷한 상태였으니까. 네가 남을 믿지 못하고, 혼자서 짊어지겠다면…… 난 모두를 믿고 짐을 나눌 거다."

"……!"

"열을 구하려고 발버둥 칠 건지, 아니면 확실히 아홉을 구하려고 하나를 포기할 건지…… 그 양쪽에 올바른 정답 같은 건 어디에도 없어. 어차피 세상은 어떻게든 흘러갈 테고, 우리는 그 안에서 나름대로의 최선의 결과를 내기 위해 발버둥 칠 수밖에 없는 무력한 존재니까. 그렇다면…… 그 짐을 다 같이 나누는 편이 편하잖아?"

"……와라, 글렌."

알베르트는 그 말에 대답하지 않고 더는 대화가 필요 없다는 듯 천천히 주먹을 들었다.

"훗."

글렌도 입가를 끌어올리고 주먹을 들었다.

두 사람은 한동안 미동조차 하지 않고 조용히 서로를 노려보았다.

그런 두 사람 사이를 차가운 밤바람이 스치고 지금까지 사투를 벌이느라 달아오른 몸이 아주 약간이나마 식은 순간—.

"우오오오오오오오오오오오오오오오!"

"하아아아아아아아아아아아아아앗!"

두 사람은 누가 먼저라 할 것 없이 주먹을 치켜들고 마지막 힘을 쥐어짜 내서 서로를 향해 돌진했다.

——.

사이러스가 몸을 웅크린 이브의 뒤통수에 가차없이 나이프를 내리찍은 그때—

"……어?"

나이프가 맥없이 **이브의 몸을 통과했다.**

실체가 없는 이브의 몸이 마치 신기루처럼 일그러지며 소멸했다.

"……아까도 말했지만."

어느새 사이러스의 뒤에 서 있던 이브가 그의 어깨를 두드렸다.

"그런 촌극은…… 이제 됐어."

다음 순간, 사이러스의 어깨를 움켜잡은 이브의 손이 불꽃으로 타올랐다.

압도적인 기세의 불이 선을 그리며 소용돌이치더니 사이러스의 팔을, 몸을, 목을, 다리를 마치 뱀처럼 맹렬한 속도로 휘감았다.

"끄아아아아아아아아아아아아아아아아아아악!"

사이러스의 고통스러운 절규도 곧 입가를 틀어막은 불꽃의 뱀 때문에 사그라졌다.

"읍~~~~! 으……! 으읍~~~?!"

온 몸이 불꽃에 꽁꽁 묶이는 바람에 주문과 행동이 봉쇄된 채로 꼴사납게 바닥을 굴렀다.

불꽃이 끊임없이 타오르고 있었으나 그의 몸에는 전혀 화상이 남지 않았다.

흑마 【플레임 바인드】. 격심한 작열통을 선사하지만, 육체
그 자체에는 아무런 손상도 주지 않고 대상을 구속, 무력화
하는 고문용 주문이었다.

"흥…… 다 큰 남자가 고작 그 정도로 꼴사납게 빽빽 울
어대긴. 이래서 당신은 인기가 없는 거야."

이브는 그런 사이러스에게 눈길도 주지 않고 일리아를 돌
아보았다.

"뭐……?! 방금 그건…… **환술**?!"

이브를 날카롭게 노려보던 일리아도 눈을 크게 뜨고 당황
했다.

"맞아. 설마 환술이 당신의 전매특허인 줄 알았어?"

이브가 검지를 세우자 그곳에 작은 불꽃이 피어올랐다.

"열과 불꽃의 종가인 이그나이트를 얕보지 마. 비전 【화환
술(火幻術)】. 불의 일렁임으로 상대에게 최면을 거는 이런
마술도 존재해. ……어디까지나 비장의 수단이지만."

"불의 일렁임?! 서, 설마 처음에 저 모노리스를 태웠던 불
꽃이……?!"

이브의 【화환술】은 일리아의 대인용 【문 크레이들】처럼 정
신 방어를 사전에 굳건히 해도 그걸 뚫고 최면을 거는 강력
한 환술은 아니었다. 사전에 환술이라고 의식, 인식하면 쉽
게 파훼할 수 있었다.

요컨대, 평범한 환술인 것이다. 다만, 매개체로 불을 썼다는 것이 특이할 뿐.

그래서 이브는 마치 의식을 멈추기 위해 공격한 것처럼 모노리스를 불태웠던 것이다. 상대가 그것이 실은 환술이라는 걸 의식하지 못하면 정신의 빈틈을 찔러서 최면을 걸 수 있을 테니까.

이건 어디까지나 이브의 속임수가 일리아의 환술보다 한수 위였기에 만들어낼 수 있는 결과였다.

"환술에는 환술이잖아?"

"이 건방진 계집이이이이이이이이이이!"

인간의 정신을 지배하는 환술은 고도의 특수한 백마술이다.

그 방면에만 매달린 전문가가 아니라면 실전에서는 실용성이 없다 보니 일선급 환술사는 당연히 소수일 수밖에 없었다. 애초에 부차적으로 습득할 수 있는 부류의 마술이 아닌 것이다.

그런데도 비전문가인 이브에게 완전히 한 방 먹고 말았다는 사실에 자존심을 크게 다친 일리아는 손끝에 하얀 달빛을 머금고 분노를 터트렸다.

"【문 크레이들】!"

그에 맞서는 이브도 재빨리 손끝에 불꽃을 피우고 마술을 발동했다.

"【화환술】!"

그 순간, 서로의 정신을 지배하려는 환술이 맞부딪히고 두 사람 사이의 공간이 일그러지기 시작했다.

하지만 당연히【문 크레이들】쪽이 압도적으로 강했다.

일리아의 환력(幻力)이 이브의 환력을 압도하고 곧 그녀를 집어삼키려 한 순간―.

"내 승리다, 이브! 내 환월에 안겨서 죽엇!"

"멍청하기는. ……느긋하게 나만 상대하고 있을 때야?"

이브는 의식이 몽롱해지는 와중에도 자신만만하게 입가를 끌어올렸다.

그 순간―.

시스티나가 갑자기 눈을 뜨고 벌떡 일어났다.

"《울어라 폭풍의 전주》!"

그리고 일리아를 향해 주문을 외쳤다.

"뭐?! 이럴 수가!"

그 갑작스러운 기습에 일리아는 뒤통수를 강하게 얻어맞은 듯한 충격을 받았다.

'환술로 본인의 존재 인식을 비틀어서 피한 이브라면 모를까 저 소녀들은 내【문 크레이들】에 확실히 걸렸을 터! 내【문 크레이들】은 모든 정신 방어를 관통하는 절대 환술! 본인의 의지로 부활할 수 있을 리 없어!'

하지만 일리아는 다음 순간 어떤 사실을 깨달았다.

시스티나의 옆에 있는 루미아의 존재가 불현듯 눈에 들어왔기 때문이다.

'그렇군! 《아르스 마그나》! 사전에 백마【마인드 업】의 효과를 강화한 상태로 걸어서…… 복귀하는 데 시간은 걸렸지만, 본인의 의지로 의식을 되찾을 수 있었던 건가!'

눈치챈 순간, 때는 이미 늦었다.

시스티나가 내민 왼손에서 방출된 흑마【블래스트 블로】. 막대한 양의 공기를 압착 응집한 바람의 파성추가 정면에서 짓쳐들고 있었기에.

"큭?!"

시스티나와 루미아를 전혀 경계하지 않고 이브와의 환술전에만 집중한 탓에 때를 놓친 것이다.

직접 달빛이 들지 않는 이 장소에서【문 크레이들】을 쓰려면 한 호흡이 필요했다.

이 다급한 상황에서 시스티나에게【문 크레이들】을 걸 틈은 없었다.

"그렇다면……!"

일리아는 특무분실 집행관으로서의 긍지를 걸고 바람의 파성추를 간신히 피하는 동시에 시스티나를 손가락으로 겨냥했다.

"《뇌제의―"

시스티나의 마나 바이오리듬이 흐트러진 틈을 노려 흑마【라이트닝 피어스】로 처치하려 했다. 일리아의 그 자연스러운 동작은 처절한 단련 끝에 연마된 프로의 움직임이었다. 어지간한 마술사는 대응할 수 없는 속도였다.

일리아는 다음 순간, 심장에 무참하게 구멍이 뚫린 시스티나의 모습을 확신했다.

"잠이나 쳐자시지이이이이이이이이이이이이!"

하지만 그야말로 마른하늘에 날벼락이었다.

시스티나가 아무런 대기 시간도 없이 오른손으로 날린 두 번째 【블래스트 블로】가 자신의 몸에 엄습한 것이다.

"커, 억?! 더, 더블 캐스트?! 라고!?"

일리아는 온몸의 뼈가 부러지는 소리를 들으며 경악한 표정을 지은 채 일직선으로 날아가더니 벽에 큰 소리를 내고 격돌했다.

그리고 그대로 피를 토하면서 의식을 잃고 바닥에 널브러졌다.

"……제법인걸? 역시 가르친 사람이 훌륭해서인가?"

이브는 그런 시스티나의 모습을 슬쩍 쳐다보며 만족스럽게 입가를 일그러뜨렸다.

"시스티! 서둘러!"

"나도 알아! 이 타입의 고대 모노리스는…… 응, 사용법은 알아! 마도 고고학 논문에서 읽은 적 있어!"

그리고 두 소녀는 리엘을 향해 달려갔다.

'자, 그럼 이제 싸우는 것밖에 재주가 없는 난 뭘 하면 좋

을까?'

이브는 팔짱을 낀 채 그런 두 소녀의 등을 지켜보았다.

"어때?! 시스티!"

"괘, 괜찮아! 다행이야, 아슬아슬했어! 심층 의식 부분이 약간 덧씌워졌지만, 표층의 인격 부분은 무사해! 지금부터 멈추면 충분히 제시간에 맞출 수 있어!"

"다행이다!"

"루미아! 그때처럼 《아르스 마그나》를! 【펑션 애널라이즈】로 이 유적의 기능을 단숨에 파악해서 리엘을 구하자!"

"응! 그리고 세피라 맵도 입수했으니까 에테르 괴리증도 치료해야겠지!"

"그쪽은…… 할 수 있겠어, 루미아?"

"맡겨줘! 세실리아 선생님께 배웠는걸!"

'뭐…… 어차피 내가 나설 차례도 없겠네. ……정말 믿음직한 애들이야.'

신기하게도 벌써 성공을 확신한 이브는 통신 마도기를 꺼내어 그대로 귀에 가져다댔다.

마침 같은 시각.

글렌이 날린 온 힘이 담긴 펀치가—

알베르트가 날린 영혼이 담긴 펀치가—

공기를 가르며 파공성을 울린 주먹과 주먹이, 팔꿈치와

팔꿈치가 교차하며 한치의 오차도 없는 완벽히 동일한 타이밍에 서로의 머리를 노리고 날아들었다.

타이밍은 호각. 하지만 격투전 기량, 체격 차, 완력 차, 마력량, 지금까지의 싸움으로 누적된 피로도와 대미지와 같은, 모든 조건에서 불리한 건 글렌이었고 유리한 건 알베르트였다.

타이밍이 동시라면 그 결과가 더 여실하게 드러날 터.

알베르트가 우세하고 글렌이 밀리는 게 당연했다.

하지만―.

"우오오오오오오오오오오오오오오오오오오오!"

글렌은 외쳤다. 대기 그 자체를 뒤흔드는 듯한 강렬한 기백.

그리고 불가능한 일이 일어났다.

천천히.

천천히.

알베르트가 글렌의 주먹에 밀리고 있었던 것이다.

"우오오오오오오오오오오오오오오오오오오오!"

그리고 마침내 팔을 끝까지 휘두른 그때―.

"……?!"

힘 싸움에서 진 알베르트가 뒤를 향해 일직선으로 날아가더니 한 건물의 첨탑 벽에 등부터 내동댕이쳐졌다.

"……크……윽?!"

벽에 등을 기댄 알베르트는 그대로 힘없이 무너졌다.

"……훗! 어때! 이제 항복이냐? 이 짜……큽! 쿨럭?!"

글렌은 주먹을 치켜들고 승리를 선언했다. 참으로 처참한 몰골이었다. 수많은 타박상과 찰과상. 퉁퉁 부은 얼굴. 멍투성이인 온몸. 무릎은 힘없이 덜덜 떨렸다.

하지만, 그럼에도 마지막 순간에 서 있는 건 글렌이었다.

"헉…… 헉…… 쿨럭! ……제길, 몸이, 안 움직여. 왜……? 왜 내가 진 거지? 내 신념이…… 각오가…… 아직 부족했다는 건가?!"

마찬가지로 만신창이인 알베르트는 고개를 떨군 채 힘없이 목소리를 쥐어짜 냈다.

"대체…… 왜……?"

그러자 글렌이 아무렇지 않게 대답했다.

"훗, 그야 뻔하잖아? 서로가 짊어진 걸 다 내려놓고 보면 넌 리엘을 포기하려고, 난 리엘을 지키려고 싸웠던 거잖아?"

"……그게…… 어쨌다는 거지?"

"아직도 모르겠어? 예로부터 남자란 것들은 귀여운 여자를 위해 싸울 때 더 강해진다는 게 상식이라고."

글렌이 진지한 얼굴로 그런 말을 당당하게 하자 알베르트는 잠시 어이가 없는 듯 눈을 동그랗게 떴다.

"흥. 아무래도…… 환상이 아니라 진짜였던 모양이군. ……나를 이긴 네가, 환상일 리 없지."

그리고 곧 체념한 듯 눈을 감았다.

"……넌 정말 못 당하겠군. ……내 완패다."

글렌은 그런 옛 파트너를 보고 이어서 그를 때린 주먹을 내려다보았다.

역시 내키지 않았던 것이리라. 아홉을 구하기 위해 하나를 포기하는 것. 강철 같은 정신력으로 그 신념을 관철하려고 했어도, 자신마저 희생할 각오는 할 수 있어도, 역시 마음속 한켠에서는 동료인 리엘을 버리는 것에 저항감이 있었던 것이리라.

그것이 마지막 순간에 망설임을 만들었다.

그래서 틀림없이 이겨야 하는 조건에서도 글렌을 제압할 수 없었던 것이다.

'참 나…… 그 마지막 순간에 아주 잠깐이기는 해도 망설일 만큼 정이 깊은 녀석이, 아홉을 구하기 위해 하나를 포기하면서 속이 멀쩡할 리 없었을 텐데 말이지.'

하지만 그런 알베르트를 책망할 수 있는 사람은 아무도 없으리라.

제국 궁정 마도사단 특무분실은 가혹한 직장이다. 한없이 잔혹한 현실 앞에서 늘 몸과 마음이 갈려나갈 수밖에 없는 장소였다.

완고하게 열을 구하는 정의의 마법사가 되려고 했던 글렌. 완고하게 아홉을 구하기 위해 하나를 포기하는 위선자가 될 것을 결의했던 알베르트. 명예와 공적에 집착했던 이

브. 전투를 갬블처럼 즐기는 버나드. 여왕 폐하를 맹신하는 크리스토프. 독선적인 정의를 관철하는 저티스…… 저마다 어딘가 망가지지 않고는 버틸 수 없는 곳이었다.

그럼에도 모두가 누군가를 구하기 위해 싸워야만 했다.

'알베르트…… 넌 지금까지 줄곧 짐을 혼자 짊어지고 계속 견뎠던 거냐. ……미숙한 애송이에 불과했던 내 몫까지…… 내가 달아난 후에도 그저 묵묵히……'

그렇다. 알베르트 프레이저는 그런 강한 남자였다.

하지만 결코 쓰러지지 않는 거목은 이 세상에 존재하지 않았다.

지금은 아직 혼자서 버틸 수 있어도 언젠가는…….

"……이 바보…… 바보 같은 녀석……."

어이가 없는 목소리로 그렇게 내뱉은 글렌은 그 자리에 대자로 누워서 멀리 떨어진 밤하늘을 올려다보았다.

그 순간―.

위잉, 위잉, 위잉.

주머니에서 신비한 금속음이 들렸다.

"오? 슬슬 올 때다 싶었지. ……잘 해결됐나?"

힘이 들어가지 않는 손을 간신히 움직인 글렌은 보석형 통신 마도기를 꺼내 귀에 가져다댔다.

"……이브냐? ……그런가. 그래서? 결과는…… 그래, 너라면 해낼 줄 알았어. ……어, 이쪽도 잘 해결됐어. ……알베르트? 그래, 이제야 좀 얌전해졌어. 응, 맞아……."

잠시 이브와 통화한 글렌은 이윽고 통신을 끊고 알베르트에게 말했다.

"안심해, 알베르트. 다 끝났어. ……사이러스와 일리아는 이브 일행이 제압했어. ……리엘도 무사해."

"……그런가."

알베르트는 감정을 드러내지 않고 대답했다.

"그렇게 말했잖아? ……나를…… 우리를 믿으라고."

계속 하늘을 올려다보던 글렌은 그렇게 중얼거렸다.

종장 그녀의 귀환

…………

……무너지고 있다.

아니, 원상 복귀되고 있다고 표현하는 편이 맞을지도…….

"이걸로 작별이네, 리엘."

대체 무슨 일이 있었던 것일까.

내 세계를 덧칠하던 공주의 세계가 천천히 무너졌다.

내 소중한 세계가 서서히 원래 모습을 되찾고 있었다.

"장해, 아주 장해. 넌 정말 애썼어."

나를 끌어안고 머리를 쓰다듬어주는 공주의 모습은 조금
씩 천천히, 천천히 존재가 희박해졌다.

"네가 이렇게 너 자신을…… 네 세계를 잃지 않고 끝난 건
너 자신의 강함과 마음 덕분이야. 만약 네가 강하지 않았다
면…… 네가 네 세계를 사랑하지 않았다면…… 네 세계는
이미 예전에 부서졌거나, 내가 됐을지도 몰라. ……어느 쪽
이든 너 자신을 유지할 수 없었겠지."

"……그래. 난 잘 모르겠지만."

나는 고개를 젓고 띄엄띄엄 말했다.

"하지만 그건…… 아마 내 힘이 아니야."

"……?"

"잘 모르는 실을 통해 나에게 힘을 준 반 친구들의 목소리가 들려서야. 나를 필사적으로 구하려 한 시스티나와 루미아…… 그리고 덤으로 이브의 존재도 가까이에서 느껴졌어."

그리고―.

"……그리고…… 아마 글렌이 날 구해준 걸 거야. 그래서 나는……."

"그래. ……그럴지도. 넌 이미 텅 빈 존재가 아니야. 이미 많은 소중한 것들이 생겼어. ……그걸 소중히 여기고 지키렴."

공주는 나에게서 천천히 멀어져갔다.

"그럼…… 아하하, 난 이 세계에선 완전히 불필요한 참견꾼이었네. ……애초에 난 네 세계를 무너트리는 병원균 같은 거였으니…… 아하하, 영웅 실격인걸."

공주가 모호하고 어색하게 웃었다.

하지만 난 그런 공주에게 말했다.

"공주도, ……공주도 있어줘서야."

"……?"

"공주가 격려해줘서…… 그래서 난 나로 있을 수 있었어. 그건 전부 공주 덕분이야. ……고마워."

"……그래. 그럼…… 나도 네 앞에 나타난 보람이 있었네."

나는 그런 공주에게 한 가지 의문을 던졌다.

"저기, 공주는 왜 날 구하려고 한 거야? 공주랑 난 처음 만난 사이인데."

그러자 공주는 난처한 얼굴로 위를 쳐다보더니 신중히 말을 골랐다.

"음…… 타고난 성격인 것도 있지만…… 역시 가장 큰 이유는 네가 그녀를 닮아서일까?"

"그녀?"

"응. 굉장히 무서운 마녀인데…… 자기에겐 아무것도 없다며 늘 자포자기한 상태라…… 난 그런 그녀를 가만히 내버려둘 수 없어서 이런저런 참견을 하곤 했어."

"그래."

"너도 자신을 아무것도 없는 텅 빈 존재라고 착각해서 쉽게 체념하려는 걸 보고…… 그만. ……이유는 그것뿐."

그렇게 말하는 동시에 공주의 존재가 급속도로 희박해졌다. 몸이 빛의 입자로 흩어지며 소멸하기 시작했다.

"아, 아차…… 슬슬 본격적으로 제거하려는 모양이네. ……뭐, 지금의 난 정신 데이터에 불과하니까 말이지. 너에겐 해만 될 뿐이니까 어쩔 수 없나."

"그래…… 유감이네. 난…… 이제 공주랑 못 만나?"

"……글쎄? 넌 아무래도 내 영혼의 일부를 갖고 있는 것 같고, 아마 이렇게 대화를 나눌 수 있는 것도 그 덕분일 거야. 상성이 좋은 거지, 너랑 나는. 그러니 네 안 어딘가에 나라는 존재가 아주 조금이라도…… 남게 될지도 몰라."

"……그래. 그럼 남길 수 있게 힘낼게. ……잘은 모르겠지만."

"후훗, 고마워."

공주는 처음 만났을 때처럼 등을 돌렸다.

"……그럼 정말 작별이야. 잘 지내, 리엘."

그리고 소멸하면서 눈부신 빛을 향해 걸어갔다.

"……기다려."

난 마지막으로 어째선지 꼭 알아둬야만 할 것 같은 질문을 그녀의 등에 던졌다.

"공주. 공주의 진짜 이름은…… 뭐야?"

"……!"

"아마…… 이름을 모르면 난 공주를 기억하지 못할 것 같은…… 그런 기분이 들어."

"그런가. 그렇겠지……."

그러자 공주는 왠지 쑥스러운 것처럼 망설였다.

"어쩔까? 내 입으로 말하긴 좀 그렇지만, 지금쯤 내 이름은 분명 꽤 유명할 테고. 분명 교과서에도 실려서…… 아, 그런데 지금은 성력(聖歷) 몇 년이야? 어쩌면 다들 이미 내 이름을 잊었을지도……? 으으…… 영웅의 이름이 풍화되는 건 평화롭다는 증거겠지만, 그건 그것대로 좀 쓸쓸할지도……."

그런 식으로 잠시 자문자답한 공주는 약간 자랑스럽게 말했다.

"……엘리에테. 난 《검의 공주》 엘리에테 헤이븐. 그 유명한 《잿더미의 마녀》의 파트너였던 제국 사상 최강이라 일컬어진 검의─."

"왠지 길어. 역시 공주면 됐어."

"……잠깐?! 너란 애는 정말이지……."

어째선지 그 자리에서 넘어질 뻔한 공주는 한숨을 내쉬며 머리를 긁은 후─.

"뭐, 그럼…… 다시 말할게. 잘 지내, 리엘. 언젠가 또 만나자."

빛 속으로 사라져갔다.

나는 그런 그녀의 모습을 마지막까지 빤히 지켜보았다.

─.

"그렇게 된 건가."

"그래. 리엘은 살았어. 이브 일행이 사이러스 일행을 제압했으니 아마 네 사명도 달성된 셈이겠지. ……이젠 우리가 싸울 이유는 사라졌어."

시간이 지나서 조금 회복된 건지 온몸이 너덜너덜한 상태인 글렌과 알베르트가, 한 건물 벽에 나란히 등을 기대고 앉은 채 하늘을 올려다보면서 서로의 사정을 밝히고 있었다.

마치 거대한 파노라마처럼 퍼진 별들이 그런 두 사람을 내려다보고 있었다.

"너도 슬슬 말해. 이건 정황을 보고 추측한 거다만……
네가 여왕 폐하 암살을 시도했다는 것과 크리스토프와 버나
드를 죽였다는 건…… 허위 정보지?"

"……그래, 그 말대로다."

글렌은 그럴 줄 알았다며 안도의 한숨을 내쉬었다.

"현재 군은 여왕 폐하의 칙명으로 어떤 극비 임무를 수행
중이다."

"극비 임무?"

"그래. 그 내용은…… 헤븐스 크로이츠의 박멸."

"……!"

글렌이 고개를 돌려 쳐다보자 알베르트는 담담하게 설명
을 시작했다.

"헤븐스 크로이츠…… 제국 정부의 비밀 기관이면서도 하
늘의 지혜 연구회와 비밀리에 내통했다는 소문의, 제국을
내부에서 좀먹는 병원체 같은 조직이다."

"소문으로는 들었는데…… 역시 실존했던 건가."

"하늘의 지혜 연구회와 내통했다는 역신(逆臣) 바틀리 경
의 사후, 놈이 비밀리에 운영했던 헤븐스 크로이츠. 지금까
지 어둠에 잠겨 있었던 그 존재가 조금씩 드러나기 시작했
지. 그리고 《은둔자》의 조사로 마침내 특무분실의 새 실장
사이러스가 헤븐스 크로이츠의 단장. 그리고 놈의 직속 부
하인 《힘》, 《태양》, 《절제》, 《달》이 멤버일 가능성이 떠올랐

다. ……한없이 검정에 가까운 회색으로."

"……."

"단장인 사이러스를 체포하고 고발하면 정부 기관의 이면에 교묘하게 숨은 헤븐스 크로이츠의 전모가 밝혀지고, 단숨에 무너트릴 수 있었지만 증거가 없었다."

"그랬군. 그래서 그 기묘한 허위 정보를 섞었던 건가."

"그래. 여왕 폐하 암살 미수…… 난 그런 허위 정보를 퍼트려서 사이러스 일행을 제도에서 떨어트려놨던 거다. 그 사이에 놈과 관계가 있는 곳들을 소수의 정예가 수색해서 증거를 확보. 그리고 전모가 완전히 밝혀진다면 바로 헤븐스 크로이츠를 박멸할 수 있었겠지."

"하지만…… 그 계획을 실행에 옮기기 직전에 성가신 사태가 발생했던 거군?"

글렌의 질문에 알베르트는 고개를 끄덕였다.

"그래. 우리의 계획이 시작되는 것과 거의 동시에 사이러스가 『Project : Revive Life』의 진정한 완성을 목표로 준비를 진행 중이라는 정보가 들어왔던 거다."

"……."

"자세한 내용은 아직 확실치 않다만, 진정한 『Project : Revive Life』를 쓰면 과거에 제국에서 이름을 떨쳤던 영웅들을 마음대로 소생시킬 수 있다는 모양이더군. 놈의 뒤에는 하늘의 지혜 연구회도 있어. 만약 그런 이론이 성립돼서 하늘의 지혜 연구회에 유출된다면…… 이 나라는 끝장이다. ……가령 헤븐스 크로이츠를 박멸한다 해도."

그제야 글렌도 사건의 전모를 어느 정도 파악했다.

"그런가. 넌…… 그래서 일부러 이곳, 마레스에서 진을 치고 사이러스 일행의 접근을 막았던 거군? 그 계획을 방해하려고."

"……."

그렇다. 증거를 잡기 위해 사이러스를 제도에서 끌어내고 주의를 끄는 것뿐이라면 각지를 전전하는 것으로 충분했다. 한 곳에 머물 필요는 없었다.

하지만 사이러스의 그 계획만은 무슨 수를 써서라도 막아야 했다.

그래서 동료가 비밀리에 헤븐스 크로이츠의 증거를 확보할 때까지 시간을 버는 동시에 계획을 방해해야만 했다.

만약 사이러스가 군의 극비 계획을 눈치챈다면 헤븐스 크로이츠는 제국 내부에서 일제히 봉기했으리라. 진정한 『Project : Revive Life』를 얻기 위해 하늘의 지혜 연구회 소속 외도 마술사들도 끼어들지 몰랐다.

그리고 제국군과 전면 충돌하면 막대한 피해가 발생했으리라.

그래서 알베르트는 단 혼자서 동료들의 명운과 제국의 미래를 짊어졌던 것이다.

"뭐랄까…… 그거 참 고생 많았겠구만."

글렌이 먼눈으로 하늘을 올려다보며 말하고—.

"……흥. 넌 참 속편해서 부럽군."

알베르트가 눈을 감고 고개를 약간 숙이며 중얼거린 순간—.

"아, 저기 계셔! 선생님~!"

"알베르트 씨도! 괜찮으세요~?"

멀리서 시스티나와 루미아가 그렇게 외치며 달려왔다.

"흥, 정말 목숨이 질긴 남자들이라니까."

리엘을 등에 업은 이브도 한숨을 내쉬고 다가왔다.

이렇게 해서 이번 소동은 하늘에 빛나는 달이 지켜보는 가운데 막을 내렸다.

—그 후.

제국 궁정 마도사단 특무분실의 새 실장이자 헤븐스 크로이츠의 단장이었던 사이러스의 야망은 분쇄되었고, 그 틈에 그와 헤븐스 크로이츠와 하늘의 지혜 연구회의 관계를 간파한 제국 정부는, 제국 마도청의 각 기관을 위장해서 존재했던 헤븐스 크로이츠를 일제히 검거하는 데 성공했다.

헤븐스 크로이츠 박멸 작전에서 탁월한 작전 지휘능력을 선보인 제국군 통합참모본부장 아젤 르 이그나이트 경은 모든 제국 군인들에게 영웅시됐고, 정부 내의 영향력과 발언력이 더더욱 강해졌다.

이 헤븐스 크로이츠야말로 하늘의 지혜 연구회가 항상 알자노 제국의 의도를 앞설 수 있었던 원흉 중 하나였기에, 마침내 그 조직과의 오랜 싸움에 종지부를 찍을 수 있을지도 모른다는 희망을 보게 된 정부 관계자들도 크게 기뻐하며 이그나이트 경의 역사적인 위업에 찬사를 보냈다.

개중에는 현 여왕보다 이그나이트 경이야말로 알자노 제국을 다스리는 왕으로서 걸맞지 않냐는 의견도 산발적으로 고개를 쳐들기 시작했다.

이그나이트 경은 왕실과 먼 혈연이다. 결코 농담으로만 치부할 수 없는 흐름이 여러 영웅적인 위업을 달성한 이그나이트 경을 중심으로 제국 정부 상부에 준동하기 시작한 것이다.

하지만 제국 상층부와 민중들이 그런 눈부신 승리에 들뜬 이면에서, 제도로 이송된 사이러스와 퍼거스와 니콜과 샤를로테— 헤븐스 크로이츠의 전 멤버들은 누군가에게 비밀리에 암살되었고, 일리아는 홀연히 자취를 감추었다.

사이러스가 옥중에서 「이그나이트 경에게 속았다」고 주장했다는 그럴 듯한 소문도 돌았지만, 어째선지 그 이야기는 조서에는 남지 않았고 진상은 완전히 어둠 속에 파묻혔다.

한편, 일리아는 탈옥 수준이 아니라 마치 「처음부터 그 자리에 아무도 없었던 것」처럼 어느새 안개 같이 사라졌다고 한다.

애초에 그녀의 수감 기록이 없었다면 간수가 사라진 사실을 눈치채지 못했을 정도로 부자연스러운 방식이었다.

하지만 그런 꺼림칙한 일들은 승리에 들뜬 분위기 속에서 크게 거론되지 않고 곧 사람들의 기억 속에서 잊혀졌다.

그리고 그런 제국 상층부의 불온한 움직임을 알 리 없는 이번 사건의 숨은 공로자들은—.

"우오오오오오오오오오! 리에에에에에엘!"

"어서 와아아아아아아아아아아아아아아아!"

리엘은 페지테의 알자노 제국 마술학원에 돌아오자마자 달려온 반 친구들에게 완전히 파묻혔다.

"훌쩍…… 다행이다! 무사해서 다행이야!"

복받쳐 우는 카슈도—.

"……흥."

멀리 떨어진 곳에서 지켜보는 기블도—.

"……다행이다. ……정말…… 다행이에요!"

"예……."

"응……. 응……."

웬디도, 테레사도, 린도—.

저마다 리엘의 무사 귀환에 기쁨을 나누며 축복했다.

당사자인 리엘은 처음에는 이렇게나 많이 모여 준 학생들을 보고 눈을 깜빡거리고만 있었으나, 곧 쑥스러운 듯 작은 목소리로 말했다.

"……응. 저기…… 난 잘 모르겠지만, 모두의 목소리가…… 들렸어. 아마 난 너희 덕분에…… 돌아올 수 있었던 걸 거야."

그런 리엘의 기묘한 발언에 일동은 서로의 얼굴을 바라보고 고개를 갸웃거렸다.

"……저기, 으음…… 아무튼 다녀왔어."

방긋.

하지만 항상 졸린 듯한 무표정만 고수하는 리엘이 극상의 미소를 보여준 후—.

"또…… 너희랑 같이 이 학교에 다닐 수 있어서…… 기뻐."

이런 말까지 해주니 사소한 건 아무래도 상관없었다.

모두 리엘을 중심으로 한층 더 떠들썩해졌다.

"……훗."

그리고 글렌, 시스티나, 루미아는 그런 리엘을 약간 떨어진 곳에서 따스한 눈으로 지켜보았고—.

"흥……."

이브는 고개를 홱 돌리며 몰래 어딘가로 사라졌다.

리엘의 무사를 기뻐하는 학생들의 목소리가 학교에서 하염없이 울려 퍼졌다.

그리고 그런 마술학원에서 멀리 떨어진 알자노 제국의 수

도인 제도 오를란도.

"수고했다."

자신의 방에서 집무용 책상 앞에 앉아 조용히 서류를 읽고 있던 아젤 르 이그나이트 경은 방 한켠에 마치 그림자처럼 나타난 인물에게 조용히 말을 걸었다.

"……경의 극비 임무는 무사히 완료했어요. 사이러스 일행의 뒤처리도요!"

약간 가볍게 튀는 목소리로 대답한 그 소녀의 정체는…… 놀랍게도 「일리아」였다.

하물며 옥중에서 안개처럼 사라진 흑발의 일리아가 아니었다.

글렌 일행의 앞에 먼저 나타났던 「귀여운 후배 일리아」였던 것이다.

"이야~ 이번에는 세계 지배 환술을 몇 번이고 쓰느라 정말 지쳤어요. ……이 정도면 진짜 제가 누군지 모르게 될 정도라니까요?!"

"……결과는?"

이그나이트 경은 업무를 계속하면서 즐겁게 호들갑을 떠는 일리아에게 담담한 목소리로 물었다.

"아, 예! 이게 그 데이터예요."

일리아는 잽싸게 다가와 책상 위에 마정석 하나를 올려놓았다.

"이걸로『Project : Revive Life』의 최종형【영령 재림의 의식】이 마침내 완성됐네요? 이거, 본가인 하늘의 지혜 연구회보다도 앞선 거 아닌가요?"

"그 말대로다. 이것으로 내 패는 언젠가 그 연구회를 뛰어넘겠지."

"정말이지, 선배들도 사이러스 일행도 다들 진짜 우스꽝스러웠다니까요~? 확실히『Project : Revive Life』의 최종 단계에 도달하려면 에테르 괴리증으로 빈사의 상태에 빠진 리엘 씨의『파라 오리진 에테르』를 반드시 해석해야할 필요가 있지만…… 일부러 마레스까지 가서 그런 거창한 의식을 펼치고, 해석해서, 확증을 얻을 필요는 전혀 없었는데 말이죠~."

「글렌의 귀여운 후배 일리아」가 장난스럽게 쿡쿡 웃었다.

"제가 도중에 리엘 씨의 정보를 빼낸 시점에서 이미 충분했는데 말예요. 그런데 일부러 그런 변경까지 가서…… 글렌 선배도, 이브 씨도, 알베르트 씨도, 군도, 다들 필사적으로 의식을 막으려고 하다니 바보 같아! 필사적으로 의식을 수행하려고 했던 사이러스 씨도 바보 같아! 다들 정말 바보 같아! 제가 리엘 씨와 접촉한 시점에서 이미 다 끝난 거였는데! 얼빠진 군 상부도 알베르트 씨를 헛고생 시키느라 참 수고 많으셨네요!"

"너무 그렇게 몰아세우지 마라. 사이러스를 속이고 군 상부에게 그런 인식을 심어놓은 것까지가…… 귀공의「환술」이

었을 터. 정말 장래가 두려운 아가씨군. 귀공이라는 존재는 대체 어디까지가 현실이고 허구인지…… 나도 속지 않게 주의해야겠어."

"농담도. 제【문 크레이들】은 **인간 전용**이거든요? 당신에게 통할 리가 없잖아요? 그리고…… 제가 당신을 배신할 리 없잖아요? 이그나이트 경."

"……훗."

일리아의 교태어린 미소를 본 이그나이트 경은 차갑게 웃었다.

"그건 그렇고…… 정말로 괜찮으시겠어요? 사이러스 씨와 헤븐스 크로이츠를 이렇게 쉽게 파기해도."

"상관없다. 내가 바틀리 경을 처리하고 헤븐스 크로이츠를 일시적으로 장악했던 건 그 조직이 소유한 진정한 『Project : Revive Life』─【영령 재림의 의식】의 기본틀을 수중에 넣기 위해서였으니까. 애당초 《은둔자》 버나드를 비롯한 여왕파에는 아직도 빈틈없고 우수한 자들이 많아. 그런 불량채권을 계속 떠안고 있으면 언젠가 꼬리가 잡히겠지. 그리고 어리석은 대중의 마음을 장악하기 위해서 어차피 필요한 일이었다. ……「강한 지도자의 밑에서 모두가 힘을 합쳐 음모를 분쇄했다」는 극적인 사실이."

"그래서 버린 거군요? 필요한 것만 빼낸 후에 제국 정부에서의 발언력과 입장을 공고히 다지기 위해서……. 아아, 경이 뒤에서 몰래 인사부에 손을 써서 사이러스를 특무분실 실장의 자리에 앉혔던 건데, 인사부 여러분은 사이러스를 발탁한 책임으로 경질 처분을 받다니…… 정말 가엾어라!"

"그것도 필요한 일이었다. 희생 없이는 앞으로 나아갈 수 없는 법. 이 멸망해가는 제국을 구하려면 그 미적지근한 여왕이 아니라 진정으로 강한 지도자가 필요해."

"아하하, 경은 참 무서운 분이네요. 이러다 저도 언제 버림받을지 모르겠는걸요~?"

"버릴 리가. 귀공은 그 비천한 이브와 달리 쓸모가 있다. 기대하마. ……앞으로도."

"예. ……나의 경애하는 주인님. 분부대로."

일리아는 공손하고 조용하게 고개를 숙였다.

이그나이트 경에게 한층 더 강한 충성을 맹세하며…….

"……그런데 앞으로 어떻게 움직이실 건가요? 이그나이트 경."

"상황이 갖춰질 때까지는 「지켜보겠다」. 하지만 우리가 해야 할 일은 많아. 특히 이웃나라…… 레자리아 왕국의 동향에는 한층 더 주의를 기울여야겠지."

"아, 그러고 보니 이제 곧 시작되겠네요? 그 「마술대제(魔術大祭)」가. 알자노 제국과 레자리아 왕국의 수뇌회담 시기에 맞춰서."

"음. 일단은 그 제전과 회담의 성공에 힘을 쏟아야겠지. 아무튼 우리에게는 시간이 필요하니 말이다."

"아하하, 이건 여왕 폐하에 대한 「충성심」을 보일 기회겠네요? 폐하를 필두로, 폐하의 곁에는 수완가들이 많으니까요! 이쯤에서 점수를 벌어둬야겠어요!"

"흥. 귀공에게는 여러모로 맡길 일이 많아질 거다, 일리아여. ……「여러모로」 말이지."

………….

그리고 제도 오를란도의 제국 궁정 마도사단 본부인《업마(業魔)의 탑》옥상.

'그건 그렇고…… 이번 임무는 뭔가 석연치 않군.'

모든 임무를 끝내고 복귀해서 보고까지 마친 알베르트가 제도의 풍경을 내려다보고 있었다.

평소와 다름없이 역사가 느껴지는 질실강건(質實剛健)한 거리의 모습.

시선을 돌린 아득히 먼 저편의 페지테 방향에는 천공성의 모습이 작게 눈에 들어왔다.

'사이러스의 탄핵. 정부 내부에 존재했던 하늘의 지혜 연구회와 헤븐스 크로이츠 측 인간의 일제 검거. 헤븐스 크로이츠의 완전 박멸. 하늘의 지혜 연구회의 약체화…… 최근 들어서 갑자기 모든 게 지나치게 순조로워. 모든 것이 지나치게 좋은 방향으로만 움직이고 있어.'

하지만 그것이야말로 알베르트 자신이 원했던 모습이었다.

이 제국에 평화를. 오직 그것만을 위해 수많은 무거운 짐을 짊어지고 계속 달려왔던 것이다.

그런데도…… 뭔가가 석연치 않았다.

그리고 최근 들어서 무슨 사건이 있을 때마다 주가를 올리더니 이제는 사실상 군의 전권을 장악한 무단파(武斷派)의 필두 아젤 르 이그나이트 경.

이 모든 것이 정말로 우연에 불과한 것일까?

그런 이그나이트 경이 장악한 군 상부의 명령대로 필사적으로 임무를 수행해왔지만, 뭔가 터무니없이 중대한 사안을 놓치고 있는 것 같아서 왠지 마음이 불편했다.

'그리고……'

그것과는 별개로 마음에 걸리는 것이 하나 있었다.

이번 임무에 종사하기 전에 알베르트는 『봉인지』의 정기 보수관리 작업 부대의 호위 임무를 맡았었다.

거기서 그는 전부터 비밀리에 계획했던, 어떤 조사를 위해 『봉인지』의 최심부를 목표로 개별 행동을 개시했다.

조사 내용은 왕실의 피에 얽힌 비밀과 제국의 진짜 성립 배경.

물론 밑져야 본전이었다. 자신의 권한으로는 『봉인지』의 최심부까지 가는 건 애초에 불가능할 테니까.

하지만 정말 신기하게도 당시의 알베르트는 절대로 침입이 불가능한 심층영역— 왕족조차 도달할 수 없는 영역까지

맥 빠질 정도로 순조롭게 다다랐다.

마치 『봉인지』가 그를 받아들이고 맞이한 것처럼…….

그리고 거기서 발견하고 말았다. 아마 과거에 《정의》의 저티스 로우판이 본 것의 일부를. 그가 변심하게 된 계기를…….

그리고—.

'만약…… 만약 그게 진실이라면…… 내가 진정으로 쓰러트려야만 하는 적은…… 없애야만 하는 상대는…….'

알베르트는 품속에서 뭔가를 꺼냈다.

그때는 판단을 보류했던 것과 다시 한 번 마주했다.

그것은 「푸른 열쇠」였다.

—하나의 진리의 방에 어서 와.

—여기에 도달할 수 있는 건 정말 일부뿐이야. 축하해.

—여기까지 왔다는 건…… 너에게도 「자격」이 있다는 뜻이야.

봉인지에서 한 가지 진실에 도달한 순간, 그의 눈앞에 불현듯 나타난 소년이 건넨 물건이었다. 만약 힘이 필요하다면 마음대로 쓰라면서…….

그 유랑 공연자 같은 인상의 은발 소년의 정체는 대체 무엇이었을까.

어째서 그런 곳에 있었던 것일까. 대체 어떻게 침입했던 것일까.

소년은 캐묻기도 전에 안개처럼 사라졌고 진상은 전부 오리무중이었다.

다만, 그 모든 것이 현실이었다는 것을 증명하듯 이 열쇠 하나만이 알베르트의 손에 남았다.

"……"

알베르트는 그 열쇠를 바라보았다.

'만약 그게 진실이라면…… 그런 물건을 이 세상에 내보낼 수는 없어.'

하지만 지금의 자신에게는 너무나도 힘이 부족했다.

이 거대한 흐름을 거스르기에 인간의 존재는 너무나도 비루하고 왜소했다.

그렇다면 어떻게 해야 좋을까. 하나를 포기하고 아홉을 구하는 것. 그 하나에는 당연히 자기 자신도 포함되었다.

'나는…… 내 신념은……'

그렇다면 가장 효율적인 방법은. 확실한 방법은…….

알베르트가 마치 뭔가에 매료된 듯한 눈으로 그 열쇠를 응시한 순간이었다.

—넌 늘 그렇게 혼자서 무거운 짐을 짊어지려고만 해!

—어차피 세상은 어떻게든 흘러갈 테고, 우리는 그 안에서 나름대로의 최선의 결과를 내기 위해 발버둥 칠 수밖에 없는 무력한 존재니까. 그렇다면…… 그 짐을 다 같이 나누

는 편이 편하잖아?

"그래. ……그랬었지."

입가를 살짝 일그러트린 알베르트는 열쇠를 강하게 쥐었다.

그리고 정신을 집중하자 스톡된 주문이 딜레이 부팅해서 방전이 일어났다.

산산이 부서진 열쇠는 검은 연기로 변해 소멸했다.

"훗, 설마 내가 이런 것에 현혹되다니. ……이토록 마음이 약해서야 앞날이 걱정되는군."

그리고 자조하며 다시 하늘을 올려다본 그때―.

"이보게~ 아, 저기 있군! 알 도령~!"

"무사하셔서 다행이에요! 이번 임무, 정말 고생 많으셨습니다! 알베르트 씨!"

옥상으로 올라온 버나드와 크리스토프가 이쪽으로 다가왔다.

"이야~ 이번에는 진짜 서로 고생이 많았구만! 알 도령, 다 들었어. 훈장을 잔뜩 받았다며? 크크크, 아주 잘했어! 이야~ 자네가 사이러스를 끌어내준 덕분에 이쪽은 참 편해졌지! 역시 조직을 박살낼 때는 머리부터 잡는 게 최고야!"

"예. 그리고 이그나이트 경의 수완도 훌륭했습니다. 이번 사건은 제국에 진정한 평화를 가져오기 위한 큰 한걸음이라는 느낌이었지요! 그야말로 역사가 움직인 것처럼!"

"하지만 이대로 평화가 찾아오면 그건 그것대로 따분해지 겠구만! 그럼 이 기세로 하늘의 지혜 연구회를 완전히 무너 트린 다음에는 모험 대륙이라 불리는 남대륙에 이주하는 것도……."

"버나드 씨도 참!"

그런 식으로 들뜬 버나드와 크리스토프를 물끄러미 바라 보던 알베르트는 조용히, 희미하게 입가를 끌어올렸다.

"그건 그렇고…… 진짜 요즘 들어서 우리 주변은 변화가 빠르구만."

"그러게요. 이대로 만사가 잘 풀리면 좋겠지만……."

"아, 맞아. 크리 도령, 알 도령. 그 이야기는 들었나? 배신 자 사이러스를 대신할 특무분실의 새 실장 말인데…… 이게 참 놀랍게도 그 이그나이트가의—"

그리고 두 사람이 그대로 이야기꽃을 피운 순간이었다.

"노인장. 크리스토프. ……잠시 할 말이 있다."

"음? 할 말? 뭔가?"

"이 제국의 중추에 관해 판명된 사실이 있다."

"……!"

"믿을 수 있는 동료로서…… 너희들도 주위에는 비밀로 하고 들어줬으면 좋겠군. 하지만 듣게 된 순간부터 꽤 무거 운 짐을 짊어지게 될 거다. 어쩌면 너희들의 제국에 대한 충 성심도 흔들릴지 몰라."

"······허?"

그 순간, 크리스토프와 버나드의 표정이 굳었다.

"그래도 난······ 너희 두 사람이 들어줬으면 해. 그, 뭐냐. 나 혼자로는 아무래도 짐이 너무 무겁더군. 솔직히 나 혼자서는 어떻게 해야 좋을지 판단이 가지 않아."

난생처음 보는 알베르트의 태도에 크리스토프와 버나드는 어리둥절한 표정으로 서로를 마주 보았다.

"······꼭 들려주세요. 알베르트 씨."

"그래, 그래. 아무튼 우리는 동료가 아닌가!"

하지만 두 사람은 바로 망설임 없이 힘차게 대답해주었다.

알베르트는 다시 먼 곳을 돌아보았다.

아득히 먼 페지테 방향의 하늘 위에는 역시 환상의 천공성이 떠 있었다.

그리고 그 아래에 있을 글렌의 얼굴을 떠올리고 입을 열었다.

"······흥. 이거면 됐나?"

그렇게 혼잣말을 중얼거린 순간 따스한 바람이 그의 긴 머리카락과 옷자락을 조용히 흔들었다.

■ 작가 후기

안녕하세요. 히츠지 타로입니다.

『변변찮은 마술강사와 금기교전』13권이 발매되었습니다.

편집부 및 출판 관계자 여러분, 그리고 이『변변찮은』을 지지해주신 독자 여러분께 무한한 감사를.

자, 그럼 이번 13권은 저번 12권에 이어서 「이야기의 결말을 향해 가면서 반드시 거쳐야만 하는 이벤트」제2탄! 저번 권과 이번 13권에서 지금까지 다양한 방향으로 뻗어가던 수많은 요소와 복선이, 큰 흐름으로 모이기 시작한 느낌의 전개가 됐다고 생각합니다. ……그렇게 생각하고 싶네요.

그리고 이번 권에서는 무엇보다 전부터 쓰고 싶었던 이야기…… 글렌 vs 알베르트입니다! 이야～ 이번만큼 알베르트를 여자가 아니라 남자로 만들길 잘했다고 생각한 적은 없습니다! 역시 이런 건 서로 남자니까 가능한 전개죠! 그리고 평소처럼 근거리에서 싸우는 건 왠지 시시할 것 같아서 모처럼의 기회이니 한 번 이런 특수한 상황을 마련해봤는데, 어떠셨나요?

이야～ 개인적으로는 대만족에 감개무량! 정말 즐겁게 술술 쓴 이야기였습니다. 실은 전 사0바 료 vs 우미○즈라든가, 엑○ vs ZE○○ 같은 파트너 포지션의 호적수끼리(평소에는 동료이자 **파트너**라는 부분이 중요, 처음부터 숙적인 경우는 제외) 진심으로 싸우는 전개를 어릴 적부터 워낙 좋아하다 보니 제 작품에서도 그런 전개를 쓸 수 있어서 정말로 행복했습니다.

그건 그렇고 나사 빠진 이브 양도 요즘 왠지 성격이 둥글어진 것 같아서 개인적으로 깜짝 놀랐습니다. 설마 그「싫은 여자」캐릭터가 여기까지 약진할 줄이야…… . 캐릭터가 혼자서 움직이기 시작했다고 해야 할지, 정말 저 역시 한 치도 앞을 예상할 수 없네요.

자, 그럼 아무래도 연속으로 학교 밖에서 벌어지는 이야기와 메인 스토리에 깊이 관여한 이야기를 썼으니 다음 권은 오랜만에 학교생활에 초점을 맞춘 약간 긴장감이 덜한 이야기를 써볼까 합니다. 히로인들은 물론이고 다른 학생들도 비중을 늘린 약간 떠들썩한 학원물다운 전개가 됐으면 좋겠네요. 물론 메인 스토리도 이상 없이 진행할 예정입니다.

독자 여러분께서 또 다음 권에서도 함께 해주시고 즐겁게 읽어주신다면 작가로서 더 이상 행복한 일은 없을 겁니다. 아무쪼록 잘 부탁드립니다.

히츠지 타로

■역자 후기

    안녕하세요, 역자 최승원입니다. 앞서 작가님의 후기에서도 언급됐듯 이야기의 진행상 반드시 한 번은 거쳐야만 했던 글렌 vs 알베르트의 이벤트. 재미있게 읽어주셨을까요? 개인적으로는 뭔가 한시름 덜은 기분입니다. 사실 이 이벤트 자체는 예상했지만, 알베르트라는 캐릭터 성격상 충돌이 늦어지면 늦어질수록 정말 돌이킬 수 없는 상황까지 치닫는 게 아닐까 좀 걱정했었거든요. 특히 특무분실에는 저티스 같은 예시도 있고 말이죠. 하지만 의외로 빠른 시점에서 결말이 났고, 가장 걱정됐던 배신에 관한 부분도 이번에 완전히 매듭지어졌으니 앞으로도 일행의 든든한 동료이자 큰 형님으로서의 활약에 기대해봅니다.

    그리고 또 하나 주목한 건 역시 세리카와 리엘의 관계겠네요. 예전에 지나가듯 리엘이 묘하게 세리카를 잘 따른다고 했던 묘사가 설마 이런 큰 복선이었을 줄이야……. 사실 두 사람의 접점은 작가님이 의도적으로 묘사를 피한다는 인상도 좀 있었습니다만, 이번 권에서 큰 복선이 풀렸으니 앞으로 이 두 히로인의 관계도 제법 주목해 볼만하지 않을까 싶습니다. 물론 차후에도 등장이 거의 확정된 공주도 말이죠.

그럼 다음은 단편집이 될지 14권이 될지는 아직 잘 모르겠습니다만, 아무쪼록 다음 권에서도 뵐 수 있기를 바라며 이만 짧은 후기를 마치겠습니다.

변변찮은 마술강사와 금기교전 13

초판 1쇄 발행 2019년 5월 10일

지은이_ Taro Hitsuji
일러스트_ Kurone Mishima
옮긴이_ 최승원

발행인_ 신현호
편집국장_ 김은주
편집진행_ 최은진 · 김기준 · 김승신 · 원현선 · 권세라
편집디자인_ 양우연
국제업무_ 정아라 · 전은지
관리 · 영업_ 김민원 · 조인희

펴낸곳_ (주)디앤씨미디어
등록_ 2002년 4월 25일 제20-260호
주소_ 서울시 구로구 디지털로 26길 111 JnK디지털타워 503호
전화_ 02-333-2513(대표)
팩시밀리_ 02-333-2514
이메일_ lnovelpiya@naver.com
ㄴ노벨 공식 카페_ http://cafe.naver.com/lnovel11

AKASHIC RECORDS OF BASTARD MAGIC INSTRUCTOR Vol.13
ⓒTaro Hitsuji, Kurone Mishima 2018
First published in Japan in 2018 by KADOKAWA CORPORATION, Tokyo.
Korean translation rights arranged with KADOKAWA CORPORATION, Tokyo.

ISBN 979-11-278-5040-1 04830
ISBN 979-11-86906-46-0 (세트)

값 7,200원

© Dachima Inaka, Iida Pochi. 2018
KADOKAWA CORPORATION

일반공격이 전체공격에 2회 공격인 엄마는 좋아하세요? 1~5권

이나카 다치마 지음 | 이이다 포치. 일러스트 | 이승원 옮김

"이제부터 이 엄마와 함께 실컷 모험을 하는 거야.", "맙소사……."
고교생 오오스키 마사토는 그렇게 염원하던 게임세계로 전송되지만,
어찌된 영문인지 그의 어머니이자
아들이라면 껌뻑 죽는 마마코도 따라오는데?!
길드에서는 「아들의 연인이 될지도 모르는 애들이니까」라는 이유로
마사토가 고른 동료들에게 면접을 실시하고,
어두운 동굴에서는 반짝반짝 빛나는데다.
무릎베개로 몬스터를 재우는 걸로 모자라.
전체공격에 2회 공격인 성검으로 무쌍을 찍는 등
아들인 마사토가 질릴 정도로 대활약을 하는데?!
현자인데도 유감스런 미소녀 와이즈.
치유계 여행 상인인 포타를 동료로 맞이한 그들이 구하려는 것은
위기에 처한 세계가 아니라 부모자식간의 정.

제29회 판타지아 대상 〈대상〉 수상작인
신감각 모친 동반 모험 코미디!

라이트노벨의 새로운 빛! L노벨의 신간은 매월 10일에 발매됩니다. http://cafe.naver.com/lnovel11

© Aiatsushi 2017
Illustration:Yoshiaki Katsurai
KADOKAWA CORPORATION

백수, 마왕의 모습으로 이세계에 1~5권

아이아츠시 지음 | 카츠라이 요시아키 일러스트 | 김장준 옮김

한창 즐겼던 게임이 서비스 종료를 맞이한 날.
홀로 대보스를 토벌하고 사기급 능력을 입수한 요시키는
낯선 장소에서 눈을 떴다.
마왕으로 착각할 만한 중2병 장비를 걸친
자신의 캐릭터, 카이본의 모습으로!
심지어 갈피를 잡지 못하는 그의 앞에
요시키의 세컨드 캐릭터, 엘프 류에가 나타나고……?!
그녀와 둘이서 생활하는 동안 그는 알게 된다.
자신이 이 세계에서 신화 수준의 영웅으로 전해져 내려온다는 것을—!

마왕의 모습으로 세계를 누비는
유유자적 여행기, 개막!!

라이트노벨의 새로운 빛! L노벨의 신간은 매월 10일에 발매됩니다. http://cafe.naver.com/lnovel11

달이 이끄는 이세계 여행 1~7권

아즈미 케이 지음 | 마츠모토 미츠아키 일러스트 | 정금택 옮김

어느 날, 부모의 사정으로 인해 츠쿠요미노미코토에 이끌려
이세계로 가게 된 나, 미스미 마코토.
치트 능력도 하사받고 이건 그야말로 용사 플래그인가! 라고 생각했더니
이 세계의 여신에게 「너 얼굴 못생겼다」라는 이유로 거절당하고
나는 『세계의 끝』으로 전이당하고 말았다…….
……뭐, 어쩔 수 없지. 기왕에 이렇게 된 거 이세계를 즐겨볼까!
이렇게 오직 내 한 몸만 가지고
타인의 온기를 찾아 여행을 시작하게 되었지만,
만난 것은 향기로운 냄새가 나는 오크 소녀, 시대극에 심취한 드래곤,
마조히즘 속성을 지닌 변태 거미 etc—
……내 주위는 멋들어질 정도로 이종족 페스티벌입니다.
젠장! 웃기지 마! 난 절대로 지지 않을 거니까!!

제5회 알파폴리스 판타지 소설 대상 『독자상 수상작』!

라이트노벨의 새로운 빛! L노벨의 신간은 매월 10일에 발매됩니다. http://cafe.naver.com/lnovel11

엘프 전생으로 시작한 치트 건국기 1~3권

츠키요 루이 지음 | GUNP 일러스트 | 김성래 옮김

한 천재 마술사가 기억을 남긴 채 윤회전생을 하는 마술을 완성시켰다.
윤회전생을 거듭하던 그는 서른한 번째 세계에서
엘프 마을에 사는 소년, 시릴로 태어난다.
하지만 마을은 인간들의 지배를 받았고, 엘프들은 늘 학대당했다.
소꿉친구 소녀 루시에를 구하기 위해,
다양한 종족이 공존하는 이상적인 국가를 만들기 위해,
지금 천재 마술사가 나선다!!

몬스터 문고 대상 「최우수상」 수상작.
「소설가가 되자」 대인기 시리즈 드디어 출간!!

창강의 모독자 1~3권

사카키 이치로 지음 | 아카이 테라 일러스트 | 원성민 옮김

이세계에 환생한 건 마니아 청년 아마노 유키나리는
은인의 여동생인 한 소녀와 함께 여행을 하고 있다.
여행 도중 토지신에게 습격당한 그는
환생했을 때 손에 넣은 능력과 자신의 총기 지식을 활용하여
보통 사람이라면 쓰러뜨릴 수 없는 토지신을 쓰러뜨린다.
그리고 그는 신을 이김으로써 그 토지의 새로운 신으로 숭배 받게 되는데?!

이세계 총 × 검 배틀 액션 등장!!

덜떨어진 마수연마사 1~6권

미나미 타쿠미 지음 | 코인 일러스트 | 이경인 옮김

자신이 받은 몬스터의 문장에 따라 우열이 정해지는 세계.
몬스터를 거느리며 싸우는 『마수연마사』를 육성하는 학원.
『베기옴』에 다니는 레인은 학원 유일의 슬라임 트레이너.
주변의 조소도 아랑곳하지 않고, 파트너인 펨펨을 믿으며
누구보다도 노력을 거듭하고 있었다.
그런 레인에게 집요하게 달라붙는
학년 3위의 미소녀 드래곤 트레이너 에르니아.
문장과 미모를 겸비한 완벽한 그녀가
밑바닥에 있는 레인에게 집착하는 이유는
과거의 인연이 원인인 모양인데……?!
"그 분통함은 잊을 수가 없다!
억에 하나라도 네놈이 나를 이긴다면 기꺼이 연인이든 뭐든 되어주지!!"

최약이건 최강이건 상관없다!
승리를 향한 집념이 정해진 운명에 역전극을 불러온다!